JN202909

Galveias

José Luís Peixoto

ガルヴェイアスの犬

ジョゼ・ルイス・ペイショット
木下眞穂 訳

ガルヴェイアスの犬

GALVEIAS

by

José Luís Peixoto

Published by arrangement with

Literarische Agentur Mertin Inh. Nicole Witt e.K., Frankfurt am Main, Germany,

through Meike Marx Literary Agency, Japan

Illustration by Jun Tada

Design by Shinchosha Book Design Division

おいちょっと、あんたはどこの息子だい？
ぼくは材木所のペイショットと
アルジラ・プルギーニャスの息子です。

天からは火と硫黄が降り注ぎ、すべてをのみこんだ。

——ルカ　一七章二九

一九八四年一月

ほかにいくらでも場所はあったはずだが、行先は定まっていた。夜の帳が下りても月はなく、凍える星々だけが濁った空の裂け目の奥から姿を見せている。ガルヴェイアスはゆっくりと眠りに落ちていくところで、村人たちの思考は蒸発しつつあった。闇はとても冷たかった。ひと気のない道沿いに街灯がぼやけた光を落とし、黄色い円錐を並べていた。数分が過ぎ、静寂が村を包むかと思いきや、犬たちがそうはさせなかった。村の端から端まで犬が一斉に吠えだしたのだ。裏庭で飼われている若い犬たちがまず激しく吠え、唸った。疥癬持ちの死にかけた野良犬は石壁の外側にもたれて弱った体を怒りに震わせ、ただこの夜を嘆くためだけに顔をあげた。犬たちの話に耳を傾ければ、毛布にくるまれてまどろみながらもその声を聞き分けることはできただろう。大きな犬、小さな犬、不愛想な犬、神経質な犬、甲高く吠える犬、太い声で吠える犬、嗄れ声の犬、重たい声の牛のように大きな犬。遠くの犬の声が間延びして聞こえるのは、目には見えずとも距離に侵食されて切迫した声音が変わってしまうからだ。そして近所の犬、すぐそばにいる犬の怒りは、こちらの胸に一抹の不安を呼び覚ます。村のどこかにいる犬が、そしてまたほかの犬が、また違う犬が、つぎつぎ、またつぎつぎと吠える声をたどればガルヴェイアスの地図が描けそうなほどであったが、それはまた日常がこのまま続いていくという確かな証でもあったので、眠りそこねた村人たちを安心させてもいた。

高く、聖サトゥルニノ教会よりも上の高みから見ると、ガルヴェイアスは灰に覆われて消えかかる静かな熾火（おきび）のようだった。数本の煙突から煙がまっすぐ立っていた。まだ起きている人たちが、おしゃべりをしたり、もの思いに耽ったりしながら火をつついたりしているのだ。だが村の家はどれも、その夜と一月とともに根を張り大地の一部と化していた。暗い野原と世界に囲まれて、ガルヴェイアスは地球に張りついていた。

宇宙では、何百万キロと離れたつねに夜のような場所を、名のない物がとてつもない速度で出発したところだった。狙いは定まっていた。名のない物が決意をもって邁進する様子を惑星、恒星、彗星が観察しているようだ。天体の無言の集会が、その行く末を見つめて沈黙のうちに裁決するのだ。名のない物があまりの猛スピードで何にも目もくれず、ひたすらに広漠たる宇宙をまっすぐに飛んでいくので、それと較べるとほかの星々は凝然として、くっきりと冴えて静かな絵の一部となって見えた。こうして、名のない物を送り出し、力を与え針路を導いた宇宙が、その行先をじっと見つめていた。出発した場所は確かにあったのだが、一瞬ごとにその場の記憶は少しずつ崩れていった。その瞬間の連なりで自然な時間が構築されていったが、それに説明は不要だった。そこには過去もあれば未来もあった。しかし、現在が差し出してくるのは純粋で清明な欲望と熱望だけで作られた現実だった。宇宙を乱暴に引き裂いて進む名のない物も、道中の静謐をやぶることはできなかった。万物から遠く離れてはいるものの、宇宙の秩序の一部に組み込まれた旅は呼吸をするかのごとく自然に続けられた。

秘密の警告が届いたかのように、やむことなく吠えていた犬たちがふいに黙った。煙突の煙は、麻痺したのか、あるいはそのまま昇りつづけていたのか、ゆがみのない一本線を描いた。あれやこれやを撫でまわす音を楽しむかのように吹きつづけていた風さえやんでしまった。この純然とした静寂を前に、世界の動きが止まった。時がしゃっくりをしたかのように、ガルヴェイアスと宇宙とが、同じように動きを止めた。

　村も動きが止まった。家でひとりうたた寝をする者、一日を終える仕事をぼんやりとこなしていた者。琺瑯（ほうろう）のコップを棚に戻そうとしていたり、テレビを消そうと手を伸ばしたり、ブーツを脱ごうとしていたり。全員が全員、そのときの姿勢のままで止まった。その夜はどこかに隠れていた月ですら、止まった。デヴェーザを見おろす教会の前庭も、アヴィスの車道までも止まった。その周囲の、木がまばらに立つ野原はサンタ・マルガリーダ村まで広がっていたが、それも当然動かなかった。広場も。サン・ペドロ公園も、ポンテ・デ・ソルまでの一本道も。サン・ジョアン通りも。トーレ山も、フォンテ・ダ・モウラの溜池も、モスの谷も、カベッサ・ド・コエーリョの地所も。ガルヴェイアスも、あらゆる惑星も、同時に存在してはいても、まったく違う本質をそれぞれ持っているのだから、混同されることはなかった。ガルヴェイアスはガルヴェイアスであり、宇宙のその他は宇宙のその他なのである。

　そして時は続いた。何もかもが突然だった。名のない物は、叫び声のように測定できぬほどの速さをゆるめることなく飛びつづけた。地球の大気圏内に突入した時、もはやその眼中に地球という惑星はなく、まっすぐあの場所に向かっていた。

　まるまる一分間、ガルヴェイアスでは爆発に次ぐ爆発が一瞬の間も空かず続いた。それとも、ただ一度の爆発が一分間ずっと続いたのかもしれない。いずれにせよ、一度であろうと連続であろうと、爆発は胸を殴打する棍棒のごとくこの地に届き、一分間、毎秒、毎秒、毎秒、恐怖が続いた。大地が真ん中で裂け、地球そのものがぱっくりと割れたかのようだった。この地球と同じ大きさの、硬くて黒い火山岩が割れたかのように。それとも裂けたのは空か。一枚の火山岩でできた空が二つの大きな塊に割れ、もうもとには戻らないのか。その空は、そこにあって当然と思われている空は、この時が来るのをずっと待っていたのだろうか。彼方からのあの爆発が、これまでは漠とした答えしかなかった幾多の問いを解き明かしてくれるのかもしれなかった。

シコ・フランシスコのカフェの窓ガラスは、爪より細かい破片となって砕け散った。何年も前からそこにはめられていた分厚いガラスだ。その場に居合わせた男たちのひとり、バレッテは、ガラスの中央がサッカーボールのように膨らんだのを見たと言った。その直後、破裂して砕け散ったのだ、と。あのガラスが割れればその轟音たるやいかほどかと想像はつくが、その真偽については誰も証明できなかった。ガラスは透明だったし、真夜中のあの時間にその形を見分けることができたかどうかは怪しいもんだとみんなが思っていた。バレッテの酒好きはつとに知られており、ボールになったガラスという話は少しできすぎだ。誰かに疑われるとバレッテはおおいに心外だと言わんばかりに、証拠として真新しくできた深い切り傷を指で押し広げて見せるのだった。前腕に刺さったガラスの破片でできた傷だぜ。ちょうど爆発を目撃したもんだから、なんとか身をかばうことができたんだ。本人いわく、あやうくガラスの破片が目を直撃するところだったそうだ。

ジョアン・パウロが鉄の門を指さすときは、どこかうれしそうだった。バイクや部品に囲まれて話しながら、目がきらりと輝いた。人に訊ねられれば、いそいそと雑巾で手を拭いて、あれが始まったときにはフネストのバイクをいじっていたと話しはじめた。自分も世界の終わりが来たかと思ったが、恐怖を感じることすら忘れてしまった、ときっぱりと言った。エルヴィディイラのやつらが自分を探しに来たのじゃないかと考えたそうだ。ロンゴメルだったか、トラマガだったか忘れたが、そこのダンスパーティ会場の入口で彼らといざこざがあったのだ。そのうちの三、四人がやってきて工場(こうば)の門を蹴っているんだろう、やっぱり脅かしにきやがったな。そう思ってヘルメットを被ると大きなスパナを手に門に向かった。手をかけたとたんすさまじい勢いで門がひらいたので、ジョアン・パウロは口元を打ち、気をうしなって後ろ向きに飛ばされ、そのままセメントの床に背中を強打して倒れた。ここで彼は必ず大笑いする。あまりに大きな声で笑うので、話を聴いていたほうも、つい笑う。目を見張らせて、つられて笑ってしまうのだ。ただ、話を披露するほうは腹の底から笑っていた。

　こんなふうに軽く話せるようになったのは、何日も経ってからのことだ。あの時、あの一分間、村人はみな色をうしなった。黙示の最中には冗談を言う気になどならないものだ。

　あれがどれだけおおごとだったかと腑に落ちると、セン・メード(怖いもの知らず)は村のみんなの話にもただ肩をすくめて無言で驚いた顔をするだけにした。同じように村の女たちの話を聞きながら、セン・メードの妻も目を見ひらき、小指で耳の穴をほじりながら黙っていた。あの時、この夫婦は素っ裸でベッドのなかにいて、違うことで頭がいっぱいだったのだ。無意識のうちにふたりは四方の壁が揺れるのと同じリズムを刻んでいた。最初は定まらぬリズムで始まったものが、やがてト・トン、ト・トン、と電車のように機械的なリズムを刻んでスピードを上げ、あと少しで最後の瞬間を迎える頃には切迫してきて、ふたつの腰がぺちぺちと音を立て、ふたりで同じ時に同じ場所に向かっていたのだった。完璧な調和をもってセン・メードとその妻は歓喜と栄光の波を同時に受け、まるまる一分間、その波に押し流されたのだが、それがちょうどガルヴェイアスで次々と起こっていた爆発と全く同時だったのだ。それゆえ、村のみんなとは違い、あのとき、セン・メードは妻の上からおりて、ふたりして深い快楽に浸っていたのだった。

多くの人が世界の終わりだと思った。ダニエル神父は特にそう思った。硬いパン屑でくぼんだ頬を台所のテーブルに押しつけたまま目を覚ましたときには、まだ酔いが回ったままだった。

死のサイレンが鳴るかのごとく、爆音は村人たちの叫びを完全にかき消した。ガルヴェイアスの住民でこれほどすさまじい音を聞いたことがある者、原因に思い当る者はほとんどいなかった。本能のままに一分間叫びつづける者もいた。理性をうしない、自分の声だけを聞いていればこの状況をどうにかできそうな気がしたのだ。それに、声がするあいだは自分が生きているという証にもなる。ところが、声を限りに叫んだところで、自分の声を頭のなかですら聞くことはできなかった。口を開けて叫び、声帯が震えるのも、こめかみに血が流れるのも、眼球が破裂しそうなのも感じているのに、一切何も聞こえなかった。

爆音がやんで唐突に訪れた静寂のなかで、人々の耳鳴りは続いていた。今なら叫んでもよさそうなものだが、もう叫びのときは終わっていた。今は息を整えるときだ。それで、みんなが外に飛び出した。老人、子どもたち、女たち、ひげ剃りが終わっていない男たち。

あたり一帯、強い硫黄臭が漂っていた。この夜そのものに硫黄のにおいがねばついて、においの姿かたちまでが見えそうなほどだった。あまりの毒々しいにおいに村人たちは息もできなかった。みんな寝間着や部屋着姿で、ほとんど着の身着のままだったが、肌に感じる空気の冷たさが心地よかった。とにかくみんな生き残ったのだから。

真夜中だというのに村の扉という扉が開いて灯りが外にもれ、通りは人でいっぱいになった。女たちは寝間着姿で、男たちはズボン下のまま、互いの無事を喜び合った。みんなショックを受けてはいたが、この重荷を他人と分かち合えるとあって、ほっとしていた。早くも笑みがこぼれている者すらいた。

あれがなんだったのか、答えられる者はいなかった。ケイマード通りからアメンドエイラ通りまで、アルト・ダ・プラサでも、デヴェーザでも、フォンテでも、通りは驚きからぬけ出たばかりの人でいっぱいになった。みんな、轟音の衝撃と硫黄のにおいのせいで、とどまることなくしゃべりつづけた。中身のない会話でも、とにかく話せるときに話しておきたかったのだ。一月の夜更け、もう十二時をとっくに過ぎているというのに、通りはしゃべっている人であふれていた。みんな、何かを言いたがった。他人の話に熱心に耳を傾けているようで、その実は何も聞いてはおらず、ただ自分の番を待ちながら、割りこんで言いたいことを言おうとしているだけだった。大人たちにすっかり忘れられた子どもたちですら、目を爛々とさせて仲間を見つけて集まっていた。

その陰で、犬たちは互いのにおいを嗅ぎ合い、しゅんとしおれて、耳をたらしていた。その姿は永遠の悲しみを慰め合っているかのようだった。

フォンテ・ヴェーリャ通り、マタ・フィゲイラ先生の屋敷の正面の外灯が落ちていた。上部はもげて頭が取れ、もう使えないだろう。骨董品ともいうべき外灯で、毎晩ロウソクが灯されていた時代から壁についていたものだ。当然、マタ・フィゲイラ先生も通りに出ていた。玄関から二歩出たところに、妻と息子ペドロぼっちゃんとその嫁、孫も一緒にいた。今から家族写真でも撮るかのようないでたちである。ほかの村人たちと同じく突然眠りを邪魔されたというのに、髪は撫でつけられ、服にはアイロンがかかっているかのようだ。一家がかもしだす威厳が周囲に広がっていく。居酒屋の仕事着のまま、ワインの染みがついた服で出てきたアクルシオとその妻ですら、通りの向かいにいる先生たちを見てわれ知らず姿勢を正した。交番から巡査が広場をぬけてまっすぐマタ・フィゲイラ先生のもとにやってきた。

原因はまだ定かではありません、と報告でもするかのように巡査は言った。目を伏せて、非常に遺憾でありますと先生に謝罪をする姿は、今しがたの出来事の責任は自分にあると言わんばかりだ。先生もこの巡査を即座にはゆるさなかった。これほど不快な思いをさせられて、そうすぐに忘れるものではない。家族もみな、明らかに非常に動揺していた。それに、外灯の件もあった。

村じゅうが硫黄のにおいに顔をしかめていた。

アデリナ・タマンコばあさんだけは、玄関脇の腰かけに座ったまま、これは黒魔術だよ、とつぶやいていた。誰かに聞いてほしいと思っていたわけでもない、はっきりと口にすればそれだけ黒魔術を引き寄せることになるからだ。それに、どう見たってこれは、醜く恐ろしい何かなんだから、誰が自分のところに引っぱりこもうとするものか、神よお助けを。ジョアキン・ジャネイロは、こいつは戦争だ、汚ねえアメリカ人だと言った。誰もが言いたいことを考えもなく口にした。イナシアは、司祭の家の方を見つめて聖霊のしわざだと言った。そう言いつつダニエル神父をじっと見つめ、後押ししてくれるのを待っていたのに、神父は聞こえなかったふりをして誰より先に寒い寒いとこぼしはじめた。事実、とても寒かった。バルトロメウの店の前では、バルトロメウ本人が、染みだらけのズボン下のままであれは雷だろうと言っていた。あれは嵐だろう、どでかい雷が落ちたんだろう。地震か？　店の入口の前でそう口にしてみたが、いやいや、地震だったら揺れていたはずだと一笑に付された。確信などごく微細なものでしかなく、指先で探るしかないのだ。シルヴィナは、自分の家の前でアイダの腕をひっぱって、どういうことだか自分にはわかると告げた。アイダが耳を傾けてくれそうだと見て、思わせぶりにひと呼吸すると、あれは地下鉄の工事よ、と言った。夏休みに娘が帰省したときに、イギリスでは家の近くで地下鉄の工事をずっとしていてちっとも気が休まらない、と話してたわ。その騒音もこんなものに違いないわよ。アイダはきまじめな顔で相手をじっと見ると、肩をすくめた。そうね、地下鉄の工事かもね、ありえるわ。

額の一部と目だけを出して頭からショールを被った老女たちが一番先に家に戻った。いまいましい冬の夜、三十分も経つと寒さは耐えがたくなる。さっきも聞いた話がまた始まると、みんなは、冷たくなった耳、凍えた足、服の下から這い上がり、しっかりくるんだ服のひだの間にまで忍びこむ冷気に気がついた。子どもたちはなかなか帰りたがらなかった。風俗店の女たちはこの機に乗じて客を呼びこもうとしていた。お好きな一杯をサービスするわ、その他のサービス諸々もね。ミャウは女たちの後をうろうろとついて回り、舌を出してひとりで笑っていた。なかでも張り切ってにこやかにしていたのはイザベラだ。肩ひものないブラウスを着て、ぴったりとしたスパッツの右尻を小麦粉で白くさせているブラジル女だ。テレビドラマに出てくるブラジル人女優に似ているようでもあるが、あと一歩及ばずといった容姿だった。誘いに乗る勇気のある男はいるかと、みんなが探っていた。だいたい、みんな着の身着のままで出てきたのだし、そんな気分にもならなかった。ミャウの母が息子を探しに来て、連れ帰った。最後まで残っていたのはカタリノだ。近所のみんなが戸を閉めると、カタリノはガレージにバイクを取りにいった。祖母がなんとかやめさせようとしていた。

ちょっと、ヌノ・フィリペ、もう寝るんだよ。

と言いつつ、本気でどうにかしようと思っていたわけではない。声をかけても無駄とわかっていたからだ。カタリノはゆっくりと村じゅうの通りを見てまわったが、もう誰もいなかった。

通学路の子どもたちはしきりに目をこすり、鼻にしわを寄せていた。ただでさえみんな寝不足で不機嫌なのに、どんよりと曇った朝で、何もかもが癇に障るのだった。教室では、先生のゆるしを得てみんなはガスストーブの周りに集まったが、ちっとも授業に身がはいらない。村の外から来た女教師は、ざわつく子どもたちを見て、いつもより早く休み時間にした。走り回らせたほうがいいと考えたのだ。

明け方、サン・ジョアン通りの坂の上に男も女も集まり、トラクターをまとめて停めてある丘に登っていった。そうやって数台が連なって畑に向かったが、道中しゃべることもなく、まじめな顔で干し草の束の上に腰をかけ、でこぼこ道に体を揺らせていた。硫黄の、灰色のにおいさえなければ、前夜に起こったことは本当だったのかと疑うところだった。

老女たちは、未亡人であろうと主婦であろうと、枝を束ねたほうきを手にして玄関前に出てきていた。尻を突き出し、せっせと通りを掃きはじめる。ときどき顔を上げてあたりを見回す。なにがあったのか知りたかったし、なにか知らせはあるかと思ったのだ。このようなどっちつかずの状態が午前の半ばほどまで続いた。

教会の鐘が十時の報せを打った。鐘が完璧な音色を響かせるなか、セボーロがバイクでやってきた。のろのろとしか走れないバイクで、カブト虫のようにブンブン唸ったかと思うと上り坂では止まってしまう。バイクが酔っぱらっているかのようだった。

セボーロは顎紐で止めるヘルメットを被っていたが、ひもは締めずになびかせている。かっと開けた目は、片目のほうがもう一方より大きく開いていた。見るからに様子が変だった。広場にバイクを停めたセボーロを、シコ・フランシスコのカフェの入口にいた男たちはただ見つめていた。セボーロはゆっくりと近づいてくると、ひと呼吸おいてから、報せを伝えた。

セボーロは硫黄と羊の混ざったにおいがした。

大騒ぎになった。ふたりの男がバイクに飛び乗った。ほかの男たちはちりぢりになった。ひとりはソシエダーデ通りを、もうひとりはフォンテ・ヴェーリャ通りを下っていき、ひとりはアルト・ダ・プラサ方向に駆け上り、またひとりはサン・ペドロ公園の方へいった。セボーロは動かなかった。シコ・フランシスコのカフェのウィンドウは古いベニヤ板で覆われていた。その痛々しさにセボーロの瞳はいっそう暗く沈んだ。

その報せは広場からじわじわと広がっていった。火の手が回るように、雨で小川があふれていくように、誰それが死んだという報せのように、インクの瓶が倒れたように。

きまぐれなバイクをなだめて再び原っぱに向かいながら、セボーロは徒歩や自転車でかたまって向かっている人たちを追い越した。若いのが乗ったバイクにぬかされ、もう少しで着くというときにマタ・フィゲイラ先生の車にぬかされた。

車が巻き起こした埃がおさまり、目の前に広がる光景にセボーロは思わずバイクを停めた。何十、いやおそらく何百という人たちがコルティソの地所に集まって大股で進み入り、背の高い草をかきわけ、大きな穴に向かった。すでに大勢がその穴を囲んで立っていた。

てっきり置いていかれたかと思っていたのに、大勢の人間が集まってきたのでセボーロの山羊たちは驚いていた。すっかりおびえた目をして、少しでも身の危険を感じたら一目散に逃げ出しただろうが、結局一頭もそこから動くことはなかった。

原っぱには、見たこともないほど大きな丸い穴があいていた。直径十二メートルくらいはあろうか、一メートルほどの深さがある。巨大なトンカチが振り下ろされて丸く穴を穿ったようにも見えた。その中央には、名のない物が微動だにせず、だが堂々と横たわっている。近くまで行ってみようと言って、穴を下りかけた者もいたが、あまりの高熱に引き返した。名のない物が放つ灼熱は、遠くにいる人の顔もほてらせ、口のなかをカラカラにした。硫黄のにおいで息もできないほどだ。みんな、ハンカチや手のひらで口を覆っていた。こんなものは、誰も目にしたことがなかった。カベッサも、息子数人に囲まれて呆然とそこに立っていた。

こりゃあ、太陽が欠けたんじゃねえか。

そんなこと、あるはずがない。つい口から出ただけであって、カベッサ自身、そんなはずはないとわかっていた。地球上の物ではないという直感が働き、思わず口を衝いて出た言葉だった。予測めいた言葉を発する者はほとんどいなかった。マタ・フィゲイラ先生は今日も上着とネクタイ姿で、エドムンドに付き添われていたが、こちらは庭仕事の途中だったらしくゴム長に作業着といういでたちで、先生と一緒に神妙に口をつぐんでいた。

名のない物がコルティソの原っぱに墜ちた。村の長老たちは、かつてここに作物が豊かに実っていた時代を覚えていた。いまは牧草が生い茂り、食(は)まれるのを待っている。ここまでの道はたいしたことはない。村からトーレの山に向かっていき、サッカー場の脇を通り、アソマダを過ぎるとトーレの手前、左手にコルティソの原っぱが見えてくる。道をはさんだ向かいはカエイロの畑だ。

スズメたちは畑に逃げこんでいた。ときおり、ぱたぱたと羽音を響かせてそこここを飛んでいた。自らの体から逃げ出したいとでもいうように、二、三秒間、あてどなく飛び上がりはするのだが、恐怖に負けてすぐに下りてしまう。こんなに大勢の人間が集まるのを、スズメたちは見たことがないのだ。

ガルヴェイアスの村人たちはかたまってやってきた。穴を囲み、名のない物の形を見つめ、熱とにおいを感じてはいたが、その謎については素通りした。

多くは畑をあっちの方向からこっちの方向へと歩き回っていた。そうでない者たちは、コルク樫の下に集まった。手持無沙汰で、犬を押したりひっぱったりして名のない物に近づけようとする者がいた。犬は絶対に近寄ろうとはせず、飼い主もあきらめざるをえなかった。犬たちのほうが、人間よりもずっと意志が固かった。いざとなれば飼い主に歯向かうつもりだったが、そこまではせずにすんだ。

一日じゅう、村とコルティソの原っぱとのあいだには村の未亡人たちが年齢を問わずに行列をなして歩いていたし、若者たちはブレーキもかけず、バイクをぶんぶん言わせて走らせていた。ラバが引く荷台には子どもたちがこっそり乗りこんでいたし、ロバたちは馬具をつけられてよぼよぼの老人たちを乗せていた。

その夜、ガルヴェイアスの村人たちは、豆とキャベツのスープを夕食に食べた。それから果物で口のなかをさっぱりとさせ、考えた。もちろん、ほかのものを夕食に食べた者もいたし、家に果物がない者もいたし、ほかの仕事で手いっぱいで熟考するところまではできない者もいた。

早くに床にはいる者もいれば、遅くまで起きていた者もいた。

夜が更けた。夜が明けて、すぐに朝になった。多くの者に目覚めは安堵をもたらした。だが、ラミロ・シャパじいさんはそうはいかなかった。入院していたじいさんは夜明けの日が射すころにこの世を去った。

名のない物は、コルティソの原っぱで、穴の真ん中にひとりでいた。この日、金曜日には検分に来た者はいなかった。午後じゅう鳴り響いていた弔鐘が、不人情なことはゆるさなかったのだ。

とはいえ、聖ペドロの教会で噂にはなっていた。男たちは教会の外で粗末な喪服を通してはいりこむ冷気に耐えながら、女たちは内で遺体を囲み、ちっとも暖かくはならないマントで身をくるんで話をしていたが、なかでは硫黄のにおいが淀んでいっそうきつくなり、めまいがしてくるほどだった。

それはまるで、長いこと入院していたこの気の毒な老人が硫黄の棒に変わってしまったかのようだった。

翌日、葬儀の後にまた人が原っぱに集まってきた。名のない物をどうするか思いもつかないまま、これがなんなのか見当もつかないまま、時間を持て余しているうえに嗅覚も鈍い男たちが興味本位に集まり、名のない物を見つめていた。

そのうちに勢いがついてきて、ちょっと近づいてみようかと考える者もいた。鼻孔に釘を打つように硫黄が強いにおいを放ってきたが、この熱は肌寒い朝には心地よくもあった。熱で温まった石に、十人余りの男たちが両手を乗せていた。

そのとき、最初のひと粒が落ちてきた。

次の瞬間、豪雨が襲ってきた。天がひっくり返ったかのような雨だ。

雨は弱まることなく、一瞬の途切れもなく、昼夜を問わず、まったく同じ激しさで降りつづき、嵐のような豪雨は七日七晩続いた。

そして、村は名のない物のことは忘れてしまった。犬たちを除いては。

ヘルメットを被ってはいたが、銃声のせいで耳鳴りがした。結局、バイクを停めて、アルミンド・カベッサに猟銃を下ろしてくれと頼まねばならなかった。そんなふうで狙いをつけられるのか？　無理に決まってるだろ。銃床を腹で支えて何度か撃ったが、弾薬筒の無駄遣いどころか、弾丸が跳ね返って、物陰にかくれていたり闇にまぎれて見えない物に当たるかもしれず、危険だった。だが、弾が当たるかもしれないなんてことより、使った金を考えるほうがぞっとした。二十五発の弾丸一箱ぶんで、アクルシオの店で鶏の煮こみひと皿にビール六杯は頼めるじゃないか。

アクルシオの店では、つまみしか頼んだことがなかった。懐が温かい夕方にカウンターに立ち寄ったりしたときには、アクルシオの庭ではイーゼルの上に古いドアを載せてテーブルに仕立てた上におかみさんが用意した贅沢なご馳走が用意されていた。夜が更けるにつれ瓶がどんどん空いて、アクルシオがときどき回収しなければ、テーブルの上はいっぱいになっていただろう。

弾丸の金を払ったのは、当然ながらカタリノだった。猟銃を持ってきたのもカタリノだ。父親が買った大事なこの子には銃身が二本あり、ずしりとした重みが心地よい。十代の頃は、なぜ父は猟銃を買ったのだろうと理由をしつこく考えたものだ。父が銃をいじったり使ったりするのは見たことがなかった。出稼ぎのためにフランスにいて、帰ってくるのは猟の季節ではないからだ。父のそういう矛盾した行動にはいつもいらいらし、白けた気分にもなった。父と自分がいかに理解しあってないかがよくわかるからだ。悶々とした気持ちにけりをつけるため、息子は父の銃を使いはじめたのだった。

カベッサ家の玄関に到着したのは、夕飯どきを過ぎてからだった。バイクにまたがったまま戸を叩く。みすぼらしいなりをした汚い子どもたちが黙ったまま急いで戸を開けにきて、おずおずしつつも好奇心いっぱいにカタリノのことを見つめていた。テレビがいつでも大音量でついている家だった。カベッサ家の母親は首を伸ばしてカタリノを見ると言った。

アナ・ローザ、アルミンド兄ちゃんを呼んできな。

母親はふたりが何をしに出かけるのか心得ていた。出かける前にはカベッサ家の父親が必ず外まで出てきて、どら声で、いつも同じ忠告を二つ、三つ与える。この父親は母音を省いてしゃべるので、くっつきあった音が塊になって肋骨のあたりから聞こえてくる。胸でしゃべっているみたいだった。息子はうつむきながら聴いて、ちゃんと拝聴していることを態度で示した。カタリノは、バイクにまたがったまま、半ば呆気に取られ、半ば気の毒に思いながら、テレビのワンシーンみたいだよなと思いながら、この光景を眺めていた。それからスロットルを思い切り回した。アルミンド・カベッサが後部席につかまって、体を縮めペダルの上で足を踏ん張っているのが背中に感じられた。

扉を開けると、スープのにおいが鼻についた。孫の気配を感じるや、祖母は後をついてまわり質問を浴びせた。やり過ごそうとしても、無視すればするほど、ますますしつこくなるのだった。マダレナはぼんやりとテレビを観ていた。片脚に祖母をへばりつけて隣を通っても、マダレナは黙ったまま、眉毛をあげて目をそらし、ドラマの一言一句を逃さないようにしていた。カタリノはトイレにこもってみたりもした。すると祖母はドアの向こうでしゃべりつづけるのだ。トイレから出ると、あたしの目を盗んでひと休みしていたね、という顔で祖母はそこに立っていた。

何度か狩りに行ってくると伝えたことはあった。

なんだって、ヌノ・フィリペ、お願いだよ。なんでこんなことをするんだい、ヌノ・フィリペ？　あたしを土の下で眠らせようってんだね？　そんなに慌てなくても、もうすぐだよ。あんたの父親がそんな武器をうちに持ちこんでからろくなことがありゃしない。あたしを土の下に送りこもうってんなら銃を持っていけばいいさ、それともあたしに撃ちこむかい。それがいいさ。一発ずどんとお見舞いしてくれりゃ、あっというまだ、ちょうどいいよ、あたしゃもうたくさんだ。

祖母は怒鳴り散らした。説明しても無駄だった。祖母は他人を理解するということができない。であれば、できるだけうまくごまかすしかなかった。アルミンド・カベッサは、カタリノが猟銃と弾薬がはいったビニール袋を手に出てくるまでいつもゆうに三十分は外で待たされた。

サッカー場の前を通り過ぎ、村の境界を示す最後の標識を過ぎるころにはバイクに揺られて尻が痛み始めていた。カタリノは、このバイクを人間か動物であるかのように可愛がっていた。頭のなかで長い会話をバイクと交わしていた。恋人のようなものだ。買ったその日に、名前もつけた。ファメリアだ。バイクのメーカー、ファメルと、祖母の名、アメリアを合わせたのだ。祖母をからかって、ふざけてつけた名だが、そのままになった。いまとなっては、その名を口にしても面白くもないし妙な感じもしないが、それでも祖母は気に食わなかった。

ファメリアは華奢だ。家が並ぶ道を通り過ぎて農道にはいると、ファメリアのライトのほかには灯りのない夜は冷たく、カタリノはこの子が必死にふたりを乗せてくれているように思えてきた。急にカタリノは道が遠すぎるような気がしてきた。

なんとなく嫌な予感がして、その午後はジョアン・パウロの工場で過ごしていた。注油をしてもらい、ベアリング、チェーン、キャブレーター、バルブ、フィルター、それから思いつく箇所すべてを見てもらった。注油も必要なければ、他の部品も気をつけなければならないところはないと言われたが、実のところは、ファメリアに自分は大事にされていると感じてほしかったのだ。ジョアン・パウロの目にかなうようにきれいにしてやりたかった。会話の最中にもジョアン・パウロの目をファメリアに釘づけにさせ、ファメリアに自分の美しさを実感してもらいたかったのだ。

　ジョアン・パウロならわかってくれるとカタリノは知っていた。両親がフランスに出稼ぎにいっているカタリノは孤児のようなもので、ジョアン・パウロを頼りにしながら大きくなった。ジョアン・パウロのほうが二歳上で、おかげでカタリノは小学校に上がった最初の四年間は誰からもいじめられることがなかった。野生児のようなカタリノは入学しても手がつけられぬ問題児だった。年上の子どもたちに目をつけられ、毎日のようにジョアン・パウロに助けられていた。五、六年生で放送学校（当時、地域に学校がない場合は放送学校で子どもは勉強した）に変わる頃にはカタリノも自分で身を守ることができるようになっていた。ポンテ・デ・ソルにある中学校に上がる年ごろになると、カタリノはもうひとりでしっかりとやることができた。ジョアン・パウロは中学校に一年通学したが、進級できず、そのまま学校には戻らなかった。カタリノは七年生には進級できなかったし、するつもりもなかった。兄弟のような間柄ではあったが、カタリノは、ジョアン・パウロが自分のバイクを見てくれる時間に対しては必ずきっちりと金を支払った。

　さっきの銃声のせいで頭のなかでなにかが破裂したに違いない。一発ごとに頭蓋骨のあっちこっちで弾がはじけて、錆びたピンが刺さるような気がする。アルミンドの銃の腕は確かだったし、目も良かったが、機敏にバイクを乗りこなすカタリノの腕がこの夜の成果を生んだのだ。

まだ森にはいる前に、最初のウサギを仕留めた。車道から出て、丘の上に続く小道を走っていたときだった。三、四百メートルほど走ると、曲がりくねる道の真ん中に耳をピンと立てたびっくり顔のウサギがいたのだ。一発で倒れたウサギには何発もの散弾が食いこんだので、さばくときにはひとつひとつ取り除かなければならないだろう。まだ若いウサギだった。カベッサは麻の袋に放りこむと、いつも通りふたりのあいだにそれを押しこんだ。一時間もしないうちに袋には五羽のウサギがはいった。まだ温かいそのぬくもりをカタリノは背中に、カベッサは腹に感じていた。

一時間ほど丘を走ると、カタリノはハンドルとフットブレーキに疲れが出てきたのを感じた。この薄暗さに、山に群生する灌木や、あちこちにある岩、いろいろな高さで伸び放題のユーカリの木を避けて進むのも厄介だったが、さらに地面の起伏も予見しつつ走らねばならなかった。カベッサは尻でバランスを取り体の力をぬいてはいたが、腕にだけは力を入れて、右肩には猟銃を据えて、何かが現れたらすぐ撃てるようにしていた。ファメリアは楽しげで、もうサッカー場の前の坂を上っていた時のくたびれたバイクではない。上り下りを楽しみ、方向を変えたり減速したり、そして時にはライトを当ててウサギを見せてくれ、銃を撃たせてくれる。たまに前輪が思いがけない水たまりにつっこむこともある。一瞬、足元から地面が消えたかと思うと、ふたりの心臓が跳ねあがり、次の瞬間には地面を再びとらえるのだ。

丘を越えてモス谷の近くまで下っていったが、小石だらけの道までは行かず、カタリノが喉が渇いたと言っても、動物たちの水飲み場にも行かなかった。カベッサ・ド・コエーリョの山に住むジュスティノ爺は、いかれているのだ。あの老人ならトキワ樫の後ろに身を隠すことなど、わけはない。下手したら、スズメを追いかけるガキどもが脅しつけられるときのように塩の弾丸を撃ちこまれるくらいでは済まないだろう。ジュスティノ爺は危険だ。どこまで悪意があるのか、何を考えているのか、誰にもわからなかった。だからこそ、カベッサ・ド・コエーリョの原っぱまではそれなりに距離があるにもかかわらず、カタリノは半周し、用心を重ねて蛇行しながら山をもう一度越えたのだった。くねくねと曲がる帰り道、樫の木の下で赤子に囲まれて立つ雌のイノシシがバイクのライトに照らし出された。カタリノがためらった一瞬の隙に、子どもたちと母親はちらりとこちらを見たかと思うと、背を向けて逃げていった。

ふたりとも時計を持っていなかった。夜はゆっくりと過ぎていった。もう二十時を回っただろうとカタリノが言いながらバイクを停めた。獲物の数はちょうどよかった。カタリノには十五羽、アルミンド・カベッサには五羽。これは最初からのふたりの取り決めだった。カタリノは四分の三、アルミンドは四分の一を取る。

サッカー場にはいり、ゴール前の広い場所にバイクを停めて降りた。マッチを擦り、井戸をのぞきこむように麻袋のなかを見た。マッチはそのまま消さずに煙草に火をつけた。カベッサも、一本もらった。ウサギの和毛(にこげ)に手の甲をくすぐられながら麻袋の奥まで腕をつっこみ何羽か数えると、夜に慣れた目で周囲を見渡した。

狩りの興奮が冷め、熱気がぬけた身体で佇んでいると寒くなってきた。カタリノはしっかり着こんでいたが、それでも冷気は、コーデュロイの上着も、皮膚のようなその裏地も、セーターも、ネルのシャツも、ボタンを二個、上まで締めた綿の下着もつきぬけてはいりこんできた。凍える一月の夜、ふたりで競うように煙草の煙を吐き出して、きれいになった肺の奥から雲のような白い息を空に向かって吐いた。

冷気と沈黙が同時にそこにあり、同じ空間を占めていた。冷気と沈黙に境はない。ときどき、どちらがどちらかわからなくなる。

サッカー場から見る空はいつもより大きかった。空とともに夜が広がっていた。夜とともに起こりそうな何かが広がっていた。何かがとはいっても、いま気配があるのはあのべったりと重たい硫黄のにおいだけだった。カタリノは火薬のせいかもしれないと思うことにした。カベッサは無駄なく撃ちはしたものの、それでもそれなりの数の弾丸を使ったはずだ。いや、違う。これは名のない物のにおいだ。丘を二つ越えた、すぐそこにいる名のない物の。

カタリノはそれについて話をしようとした。いくつか問いを投げてはみたものの、返ってくるのは例の冷気と沈黙のまざりあったもので、それはあの黒々とした空の奥から漂ってきて、サッカー場に、見捨てられた荒れ野に落ちてくるかのようだった。伸びたアザミと雑草とのあいまに、ちゃんと埋葬されなかった死体の骨のような錆びたゴールに、落ちてくるかのようだった。アルミンド・カベッサは返事をしたのだが、声が小さく、言葉も少なかった。カタリノは銃声のせいで耳鳴りがしていて、返事が聞こえなかったのだ。

カベッサ家ではまだみんな起きていたし、テレビもついていて騒がしいCMを垂れ流していた。玄関口でカタリノは残りのウサギを麻袋に入れ、オイルタンクの上に載せて、両腕で挟んで猛スピードで走った。こんなにいっぱいの袋を抱えていてはこのスピードも仕方ないと警官は大目に見てくれたではあろうが、袋があろうがなかろうか、走るときはいつもこの速さだった。

門をあけてファメリアと戻ったのは一時を回ってからだ。広いガレージだったので、父親の車があってもまだ半分以上スペースがある。それでも、片付いていないガレージを見るとカタリノはいらつくのだった。七月になると父はいつも違う車で帰って来た。こんなガラクタはばらして部品を売ったほうがいい。そうしたらここも片付くだろう。父に車をやると言われても返事もしなかった。

あんなものに乗って走る気にはならない。車には何の興味もない。

一羽目のウサギの後脚を針金で縛り終えたときに、マダレナがガレージにはいって来た。ネルのネグリジェ姿で、ぼんやりした目でだまったまま、髪はぼさぼさだった。ドナとかシェパとか呼ばれている雌犬のドナ・シェパがついてきて、マダレナの脚の横をすりぬけた。リボンの暖簾と夜を背中に、マダレナは庭に続く戸口にもたれかかっていた。ナイフの刃先でカタリノはウサギの前脚の周りにぐるりと傷を入れた。さらに絵を描くように正確に何か所か傷をつける。それから指先を皮の下に押しこみ一気にひっぱると衣服を引きはがされたようにウサギは丸裸になった。マダレナはその作業を眺めてはいたが、カタリノのほうばかりを見ていたので、ふとウサギに視線を戻すと悪事の現場を見られたかのようにびくっとした。カタリノは視線を感じてはいたが、気にせずウサギの皮をはぎつづけた。誇らしげに熱をおびた目で、熟練の技を舞台で見せているかのようだ。前脚を折ってから彫刻をするようにして耳を切って頭の皮をはぐと、大きく見ひらいた目が残った。痩せた身体、なまなましい肉のなかにある大きなおびえた目。後ろ脚を折ると土鍋に放りこんだ。

一年半前のアソール谷のダンスパーティ会場ではディスコ・ミュージックがかかっていた。カタリノは女とくっついて踊るのも好きだったが、跳びはねて踊るのも好きだった。新しい靴を片方ずつ見てくれとでも言うように、左、右、と交互に前に出す。そんなふうにしてダンスフロアの中央に飛びこんでいくのだ。ディスコ会場用に張られた大きなテントの隅にはビールを出すバーがあって、大きなプラスチック容器のなかに溶けた氷とラベルがはがれかけたビール瓶がつっこんである。どれだけ飲んだか気にもせず、フロアの中央に陣取って、ひとりで上機嫌でいつもの振りを踊っていた。足、手、腕。しゃっくりをしながらではあるが、音楽のリズムに乗っていた。

ギターが甲高く響き渡り、ドラムが荒々しいリズムで狂ったように打ち鳴らされたそのとき、カタリノの肘が何かにぶつかった。振り向くとマダレナが鼻を押さえてしゃがみこんでいて、指のあいだから血がしたたり落ちていた。いまでも、マダレナの鼻の軟骨を潰した感触を、ついさっきのことのように肘が覚えている。頭のてっぺんからつま先まで電流が走って、ほろ酔い気分は一気に冷めた。

アソール谷の女の子たちがマダレナを取り囲み、名前を呼びつづければ治まるとでもいうように、繰り返し、マダレナ、と呼んでいた。カタリノはただぼんやりと立ちすくむのみだった。数秒後、誰かが乱暴にレコードの針を持ち上げて音楽が止んだ。友人の他にも野次馬が集まりはじめた。マダレナは肩を支えられてフロアから連れだされた。マダレナが通った後には、モザイク模様の床の上に血痕が点々と茶色くついていた。カタリノは何かを言おうとしたが、誰も彼のことを見ていなかった。

ふたりがつきあい始めたのは翌月、五月の初めのことだった。いつもバイクでアソール谷まで行くので、道路でサッカーをしている少年や、壁の一番高いところに陣取って座ったりしている少年たちには顔が知られるようになった。買い物袋を両手にさげて帰る女たちや、荷車に乗った男たちにも同じく知られ、カタリノがバイクですれすれに通るときなどは、怯えるロバの手綱を引いて優しく声をかけて、うまく鎮めねばならないのだった。そんなふうだから、アソール谷の一帯ではカタリノは「ガルヴェイアスのクレイジー野郎」と呼ばれるようになったのだった。

はじっこに寄りな、ガルヴェイアスのクレイジー野郎が通るから。

マダレナはそんな彼をひそかに自慢に思っていた。地元の若者と揉めて、バイクで競走することになったりすると、やめときなさいよ、などと言ってたしなめるふりをした。彼が勝ってファメリアにもたれかかると、マダレナは小さく手を叩いて左右にいる女友だちをさっと見渡し、くすりと笑うのだった。正気の沙汰とは思えぬスピードを出したあと、ヘルメットを脱いだぼさぼさ頭でのんきに戻ってくる彼に、マダレナはまだ怒ったふりをしながら、顔は微笑んでいた。同じようにして、ダンスパーティ会場の片隅で、冷たい漆喰の壁にもたれかかりながら、キスを嫌がったり、ブラジャーのなかにはいってこようとする手を押しのけたりしていた。

ウサギ一羽の皮をはぐのには五分とかからない。カタリノは無頓着にはいだ皮を床に広げた。後で処理するつもりだった。これを誰に売ればいいのかも承知していた。マダレナは音を立てずに呼吸した。その小さい鼻を空気はするすると通るので、息をしていないようにすら見えた。神経質な目をした猫背の彫刻のようだった。年齢は二十歳と一か月、カタリノより三歳年下だ。よく見れば、年相応なところがたくさんあった。彼女には知っていることもたくさんあれば、知らないこともたくさんあった。カタリノは皮をはいだウサギでいっぱいのたらいを引き寄せ、次々に腹を裂いてなかをきれいにした。肉片はプラスチックの箱に、内臓は袋に詰めこみながら、軽くなったウサギを一羽ずつたらいに戻していく。マダレナはウサギの腹から出てくる大量の内臓を前にしても気味悪がったりはしない。ふだんはおこぼれにあずかれるかと期待しながら犬がそばで彼の手さばきを見つめているのだが、この夜は悲愴な面持ちで遠くからにおいをかぐだけで近寄ろうとはせず、ひどく悲しげな秘密を隠した目で、庭へと戻っていった。

マダレナとカタリノは金曜日を選んだ。その日、彼女は部屋で待ち、窓ガラスを打つあらゆる音に耳を澄ませていた。風、声、影。いっぽうで、彼はエルヴィデイラの一本道をファメリアに乗って急いでいた。急がねばならないのだ。決意を固めてから、ふたりでこの日と決めてから、ずっと急いでいた。

マダレナはカタリノのバイクの音を聞きわけることができた。つきあいだしてからは、さよならを言ったあとベッドに座り、ぶんぶんいう音が遠のいて、どんどん小さくなり、そのうち静寂に混じってしまうのを聞いていたのだ。それから少しのあいだはまだ音が聞こえているような気がするが、それはもうただの気のせいなのだった。同じようにして音が近づいてくるのもはっきりと聞きとった。音だけで、だいたいどのあたりにいるのかもわかった。それなのに彼が指で軽くガラスを叩くと、いつもびくっと驚くのだった。まず目を閉じ、右手を首に当て、息を整えてからようやく窓を開けるのだ。

金曜日、レースのカーテンのあいだからのぞいたマダレナの顔を見て、カタリノはこれでいいと思った。窓の下枠を乗り越えるのに脇の下を支えてやりながらも、その確信は深まった。

バイクの上で、カタリノは洋服が詰まったスーツケースと、両腕でしがみついてくる彼女の重みを感じていた。家にはいるのは難しくはない。祖母は薬を飲んでいるので夢も見ないほど眠りが深い。その夜は、完璧な世界でふたりで眠りについた。

目が覚めてすぐ、祖母に彼女を紹介したいと言ったのは彼のほうだった。台所でふたりの女はどぎまぎするばかりで、話す言葉も見つからないようだった。沈黙をやぶったのは祖母のほうで、やけに気取った作り声で、丁寧な言葉で話しかけた。マダレナのほうは、よそ行きの服を着て床を見つめ、恥ずかしさで顔が赤かった。

ちょいとヌノ・フィリペ、お友だちにコーヒーをついであげたらどうなの。

友だちじゃない、嫁さんだ。

最後のウサギの始末を終えると、内臓をつめこんだ袋の端をしばり、壁際に置いた。翌朝起きたら、これを堆肥置き場に放りこんでおかねばならない。毛皮の山を四つに分けたが、それはそのままにしておいた。肉片がはいった箱をウサギの上に放り投げ、たらいを持ち上げた。たらいは大きく、重かった。重たい足取りで、奥の隅にある冷蔵庫まで持って行く。マダレナが履いているスリッパはセメントの床では音を立てない。彼女が冷蔵庫の扉をあけると冷気の雲が出てきた。マダレナは何をすればいいのかわかっている。ビニール袋にはいったウサギを、眠る赤んぼうのように順番に並べることもできた。粗いセメントの床でたらいに傷がつかないようにカタリノがそっと置くと、彼女は動きを止めて、身体がぐらつかないように懸命にこらえながらつぶやいた。

お願い、行かないで。

カタリノは彼女をよけて蛇口をひねった。冷たい水で手から肘までを洗う。それから、バケツにたまったその水を床に流し、点々と散った血を、薄く広がる水で洗おうとした。そして門をあけるとファメリアを通りに押し出して、出かけていった。

ミャウが風俗店の前にいた。遠くからでも誰だかわかったが、カタリノは驚きもしなかった。バイクのエンジンを止め、村の給水所までそのままタイヤを転がして降りていった。タイヤのゴムが舗道の敷石とこすれた。

店のドアの二、三メートル前で停めたのだが、ヘルメットを脱ぐほんの一瞬のあいだに、もうミャウは彼にくっついて立っていて、口に収まりきらない分厚くあちこち傷がついた舌がいまにも触れんばかりのところにあった。

ねえ、カタリノ。ねえ、カタリノ。ねえ、カタリノ。

ミャウの話し方は子どもっぽく、どもりながら口を唾でいっぱいにして、唾と夕食の湿っぽい食べかすとがまじった言葉が噴き出てくる。腕でカタリノにしがみつきながら、小さな目でもできることなら彼にしがみつきたさそうだ。

ねえ、カタリノ、おれもなかに連れていってくれよう。ね、カタリノ、いいだろ。一緒にいいだろ、カタリノ。

その名で呼ぶのが他の誰かだったら、とっくに一発お見舞いされていたはずだ。みんな、彼がカタリノという父の名で呼ばれるのを嫌っているのを知っていた。小さい頃、学校で喧嘩が始まるのはたいてい名前が原因だった。彼を怒らせたいのなら、我をうしなう彼を見てみたければ、ただカタリノと呼べばよかった。それは年をとっても変わらない。本人のいないところでは、相変わらずみんなが彼をカタリノと呼んでいた。誰もヌノ・フィリペなどという名を知らなかった。本人の気を悪くさせずにどこの誰だと説明するときには、カタリノのアメリアのところの孫だと言う。それならば平気だった。

だが、気の毒なミャウには障碍があるのだ。彼にはなんと呼ばれようと気にしなかった。力いっぱい袖をひっぱられ、カタリノ、ねえカタリノ、と呼ばれても、だ。

ミャウにひっぱられたり押されたりして、チャイムを鳴らす前にシャツはすっかりしわだらけになっていた。ドアの向こうから聞こえる音楽はくぐもってはいたがしっかり届き、特にドラムの音はドン・ドン・ドン、と壁を内側から破壊しにかかっているかのようだ。この音楽は、ダンスパーティや祭りでも、この店でも何度も耳にしていた。ドアがなかなかひらかない。指でチャイムを押しつづけた。

カタリノ、連れてって、連れてって。

チャイムが鳴らされると、内側ではドアの上で赤いランプが光ることをカタリノは知っていた。だが、忙しいとなかなか気づいてもらえない。なかにいるときに、遠くから必死に頼みこむようにしてランプが光り、そのうちあきらめて静かになってしまうのを何度も目にしていた。それでも、チャイムはパン屋の側では本当に音が鳴るということも知っていた。だが、もうもうと舞い上がる小麦粉のせいでチャイムは錆びてしまっていて、鋭い音はもう出ない。すりへったヘコヘコ（ブラジルの楽器）のような、ねぼけた音しか出ないのだ。誰かがこね鉢でパン種をこねているだけで、もうチャイムの音はかき消されてしまう。

ドアがひらくのを感じ、指を離した。

奥で彼を待ち受けていた音楽の奔流が、ドアが開くと同時にあふれ出てきた。ミャウは大音量にびくっとし、その音とドアを開けた女の微笑みと内部から漂うにおいに圧倒されて身じろぎもできなかった。カタリノは店にはいった。ミャウはドアが閉まる瞬間まで、隙間からのぞきこんでいた。

光の点が床をなめるようにして壁をはいあがり、天井を横切ってどこだろうとお構いなしに動き回るなかを進んでいった。店は空いていて、ソファやクッションを置いたベンチ、低いガラステーブルを青く染めて影を作る照明がついていた。カタリノは腰を掛け、ぼんやりしながら髪に指を入れて梳いた。青みがかった色に染まったイザベラがすぐにやってきた。彼女を指名するまでもなかった。

最近、どう？

彼女の眉も、くちびるも、まぶたも、答えなど待ってはいなかった。ドアを開けてくれた女がふたりの前に立ったままだったので、カタリノはふたりぶんのウィスキーを頼んだ。煙草に火をつけた。彼とイザベラに言葉は必要なかった。テーブルには古くなったポップコーンがある。何日も経った湿気た味がした。グラスが運ばれてくると、カタリノは自分のを軽くひと口飲み、すぐにイザベラのグラスにも口をつけた。乾いたくちびるが焼けた。カタリノには、ほかの客に出すようなウ

ほんもののウィスキー

ィスキー色のジュース、ロバの小便のようなあんな黄色いお茶などでなく、ほんもののウ

を味わってほしいとイザベラは思っていた。

前歯はほとんどなくなっていた。下の歯は三本か四本、それも黄ばんでいたり茶色かったりでちびていて、みんなくっついて生えていた。上の歯は一本だけだ。はじめは右側の前歯だったものが、隣の歯がぬけていき、折れたり、果物に刺さったままになったりしてだんだんと数が寂しくなってくると、いつのまにか歯茎の真ん中まで動いてきたのだ、千人の敵軍を前に絶体絶命ながらも勇者として要塞を守りぬこうとしているように。

軒先に座り、ジュスティノ爺はでこぼこの硬い歯茎でパンの皮を柔らかくしていた。まず唾液で湿らせ、それから横の歯でやっつける。歯のある側の片目を閉じて、両手でパンをしっかり持って顔をゆがめて食いしばった。そう簡単に音(ね)を上げるものか。パンの皮がちぎれると、よしとばかりに、そのかけらを舌の上で転がし、唾液で包み、上顎に押しつけてもぐもぐ咀嚼する。

ジュスティノ爺は、雨をよいことに考えごとをしていた。その瞳の奥には畑があった。畑とともに育った彼が、畑を見ないでいることに慣れるはずがなかった。子どものころは兄と一緒に耕地を駆けずりまわり、服にこすれた麦の穂がぱりぱりいうなか、畑を走ったものだ。家の戸口、彼がいま座っている場所のまさに目と鼻の先に立つ母が呼ぶ声。遠くから帰ってくる父、二匹の犬を従えてゆっくりと近づいてくる、長い長い道のりを、時間をかけて、ここまでたどり着かないような気がするが、じっと頭に思い浮かべているうちにジュスティノ爺の頬がゆるむ。とはいえ、その笑みが夕方まで続くかどうかは怪しいのだが。思い出はたくさんあった。記憶もまた場所なのだ。もう三日も続く雨に濡れる畑や麦畑と同じく。

今晩で雨が降りつづいて三日が過ぎたことになる。ジュスティノ爺は天気を読むことができた。あの雲が動くようすはなかった。黒々として、びくともしない。これでも食らえと言わんばかりに水を放つ、冷たい雨だった。木々や丘を覆う冷気を追い払うどころか、寒さをいっそう厳しくしていた。容赦ない、厳しい冬の雨だ。だが、大地はそんなことは気にも留めなかった。同じく、ジュスティノ爺も気にしなかった。

大地は空より古い、ジュスティノ爺はそう考えていた。大地のほうが賢い。空はいつもくるくると考えを変える。尻を丸出しにして跳ねまわる子どものようだ。そろそろ暗くなるかと思えば明るくなり、ひとときもじっとせず動きまわる。そこへいくと、大地は忍耐強く、落ちつきのない空を見つめて受けとめる。

そろそろ父が戻ってくる時刻だ。ゆっくりした顎の動きがさらに鈍り、ジュスティノ爺は向こうの小道を登ってくる父を記憶のなかで見つめた。父は雨などものともせずに、濡れながら歩いていた、というより雨が父を通り過ぎていった。ハンチング帽はずり落ち、歩きながらついている羊飼い用の杖が屈んだ父を支えていた。父の膝の高さほどの犬たちは、なかなかこちらを見てくれぬ主人の気を引こうと父を見上げていた。ジュスティノ爺は、屋根に守られながら父の思い出をじっと見つめていた。遠くに見える確かな足取りはあまりにもゆっくりで、進んでいるのか止まっているのかもよくわからない。昔と比べて視力がだいぶ落ちているので、父の動きを見極めるのに苦労する。

おや、そこでパンを食べることにしたの？

突然の妻の声にジュスティノ爺は驚いて身をすくめた。昔の父の姿にすっかり夢中になっていたので、母が日に何度も、特にこの時刻には行ったり来たりした家の戸口に、妻がいたのに気づかなかったのだ。

驚かされたうえに、妻の声にはとがめるような調子もあったものだから、ひどい返事をした。力いっぱいパンを地面に叩きつけ、ぬかるみに蹴り飛ばした。

パンだと？　この苦いカチカチのしろものが？　石みてえに硬いじゃねえか。

気に入らないんなら、いいじゃないか、てくてく歩いてあのずべ公のとこでパンを買っといでよ。行かないのかい？　甘くて柔らかいパンがあるそうじゃないか。

ジュスティノ爺は返事をしなかった。顎鬚を手のひらいっぱいにつかんでぐっとひっぱると、牡牛のような音を立てて息を吐いた。その隙に妻は視線をそらして雨の向こうを見やった。雨脚は弱まる気配もなかった。

数えるのはわけなかった。ふたりが初めて出会った午後から五十九年の歳月が過ぎた。よくある話だ。彼女は十六歳にして賢そうな顔つきと蠱惑的な胸を持っていた。アヴィスのふもと、モンテ・ダ・マシャディニャに住んでいて、十四人きょうだいの三番目、当時の生活に飽きあきしていた。たわわに実る柿の木の下で捕まえて、口説き落とすのに苦労はなかった。豚の世話を代わることを条件に、いとこから自転車を借りて会いに行くようになった。おしゃべりな妹の告げ口で彼女の親に知れると、親のほうが娘の身のまわりの物を布に包んでやったのだった。彼女は十七歳で結婚した。ジュスティノはまだ爺ではなく十九歳になったばかりだった。正式に結婚をしたあの朝から五十八年。花婿はポマードをべったり塗った髪をなんとか撫でつけ、ネクタイを締め、おろしたての服を着ていた。ガルヴェイアスに当時いた仕立屋、ピーニョさんのところであつらえたものだ。

花嫁は夫の母から借りたドレスを着た。手続きはジャリスコさんのところですませた。文房具としゃれた小物を置いている店で、みんなそこで子どもの出生届を出したり、教会に行くのを面倒がる者たちは婚姻届を出したりしていたのだ。花嫁の家族はガルヴェイアスまで乗ってくる荷馬車の用意ができなかった。花婿の父親は家畜の世話があった。母親と兄、つまり彼女の姑と義兄が唯一の客で、法にのっとった結婚の証人として署名もしてくれた。通りに出ると、ジュスティノは煙草を吸って、冗談ばかりを連発した。それから、いまは神の御許に召されているペドロ・ジャネイロ、つまりはジョアキン・ジャネイロの父に写真を撮ってもらいにいった。しっかりとお金も数えていったというのに、あいにく写真機は修理に出してしまっていた。

ふとしたときに、ジュスティノ爺はあのとき写真を撮らなかったことをひどく残念に思った。身を硬くして、小さな声で話し、おどおどしていた妻を思い出した。

パンの作り方を教えたのは、彼の母だった。というより、一人前の女にしてやったのが母だった。墓地の入口近くの墓で母を父の隣にして埋葬したとき、ジュスティノは子どものころから慣れ親しんだパンを、塩も酵母もまったく同じ分量で作った母のと同じ味のパンを、まだ食べられることに慰められたのだった。

ところが、真夜中にあの爆音で目を覚まし、この世の終わりかと思ったあの日から、パンには苦みが出はじめて酸っぱくなり、何年も何年も、妻が、その前には母が作ってきたものではなくなってしまった。毒気のある苦いあの味がまだ口に残って、味覚がおかしくなった。妻がパンの材料を量りまちがうはずがないのはわかっていた。いつもどおりの手順で、きっちりと作っているはずなのに、何かが違っていた。土に変化があったとも思えず、とすると、変わったのは自分なのだと心の内で思いこんだ。あれは死の味なのだと信じた。

手の甲を見るまでもない、このところ急に皮膚が薄くなって血管が青く透けている、自分は年を取ったのだ。ひどい仕打ちだ。あのオリーブ林の枝のあいだをすりぬけていってしまう時間を、心で呪い、大声で罵りもした。何度も何度も、長く生きすぎたと思うこともあった。あの時間をなんのためにほしいと思っていたのだろう。できることはまだたくさんある、手をこまねいたまま、できることをうしなうわけにはいかない、それでも、日ごと何かが欠けていることに気づいてしまう。それはまるで、毎日何かがなくなる家に住んでいるようなものだ。何年もそこにあったもの、自分の所有物だった何かが、突如としてなくなっている。存在していたものが、次の瞬間にはもうなくなっている。そうやって何かをうしないつつ生きていかねばならないのだ。そこにずっとあったものの不在を感じて、生きていかねばならない。最初のうちは、装飾品だったりした。それがだんだんと、食器棚から皿がなくなりはじめる。それからは、なくては困るものがどんどんなくなっていって、最後には死ぬときのベッドだけが残るのだ。

ジュスティノ爺とその妻は、何時間も黙ったままでいられた。夕闇が畑を覆って灰色の岩に変えるようにふたりの顔も覆い、目の前の軒から並んで流れ落ちる雨だれが縞模様を作っていた。ジュスティノ爺は、妻をひとりにするわけにはいかないと思っていた。自分だけのことであればいつ死んでも構わないが、そうはいかない。この分厚い壁の家の奥で、どこまでも続くようなだだっ広い畑に囲まれて、妻がたったひとりでいるところを想像するだけでも苦しくなる。娘が同居を勧めるだろうが、それはよけいにつらい。居場所がなく所在ない未亡人の妻、すっかり老いぼれてしまうだろう。この年齢で村の暮らしに慣れるはずもない。長年住み慣れたこの家ですら、物のありかをちょくちょく忘れるようになっているし、口にしたばかりのことをいかにも目新しい話題のように繰り返すこともよくあるし、あれをしたか、これはどうだったかとわからなくなるし、すぐばれる嘘で夫をごまかそうとするし、いろいろ混乱しているようだった。ジュスティノ爺は、妻の混乱ぶりに気づいていて、面倒を見てやらねばならないと思っていた。人生ずっと、アヴィスのふもと、モンテ・ダ・マシャディニャまで迎えにいったあの娘の面倒を見てきたのだ。

ごはんだよ。

むっつりと黙ったまま家にはいる。わざわざ、飯だと言われずとも、そろそろ時間だとわかっているのに。ジュスティノ爺は、ぶつぶつ言いながら立ち上がり、椅子にまで文句をつけた。家にはいると、石油ランプにマッチで火がともされたところだった。戸を開けると、妻がランプに火屋(ほや)を被せていた。ランプに灯りがともされると、犬が外から戸をひっかく音が聞こえてきて、ジュスティノ爺は癇癪を起こした。

お前はしめしめと思っとるのか！　この犬は毎日入れてもらえるものと思ってやがる。悪い癖がつきやがった。いままでこの家に犬を入れたことなぞなかったんだぞ。これで最後だ。これが最後だ。

ジュスティノ爺は、割れたりかすれたりすることはあっても、まだ太く大きな声が出せる。素知らぬふりで目の前を通った妻の影が揺れ、ゆっくりと戸がひらいた。雌犬が急いではいってくる。耳を下げ、穏やかな目をした犬は火のそばで横になった。轟音で叩き起こされたあの日から、もう五晩つづけて犬は家で寝ていた。猟銃の発射音も、陰鬱な稲妻の轟きも平気な犬だったのに、あの爆音のせいで犬の内で何かがおかしくなってしまったようだった。

おまえはこの地球がもうこれ以上は持ちこたえられんと怯えているのか？　おれからすれば、よくぞ一度で破裂せずにここまでもったと思うよ。

あの夜、寝床から引きずり出されたふたりは家の前で呆然としていた。夫はズボン下に下着のシャツ一枚でブーツを履き、肩には猟銃を掛けていた。妻は寝間着で、髪の毛は下ろしていた。だが、ふたりともそれなりにいろいろなものを見てきているせいか、夫婦の脚の後ろに身を隠し、尻尾を巻いてあちこちにおもらしをしている犬ほどには驚いてはいなかった。

ジュスティノ爺は薪を一本選び、両手で火にくべた。そこに埋み灰をひと山かけ、火がつくまで扇いだ。テーブルまでくると、帽子をとって腰掛けた。スープ皿が目の前にあったが、パンにはすぐに手を出さずにいた。妻を待っていようと思ったのだ。妻の声だけが聞こえてくる。

どうせもう食べたかないんだろ？　やっぱりね。

それでも妻を待つ。妻が何か言いたいことがありそうな気がしたし、目を合わさずとも、表情にもどこか気がかりなところがあったのだ。これから言う言葉の場所がすでにあるのに、そこはもう沈黙でいっぱいになっているかのようだった。

妻が座ったのを見はからってスプーンを手に取った。これで、いつでも口火が切れるだろう。

お義母さんのネックレス、覚えている？

これか。ジュスティノ爺の頬がかっと熱くなった。警戒すると同時に注意が散漫にもなり、何かをひとつするたびに間があいて、皿からスプーンを持ち上げたままで止まった。

夕食がまずくなった。ときどきお前はガキみたいなことをしやがる。

スプーンをテーブルに叩きつけた。皿を腕いっぱいに押しやったので、スープが少しこぼれ、残りはスープの世界で嵐でも起こったかのように荒れ狂って皿の縁で暴れていた。

母のネックレスを覚えているかだと。当然だ。子どものころからずっとあの金鎖を見て育ってきたのだ。日常で身に着けるようなものではないと、父は渋い顔をしていたものだ。祭日などでのんびり昼食を取っていると、決まってポンテ・デ・ソルの十月の市場でネックレスを危うく強奪されそうになった話がはじまったものだ。靴の売り場を見ていたら、男が母に軽くぶつかってきたと思うと、首の鎖がひっぱられるのを感じたのだと言った。母が話すとその瞬間はやけに長かった。思わせぶりにたっぷり間合いを取るものだから、今度こそは違う終わり方になるのかなと思うと、その男はやっぱり手ぶらでそのまま去っていくのだった。そこまで話すと、留め金についたまっすぐな切り傷を見せてくれた。手に隠し持っていた小刀で盗人が鎖を断ち切ろうとしたのだ。話を聴くジュスティノの目の前には、一張羅の服と上着で大変な目にあった母の姿が見えた。母にしたら、あれだって人生の一大ドラマのひとつなのだ。

みんなが早死にだったのか、それとも母が遅くにできた子だったからか、母方の親戚をジュスティノ爺はほとんど知らない。顔を合わすきっかけがなかった。だが、当時としては貧しいながらもそれなりの暮らしをしていたことは知っている。遺産を六人の子どもたちで分けあい、母はそれでネックレスを買ったのだった。母は、自分の先祖たちみんなを首からかけていたのだ。

病状も重くなっていたあのとき、母はあの金鎖を長男の手に握らせた。ジュスティノは、兄が、だめだ、だめだよ、と言うのも、母がそれでも握らせたのも見ていた。髪が乱れて死にかけていた母は、懸命に腕を伸ばしてサイドテーブルのネックレスをつかみ、寝間着の下のまっしろな胸と震える声で、とぐろを巻いた蛇のような鎖を兄の手のひらに置いたのだ。

鬚としわで顔が隠れていても、ジュスティノ爺が動揺を隠せないでいるのが見て取れた。兄が孫娘に、自分たちのひとり娘のそのまたひとり娘のアナ・ラケルにネックレスを贈ったと、妻はおそるおそる、ひと言ずつをそっと手放すようにして話した。ジュスティノ爺は煮えくり返る思いでようやくひと言を吐き出した。

あの男から何ももらうんじゃない。

そういえば妻は、地球が爆発しかけたあの夜の前夜に村に立ち寄っていた。どうせならあのとき本当に爆発して何もかもが粉々になっていてくれたらよかったのに。自分に告げるのになぜこんなに時間をかけたのだろう。黙りこんでいたこの数日間、妻はこの話をこっそりと秤にかけていたのだ。沈黙でもって自分を裏切った、軒先に落ちる雨音でもって自分を裏切ったのだ。

兄は孫娘を利用して札束で頬をひっぱたいてきた。

この考えには鋭い爪があった。この爪で、ジュスティノ爺は腹を掻き切られて冷たい血を流し、ひっくり返った胃から流れ出た胃酸をまた飲まされた気分だった。その爪の一本が心臓をまっすぐにつらぬき、もう一本が頭のてっぺんに突き刺さり、脳みそが汚い水になって煮え立つまでかきまわした。

影がゆらゆらと家具や部屋の隅を覆っていた。火が薪に移り、音を立てて火花が散った。宙ぶらりんな、空気のない気泡のなかにいるような時間が経っていく。妻は息が詰まってきた。ふたつの影のなかを見つめながら、つぎに起きることを察するために沈黙をふるいにかけていた。突然ぶつけられるどんな言葉も、怒鳴り声も、テーブルに叩きつけられる拳も、痩せた身体で受け止めるつもりだった。

分厚い木材でできたテーブルの天板のたわみは時の流れによるもので、幾年もの冷たい冬と灼熱の夏のせいだとはわかっていたが、夫が叩いたせいでもあるのじゃないかとつい思ってしまうのだった。握りしめた拳で鳴らす雷のせいかもしれないと。若いころには、肉をぶつける強烈な殴打だった。年を取ってくると、力に衰えは見えるものの、憎しみと混じりけのない怒りは増していた。

ジュスティノ爺は身じろぎもせずそこにいた。スープ皿はまだテーブルの中央にある。皿で波打っていたスープはとっくに静かになっていた。

妻はぎりぎりまで辛抱してから口にした。もう何年も経っているじゃないの。少しは落ちついて考えたらどうなの。マリア・ルイザが生まれる前の話だよ、なおのこと、あの子には関係ないでしょう。

ひと言ひと言、妻は長々と間をあけた。そのあいだに夫は自分に同意してくれると思っているかのように。そのつど、勇気を奮い起こして話しているかのように。夫は身を硬くして、妻が口をつぐむたびに目に見えぬ怒りをたぎらせていたのだが。ジュスティノ爺は、いまこの瞬間にも目が潰れるのではないかと思った。自分が何かに触れれば、どれも床に落ちたり壁にぶつかったりして割れてしまうだろう。着ているシャツを引きちぎったり、石油ランプを床に叩きつけたりしてもいい。危険だろうがなんだろうが、関係ない。

息を深く吸いこみ、立ち上がった。やけにゆっくりとした夫の一挙一動を妻はじっと見守った。夫は無表情で息を深く吸って立ち上がった。ぶつかった拍子に椅子が勢いよく倒れたのと、後ろ手に閉めた戸が立てた大きな音だけが、彼のいらだちを伝えた。

雨はひと晩降りつづくだろう。ジュスティノ爺は、自分の居場所、軒先の屋根の下にいた。ここで日暮れを迎えたのはついさっきのことなのに、もうずいぶん時間が経ったようだ。そのときのことなど、もう記憶になかった。夜は、水っぽい音、水っぽい寒さ、水っぽい闇に広がり、もう元には戻らない。

兄の話を小耳にはさんだり、兄を想起することがあったりすると、身体の内で憎悪が煮え、落ちつくまで時間がかかった。妻と娘はそのことをよく承知していた。身体じゅうが熱を帯び、頭が混乱するのだ。

兄とはもう五十年会っていない。記憶にある兄の顔は、殺してやると思ったあのときのまま、まだ若かった。

　ジュスティノ爺はめったに村に降りなかった。鋤は一本買えば、数年もつ。若いときには人寂しく思うこともあった。そういうときには、孤独な夜からぬけ出すようにサン・ジョアン通りまでとぼとぼと歩いていったりもした。だが、ひとりで歩いてみたところで、がらんとした通りが慰めになることもないのだった。

　ポンテ・デ・ソルの家畜市に行ってみようかということもたまにあった。家畜がひしめく場所で、まさか兄に出くわすこともなかろう、と思った。あんな場所には似つかわしくない紳士なのだ。オーデコロンをふりかけたところで、あのにおいはごまかせない。兄に会うことはないという確信があるから、年に一度か二度くらいは荷馬車に乗り、身なりを整えて出かけ、ポンテ・デ・ソルまでの道すがら、ついでにリベイラ・ダス・ヴィーニャスとエルヴィディイラにも立ち寄ってコルク樫やオリーブの状態を確認し、畑を見たりもした。何かを売り買いするつもりはない。ただ、人の気配を感じたかったのだ。ごくまれに、気分が浮いたり気まぐれをおこしたりして、仔羊を一頭手に入れてガルヴェイアスまで荷馬車に乗せて帰ることもあった。道中、仔羊はずっと鳴き喚き、床に小便を垂れ流した。

　自分が育てた家畜からの儲けはほとんどなかった。ひょんなことから、二、三人の商売人がやってきて家畜を見ていくこともあった。値段に納得すれば、そしてそれが気に入りの家畜でなければ、数頭を手放すこともあった。

　この点においては、妻は彼とは正反対だった。七十歳をすぎてもしばらくは、誰の手も借りずにロバに荷袋をかけ、手元にある果物や野菜を詰めて広場に出かけていった。毎週土曜日になると、ミゼリコルディア教会の隣、フォンテ・ヴェーリャ通りの端から広場まで、朝早くから市が立つのだ。隅に小さな台を据え、板を渡して座る姿はいっぱしの売り手のようだった。山に戻ってくるのは、すべてを売り切ってからだ。おずおずした様子を見せたこともない。恥じらいなど、娘の時分に使い切ったのだそうだ。マリア・ルイザは生まれて間もない頃から母に連れられて一緒にいった。ジュスティノがいくら叱っても、妻は素知らぬふりをした。ロバにまたがり娘に乳をやる妻を見ることもあった。後年、ガルヴェイアスの反対側、ケイマード地区に娘が住まいを決めると、ジュスティノは村かぶれの妻のせいだと責めた。

だが、兄と絶縁したとき、娘はまだ生まれていなかった。父はとっくに亡くなっており、母が世を去って間もなくのことだった。両親がこの不仲を見ずにすんでよかった、何も知らないままでよかったと思う。

母の瞳は苦渋と慈愛に満ちていた。ジュスティノは、母には豆粒ほどの自責の念も抱かせなかったはずだ。まだ老境に差し掛かってもいないのに病を得た母は、兄弟ふたりを呼び寄せて、兄には細長い耕地を、その他は弟に遺すと告げた。金鎖を兄に渡したのもそのときだ。

細長い耕地は、石が多くて苦労の多い土地だった。井戸はひとつあったが、使えるようにするまではだいぶ手入れが必要だった。さらには、木もほとんど生えていなかった。枯れかかったオリーブの木が三、四本と、花梨が一本と、ほったらかしのコルク樫が一本。兄はひと言の不平もなく受け入れた。兄には教育を受けさせてやったのだからという母の気持ちがジュスティノにも伝わった。

火にかけた土鍋のお湯がふつふつと沸き、父は部屋で鼾をかいていたある夜に、まだ十代だったジュスティノに母が説いて聞かせたことがある。兄が学校に上がったときには、息子はふたりとも学校に行かせようと思っていたこと。だが、ジュスティノが入学する年に羊が疫病にかかり半数以上の仔がだめになってしまったこと。金鎖を売ろうと言う母を父が押しとどめ、あと一年待とうと言ったこと。春になると、疫病は山羊にもまわった。ジャガイモの皮で育てた豚までもやられ、腸詰を作ることもできぬまま、内臓の腐った死体を向こうの畑の奥に埋めねばならなかったこと。追い打ちをかけるように、同じ年に思わぬ大雨に見舞われて麦畑がだめになってしまったこと。

そんなふうに悪いことが立てつづけに起きて、四年生が終わって修了試験も受けた兄には、畑仕事を仕込むことにしようと父は考えていた。そう決心したときに先生が山までやってきたのだった。ものすごく暑い日だったとジュスティノは記憶していた。丸眼鏡をかけた先生は、帽子が汗で湿っていた。背中には滝のような汗をかいていた。ようやく日陰の台所にはいって、ハンカチで汗をぬぐいながら、ふう、ふう、と言った。母は水差しを、ジュスティノの兄はガラスのコップを握りしめたまま、ふたりともそわそわしながらこのまま先生が事切れたらどうしようかと心配でもしているかのようだった。ジュスティノは幼くて字も読めなかったが、それでも先生が、最初はぐっしょり濡れていたのが、ひと休みするとまたさっぱりと乾いた先生が、どうか息子さんに勉強を続けさせてやってくれと頼みこむのを聞いていた。こんなに頭の良い子をうしなってしまうのはあまりに惜しい。先生は、自分が工面して学費を出すと言った。父は、喉に空気を詰まらせたかのように、赤くなってそれから紫になった。先生が学費を。だが、父は断った。とんでもない。そこまでしていただくわけには。押し問答となったが父は固辞した。先生が帰る間際になって、石を飲みこむように誇りを飲みこんだ母が、先生の側に立ち父の背中に思いのたけをぶつけた。それで、兄はポンテ・デ・ソルの中学校に上がり、五年生となったのだった。

こんなに歳月が経ったというのに、凍える夜を前にひとり座りながらジュスティノ爺は、幼かったころの兄、畑を転げまわっていた兄と自分を思い出すと胸が熱くなった。ジュスティノは兄を崇拝していた。兄に向かってくる者には誰かれかまわず飛びかかり、最後まで食らいついた。それから、勉強のために家を出た兄が週末や休暇で戻ってくると、両親のほうが兄を客扱いしはじめた。そんなふうにして、少しずつ兄をうしなっていったのだ。はじめのときこそ、あそこに巣があっただの、滝がどうしただの、コオロギが、溜池には鯉が、などと小さな報せを貯めておいたのだが、兄はそういうものには興味をなくしたようで、いらいらしながら弟の話も聞こえぬそぶりで目をそらした。篠突く雨の夜、軒先に座りながら、亀裂はもうあの頃からはいりはじめていたのだとジュスティノ爺は思った。あの傷はひらいたまま、膿んだままだ。とつぜん、なまりも違う知らない言葉で話しはじめた兄を前にして、幼い彼はただ目を見ひらいて肩を落とすことしかできなかった。

　雨、雨、雨、いまは雨がありがたかった。雨音を聞いていると自分の居場所を確認することができた。憎しみに突然襲われて昂った気持ちを、雨が少しずつなだめてくれた。無理やりあくびをして顎関節をきしませて、目尻に涙をにじませたジュスティノ爺はこの夜をまるごと飲みこもうとしているように見えた。凍えてかじかむ足で身体を支えて立ち上がった。妻はもう寝ていてくれればいい、と思った。合わせる顔がなかった。彼は傷ついていた。もう何年も何年もずっと、妻はなんとか理由をつけて結局は兄の肩を持つのだ。あからさまではない、そんな勇気も妻にはなかった、それでも兄をかばうひと言が必ずあるのだった。だが、何を言われても兄をゆるすことはできない。妻には何も言う権利はない。

　かちかちに凍えて、ぎこちない身体に残る僅かな身軽さで戸をあけた。扉の蝶番(ちょうつがい)がはずれかかっていた。この家では何もかもが古びていた。火の前に陣取って鼾をかいている、気の弱い雌犬までも。家が静まり返っていることを願って一歩踏みいれたが、妻がまだ起きているのが視界の端にはいり、むっとした。歯ぎしりをして、怒った顔の仮面をつけた。寝室に行く心づもりだったが、踵(きびす)を返した。先に横になりたくなかった。妻が着替えてベッドにはいってくるあいだ寝たふりをせねばならなくなる。それよりは火のそばに座って炎を見ながらぼんやりと過ごすほうがずっとよかった。妻がぐっすりと眠りに落ちてから床にはいりたい。

膝を曲げると痛んだ。木製の腰掛けにどかっと座り、背を漆喰の壁にもたせかけた。妻が立てる物音は小さく、短く、少なかったが、ただそこにいるだけで絶え間なく聞こえる羽音のようにうるさいのだった。目をそらさず、ジュスティノ爺は丹念に炭火をまたかきまぜ、火に集中したいと思ったのだが、妻が寝室に引っこむまでは完全に無視はできなかった。彼の頭のなかではつねに痩せた妻がせかせかと動いていた。目をつぶるとよけいにせわしなくなった。

妻が部屋から出ていくと、とたんにあたりの邪気がはらわれた。空気がさっぱりとし、呼吸をするとそれが感じられた。

ジュスティノ爺は自分を納得させようとしていた。マリア・ルイザはもう結婚もしている大人の女性で、孫娘ですらもう大人になっていた。娘が遅くにできた子どもでなければ、孫がいまどきの娘らしく結婚をする気なぞさらさらない、というふうでなければ、ジュスティノ爺にはひ孫がいてもおかしくはないのだった。いつかひ孫が生まれてくるとしても、その頃には自分はとっくに土の下で、その子の顔を見ることはないだろうと思っていた。話を聞く限りでは、孫娘の頭のなかは学校でいっぱいなのだそうだ。それでよかった。娘は、マリア・ルイザは、やっと生まれた子どもだった。妻は三回、いや四回、正確な回数は知らないが子を宿したが、自然は妻のことなどおかまいなしだった。

暗黒の日々。自然は彼らを拒んで、まだ形も整わぬまま血の塊が流れ出て、妻は苦しみむせび泣いた。ある朝にはジュスティノは村までアデリナ・タマンコを呼びに走ったこともある。ようよう戻ってくると、血だまりと絶望した妻の瞳が待っていた。子どもを取り出すのはふつうの出産と同じくらいの大仕事だった。あのときのジュスティノには、泣く力も残っていなかった。

娘は生まれてこのかた、父と伯父とが同じ食卓に座っている姿を見たことがない。断絶は母の死後すぐのことだった。未亡人になっていた母は孫が生まれそこなうのを何度も見ていた。もう鬚も生えた大人だというのに、母に死なれると孤児になったような心持ちがした。母にはずっと子ども扱いをされ甘やかされてきたのだ。子どもの頃には、何時間でも抱かれて撫でられていることもあった。ようするに、末っ子だったのだ。

勉強をさせてもらっている兄をうらやんだことはない。ジュスティノを苛んだのは嫉妬ではない。火種となったのは、あの細長い耕地だった。

あの土地が彼を崩壊させた。

母が死んですぐ、書類仕事も終わるか終わらぬかのうちに、兄はあの土地をマタ・フィゲイラ先生に売ったのだ。すでにたっぷり土地を持っている先生があんな土地をほしがるはずもないのだが、それでも買った。それでも、兄はあそこを売ったのだ。

それを知って、てめえの顔なぞ金輪際二度と見たくない、そんな仕打ちをするとは侮辱にもほどがあると言うと、兄は、いい取引だったんだと答えた。それで弟をなだめられるとでも思ったのか。空気銃のように憎しみが彼の額を撃ち抜いたのはその瞬間だった。

紙切れ数枚とあの土地を取り替えるなんて、どれだけの阿呆なのだ。学校ではロバなみの教育しか受けなかったのか。その数枚の紙きれで食っていけるのか。ケツもろくに拭けない紙切れをコルク樫の根っこに打ちこめるとでも言うのか。

土地は、その内から命を生みだす。それから、その命を大事に守り、養い、地平線と道を与えてやる。そのあと、いずれは貸しを取り戻すのだ。植物も動物も土地に倒れ、やがてその奥深く、中心に触れるまでに潜っていく。人類もまた、世代から世代へと受け継がれ、自分たちが住んでいた土地になる。土地こそが、これまで生きてきたもののすべてであり、それらが形をなくし、混じり合う場所なのだ。

ここまでひどい侮辱を受けた相手を兄とは受け入れがたい。ジュスティノは憤怒のあまりに我をうしない、兄の額に爪を突き立て、そのまま顔を引き裂いてやりたいとすら願った。実際にはやらずとも、それをやった気になった。

あの耕地の話をするときの父の声を思い出すと刀傷のように痛んだ。あそこの植え付けはあとにしよう、あれはほかの土地から離れていて便が悪い、なんせ聖サトゥルニノ教会と窯を通ってさらに古いブドウ畑の隣にあるんだから。だとしても、あれは代々苦労して手に入れた土地だ。なんといっても、土地なのだから。

土地なのだから。

火は消えかかっていた。外は雨と冷気。家では、犬の寝息が台所の静寂をやぶっていた。ジュスティノ爺はブーツを脱ぎはじめた。

寝室で服を脱ぎ終えた。目をこらせばようやく見える薄暗い部屋だ。鼻の先までしっかりくるまれている妻は、上掛けの輪郭しか見えない。ズボンを脱いで下着一枚になったジュスティノは、ボタンをはずす手をとめて、妻を見つめた。妻はこんもりとした上掛けの山のようだった。ほんのいっときだが、確かにその時があった。

それから一月らしく重たい上掛けを持ち上げ、そっと潜りこんだ。シーツがこすれる音、鉄製のベッドがきしむ音に気をつかいながら。落ちつくと、ほどなく眠りに落ちた。

その夜は夢も見なかった。

夜明けの灰色の光は長い旅路を終えて部屋までやってきた。屋根瓦の隙間、水の滴もはいらないような隙間にすべりこむ光もあれば、風に押されて木戸のひびからはいりこんで台所を通り、ベッドの足元で崩れ落ちる光もあった。明かりは壁の漆喰から生まれ、闇のなかでその白さを際立たせる。

光よりべたつく硫黄のにおいが家じゅうに張りついていた。この不快なにおいがはじまったのは、ふたりが飛び起きたあの轟音の夜以来だ。鉱物のにおいは、きつく、灰のにおいと同じく頭痛を引き起こした。においが強かったり弱かったりするのは、風のせいだ。と、少なくともジュスティノ爺は考えていた。他ににおいを運んだり持ち去ったりできるものがあるか？　光とは違い、においは壁を通りぬけた。

妻がまだ台所にいないことをジュスティノ爺は不審に思った。皿や鍋の音がしない。一日が始まるのを拒むようにもう一度目を閉じた。屋根を打つ雨音で風の向きが変わったのがわかった。ベッドを出るのはひと苦労だった。ベッドがうしろからひっぱり、出ていってくれるなと引き留めにかかっているかのようだ。

立ち上がって背骨を伸ばし姿勢を正した。綿のシャツ、綿のズボン下、ゴムの伸びた靴下、手のひらで顔をこする。しわだらけの顔、武骨な手。

台所の戸まで歩いた。小窓をあけ、畑を見る。雨。犬が彼のくるぶしのあたりをしきりに嗅ぐので、戸をあけて外に出してやった。

火がついていない。コーヒーはどうした？

妻を呼んだ。

上掛けをはぐと、死んだ妻は眠っているかにみえて、皮膚はすでに白いゴムのように冷たくなっていた。髪も死んでいる。指も。瞳はまぶたの奥に沈みこんでしまっていた。寝間着は、唐突に死装束となった。

マリア・ド・カルモ、妻はそういう名なのだった。マリア・ド・カルモ。

このとき、心を決めた。

ジュスティノ爺はベッドの向こう側にまわった。前夜着ていた服が椅子の背にかけてある。一枚一枚、身につけた。ブーツを履いた。ブーツは緩くなっていた。何年も履いて型が崩れているのだ。妻をもう一度上掛けでくるんでやった。

台所でハンチング帽を被り、猟銃を肩に掛けた。

モス谷の道、村へと続く道、雨のなか、ジュスティノ爺の瞳の焦点はしっかりしていた。犬がついてきた。後に引くことのできぬ決意を胸に、前へ前へと進むと、足がついてきた。水たまりに足をとられ、石につまずき、それでも揺るがない。雨が顔をつたい、鬚にはいりこんできた。

兄を殺すのだ。

パンツをすねまで下ろし、彼女はしゃがんでビニール袋に狙いを定めていた。外では子どもたちがしゃべっていたりぐずっていたり、鶏のようにけたたましく笑っていたり。彼女の骨はしなやかで、しゃがんでいるのは苦にならない。痩せた脚に点々とある黒いあざは肩にもあった。ぼさぼさの髪、目の下の濃い隈、ローザは影にぎくりとして左右を見た。屋外便所の壁には割れ目がいくつもあるのだが、子どもたちに覗かれては困るのだ。秘密をばらされてたまるものか。

この便所はそう古くはなかった。夫が苦労して組み立てたのは、去年の夏とは言わないまでも、たしかその前くらいだった。夫に大工の腕がないことはわかってはいたが、それでもなんとか形になっていた。問題は粗悪な木材だった。その年の秋が来る前に、すでに壁のあちこちにひびがはいった。そこからは修繕に次ぐ修繕。最初は便器の下の床、それから壁板、夫が畑で見つけ、通りがかりの老人の荷車で運んでもらった冷蔵庫のドア。トタン屋根はオレンジの木の枝がうまい具合に押さえていてくれたのに、それもコルティソの地所のほうで何かが落っこちて村中が大騒ぎになったときまでだった。あの音でびくびくしていたのも二日ばかりのものだった。大慌てに慌てた夜の翌朝からその夕方までは露天便所だった。トタン屋根は、気難しい独身の隣人、アイダの庭に突き刺さっていた。あの夜、もしも庭に出ていたらアイダの首はすぱんとはねられていたことだろう。

ローザは便秘だった。りきんでもうまくいかない。前夜はオートミールとオレンジしか口にしていなかったが、そのせいだとは思えない。きっとこの寒さのせいだろう。そう考えたとたん、尻から風邪をひくのではないかと急に恐ろしくなってきた。

突然、子どもが戸を叩いてきた。ドミンゴスだ。手のひらで戸をばんばん叩き、体当たりをしている。蝶番はなんとか持ちこたえたが、危なっかしい。息子はわんわん泣きながら、兄の悪口を言っていた。

うるさくするんじゃないよ、この馬鹿たれが。ちょっとはかあちゃんをほっといてくれよ。

息子はまだ泣いてはいたが、離れていった。

クソもゆっくりできやしない。

鐘の音が聞こえてきた。もう時間だ。いらいらしながらあきらめようと思ったそのとき、動きを感じた。唇をぎゅっと結んで喉の奥から力を絞りだす。朝七時の鐘に合わせてローザの下腹はらくになった。世間一般の音からは距離を置いてきたが、自然ができあがったときから存在する時の流れを測り、正確に、きちっと教えてくれるこの鐘の音はありがたかった。

手に握りしめていた紙で拭いて、それを穴に投げ捨てる。袋の口をしばる前に手で重さを量った。しっかりした量だ。

子どもたちのあいだをすりぬけ、鶏や犬たちのなかを通っていく。犬たちだけが、鼻をくんくんいわせて振り向いた。廊下に置いてある冷凍庫に静かに向かう。左右に目を走らせ、蓋をあけた。袋をほかの袋の上に置く。人差し指で、ほかの袋の固さを見た。だいじょうぶだ。まだ温もりのある新しい袋から湯気が立った。蓋をしめ、錠前で鍵をかけた。

夫が台所で喚いていた。何を言っているのかはわからなかったが、鼻にかかった不満たらたらの声にローザは慣れていた。自分は無関係とばかりに、そっと静かに台所にもどった。寝床から起き出したまま、シャツもズボンも着替えていない夫の身体は分厚く頑丈で、古い樫の木の幹のようだった。野太い声は壁を打って響く。ヌノとアルミンドが縮こまって火のそばに座っていた。アナ・ローザはフィリペを片手で抱いて、空いた手でテーブルを片づけようとしているらしかった。父親の喚き声もおかまいなしに、フィリペは死んだように眠っていて、姉が動くたびに頭ががくんがくんと揺れていた。

父親が怒りをぶつけているのはアナ・ローザだった。この朝の寒さが癇に障ったのかもしれない。よくあることだ。ついていない、と誰かれなく不平を言い、ぶつくさはじまったかと思うと怒鳴りはじめ、急に怒りの矛先をアナ・ローザのように大きくなった子どもの誰か、もしくはたいていの場合は妻に向けてくるのだ。ちょっとしたしぐさだったり、態度だったり、あまりないことではあるが、言葉遣いが悪いと文句をつけることもあった。標的が定まると、その相手に容赦のない怒りをぶつけ、誰のかばいだても一切ゆるさなかった。

アメンドエイラ通りでは、カベッサの家から怒鳴り声が聞こえてきたところで驚く者はいなかった。

怒鳴り声のあとには、台所や通りの真ん中で、何かしら口答えをした上の息子たちの誰かが殴られることもあった。妻か娘だと、ドアにたたきつけられ、倒れたところにひとつかふたつ、平手をくらう。小さい子どもたちが意地を張れば、ベルトでたたかれた。

カベッサの手は分厚かった。指はふとい。手の甲は硬く、皮膚は粗かった。

ローザは夫の手をよく知っていた。長い年月、身体じゅうをその手でまさぐられてきたのだ。ときには、真夜中に下着に手を入れられ起こされることもあった。

アナ・ローザは十五歳で、テーブルの上のコップを集めていた。流し台に重なる鍋や皿の上にそのコップをなんとか載せていた。

テーブルに何も載っていないことなど、この家ではなかった。汚れた皿の山、乾いたクリームや腐って凝固した牛乳がこびりついたアルミの小鍋、瓶、オートミールの箱、マリー・ビスケットの空き箱、かじりかけの硬くなったパンの皮、何か月も前からある、縮んで茶色くなったオレンジの皮。テーブルにはそれだけのものが載っていた。テーブルの上がいつもいっぱいなので、その脚の周りにすらスプーンやフォークが載っかった皿が積み重ねてあったり、さらに瓶、牛乳パック、空き箱、グラス、カップ、ボウルが散乱したりしていた。ボウルは流しにたまった汚れものをうまくよけながら水ですすがれ、すぐにまたオートミールと牛乳、牛乳が切れていたら水を注がれた。

ローザは娘に近寄って赤んぼうを受け取った。すると夫は、そうやって娘をかばうんだな、いつもそうだ、ふたりでぐるになりやがってと喚いた。事実、そのとおりだった。娘をかばっていたのだ。首筋に張り手が飛んでくるのを待ち構えるようにまばたきを繰り返しながら、ローザは下を向いて、生温かくすえた汗のにおいのする寝室にはいっていった。よじれたシーツを伸ばしてそこに下ろしても、息子は目をあけることなく眠っていた。ベッドの奥にぐしゃぐしゃになっている毛布の一枚の端をひっぱって息子にかけてやった。

台所にもどると、夫の怒鳴り声をくぐりぬけて娘のそばにいった。エプロンから小銭を数枚出して、夜の女たちのところでパンを買っておいでと言いつけた。

娘が出ていくと、カベッサはまだぶつぶつ言いつつも、さっきよりは落ちついてきた。ローザはコップをさっとすすいでからひと振りし、数日前に栓をあけたはずの赤ワインを一本選んで、コップとワインを無言のまま夫に差し出した。

上の息子たちを呼んで、晩にアルミンドが狩ってきたウサギの袋から三羽をヌノに、二羽をアルミンドに持たせ、つかいを頼んだ。細かいところまでしっかりと言って聞かせる。一羽はペケーナ通りの母のところ、もう一羽は床屋のエルネストのところ、この時間ならまだ家にいるだろう。それからアデリナ・タマンコのところ、セニョール・ジョゼ・コルダトのところ、最後はもう店にいるはずのエゼキエル・シャペリーニョのところ。

火のそばに陣取り、眉毛を上げてコップを傾けながら聞いていたカベッサだったが、一軒だけは納得がいかなかった。

姑には何かしら届けなければいけないだろう。息子たちがわんさといるのに、年老いた母親を忘れずにいるのは妻だけだったからだ。エルネストはいつも気にかけてくれて、髪の毛が伸びてきたカベッサの子どもたちを捕まえては、くるりと剃ってくれた。頭を丸めるのがシラミ予防には一番なはずだが、それでも、たまに子どもらのうなじをシラミが歩いていたり、襟の縫い目に隠れていたりするのが見つかるのだった。セニョール・ジョゼ・コルダトには返しきれぬほどの恩があった。若い時分にローザはあの家で働いていたのだ。当時は、奥方はまだ元気だった。それまでも、あの後も、ついぞ受けたことのない安らぎを、あの家でローザは与えてもらったのだ。あの家をローザは自分から辞めた。腹に子どもができて、カベッサと結婚するためだ。セニョール・ジョゼ・コルダトにローザがウサギを贈るのは、過去に、若い娘だった自分に贈るようなものだった。エゼキエル・シャペリーニョは、一家全員の履物に修理に修理を重ねてくれた。たまに、出稼ぎの誰かが受け取りそこねたままの靴を、誰かしらの足には合うだろうからとカベッサの家に回してくれた。むかし、カベッサは靴もなく裸足で歩きまわる子どもだった。それで、靴のありがたみが身にしみている。だが、アデリナ・タマンコは？　なぜあそこにウサギを持っていくのだ？

夫は知りたがったが、ローザは背を向けていて聞こえなかったのか、聞こえないふりをしていたのか返事をせず、夫のほうもしつこく問いただすつもりはないようだった。

夫の相手はワインにまかせ、庭に出て、奥の壁の蛇口をひねると研ぎたての刃のように冷たい水がほとばしり出た。子どもたちを呼ぶ手間をはぶいて、ひとりずつ捕まえると水道のほうまでひっぱってきてその顔をごしごしと手でこすった。小さい子どもたちはじたばたして泣いた。ローザは気にも留めず、手のひらに残る子どもたちの顔の形を感じていた。みんなを台所に押しこんだ。この軍団のなかには、八時半から学校が始まるのもいるのだ。

いつもと同じく、それぞれの子が自分で準備をして鞄を背負った。どの子も成績はぱっとしなかった。ローザは自分に似てしまったなと思っていた。子どものころは勉強などしていられなかったのだ。字も読めない兄弟が十五人、うち四人は早くに死んでいる家だったし、それに自分でも勉強には向いていないとつねづね思っていた。

ローザは家の戸をあけっぱなしにしておくのは嫌だった。用もないのに道を通るひとたちがのぞきこんでくるのが気に障るのだ。子どもたちが学校に出ようとしたとき、娘がパンの袋を抱えて戻ってきたので、なんとかひと切れずつ口に押しこむことができた。味つきパンなどめったに食べない子どもたちは、大喜びで出ていった。夫は、火のそばにどかりと腰を据えたまま、パンの塊をつかむと半分近くを噛み切った。口いっぱいのパンをひと口で噛みちぎり、二度もぐもぐとやったとたん、手のひらに吐きだした。腹を立てて、なんだこのまずいパンは、胆汁みたいに苦いじゃねえかと文句を言った。まさにそのとき、遠吠えのような弔鐘が鳴りはじめた。低音で二度、高音で一度、低音で二度、高音で一度。ローザは小窓をあけて通りに顔を出した。死んだのはラミロ・シャパだとわかるまで時間はかからなかった。文句を言う相手もなく、カベッサはふたたびパンを口に入れ、今度はよく噛んでから飲みこんだ。

夫も子どもも出払って、テレビも消してしまうと、家は静かになった。ローザが学校に出向いたときにはすでに十時をまわっていた。シルヴィナがくれた古着の袋からひっぱり出してきたスカートとブラウスを身に着けた。イギリスにいる娘の古着だそうだ。すべすべした生地の洋服で、ナフタリンのにおいがした。道では女たちが元気よく挨拶を送ってきたが、先生を待たせるわけにはいかないので立ち話に引きこまれないようにした。バレッテの家の前を通らないように回り道をせねばならないのだから、なおさらだ。あの女に会ったら、飛びかからずにはいられないだろう。

あんたの旦那、ジョアナ・バレッテと噂になってるよ。

うれしそうに目を輝かせてそう教えてくれたのはアイダだった。誰に聞いたのかは教えてくれなかった。この話はみんな知っているのだから、噂の出どころなどわからない、と。夫がバレッテの家に、バレッテ本人は畑にいたというのに、はいるのを見た者がいたのだ。出てきたのはそれから二時間二十三分後だったという。

バレッテとカベッサは従兄弟だった。バレッテ（帽子の意味）、カベッサ（頭の意味）。カベッサ、バレッテ。みんなはしょっちゅうそう言って面白がっていたが、本人たちを前に口にするものはいなかった。ローザはふたりが子どものころから仲がよいことを知っていたが、ジョアナ・バレッテの尻がどれだけ軽いかもよく承知していた。さらに、アイダのその話は、ローザがまだ若く、アルミンドがお腹にいたころのことを思い出させた。ローザは裏庭でバレッテに腕をつかまれてスカートをたくしあげられたことがあり、息を喘がせ自分の一物を握っていた彼が思いとどまったのは、ローザから力いっぱい平手をくらったからだった。

夫は何も気づかず、台所でチョリソーを焼いていた。あれがもしあいつと家でふたりになっていたときで、あたしがジョアナ・バレッテの半分でも尻軽だったらどうなっていただろう？

すでに広場からの下り道まで来ており、学校までの道すがら、自分自身に投げかけたこの問いには答えないほうがいいと思った。もうすぐ先生との面談なのだから、気持ちを波立たせたくなかった。

休み時間中の子どもたちのあいだを通っていった。この時間に学校にいる自分の子たちは、アウグスト、マリア・ローザ、ローザ、セバスティアン、マリア・マルシアとアンジェロだ。母を見つけた子どもたちはみんな嬉しくてしかたなさそうだ。母の姿を目で追う子どもたちは、カモのひなにそっくりだった。

先生、失礼します。

ローザだって礼儀はわきまえているのだ。先生は、想像していたよりもさらに若く、娘のアナ・ローザと変わらない小娘に見えた。それにかわいらしかった、見ようによっては。先生がにこにこしながら教室にはいるようにうながすので、ローザは出鼻をくじかれた思いがした。お座りください、と言われた。

それでも、スプレーで固めた髪、メガネ、指輪、やはり先生は先生なのだった。育ちが悪いという噂だった。大げさに話をふくらましているのだろう。ローザは、この先生が場違いなことを口にするようには思えなかった。何かしら文句をつけたい人間はなんとでも理由をつけるものだ。ローザは先生の話を聴いた。自分の子どもたち、息子たちが関係する話を筋道立てて話してくれたが、内容そのものよりも先生の話し方に気を取られていた。それはあまりに正確なメロディーのようで、自分の息子たちの名前ですら他人のように聞こえた。テレビに出てくる人が話しているみたいだ。

職員室は洗剤のにおいがした。ローザは学校の清掃係を知っていた。イザウラだ。イザウラがここのタイル壁をせっせと磨き上げるようすが目に浮かんだ。窓におろしてあるモダンな薄板のブラインドごしに外光が部屋まで射しこんでいる。見えない雨粒のように、ばらばらと教室になだれこむ子どもたちの足音が耳にはいり、まっすぐな植木が生えているふたつの鉢が目にはいった。こんな植木はここでしか見たことがない。あれはこの前の先生に呼ばれたとき、まったく同じ風情ではあるが、植木は今より小さかった。村では見たことのない種類の植木だ。

がつんとやっちまってくださいよ、先生。あの子らが言うこときかないんなら、がつんと、ねえ。

ローザはそれに対する先生の答えがよく理解できなかった。子どもらにさわりたくないのじゃないかという疑いもよぎったが、確信は持てなかったので、ひきつづきうなずきながらも先生の髪のピンやら何やら、ほかのことに気を取られていた。

外に出て、休み時間中の子どもたち全員の視線を浴びつつ息子たちを見つけると、近寄って脅しをかけた。

覚悟しな。今日は父ちゃんからたっぷりごほうびがあるだろうよ。

ちょうどそのときベルが鳴り、説教は打ち切りになった。子どもたちはみんな教室に向かって駆け出したが、カベッサの子どもたちはうなだれてとぼとぼと戻っていった。

息子たちが教室にはいっていくまでローザは厳しい目つきで見ていた。子どもたちをしっかりと怖がらせてはおきたかったが、こんな細かいことまで夫に話すつもりはなかった。たかが子どものいたずら、と頭では思っていた。

バレッテの家をよけて通るには大きく迂回せねばならなかった。これは金曜日のことで、翌朝、いよいよ土曜日を迎えて、便所にこもったローザはこの日がくるまで夜通し歩いてきたような気分だった。

外はまだ暗く、朝の到来までにはまだ何かが足りなかった。夜を半分ひきずったままの空の色が壁の穴からはいってきた。ひどく冷たくひどく静かな風も一緒にはいってきた。寒い一月が、毛布の温もりが残る肌に触れた。外では、オレンジの枝にいる気の早い小鳥たちが、なぜという理由もなく、早く朝を、早く日を、と鳴いていた。

ローザの焦りは急いでいるせいではなかった。息がしにくいのだ。喉に恨みがつっかえている。目をあけると、鼾をかく夫と、ベッドの脚元に置いた小さなマットの上で同じくぐっすり眠るフィリペを置いて飛び起きた。台所でよだれをたらしながら半分座って半分横たわっている年かさの息子たち、ヌノとアルミンドの横を通り過ぎる。ほかの子どもたちが寝ている、ベッドがふたつある窓のない部屋はのぞかなかった。好き勝手な方向を向いている子どもらの寝姿は見慣れている。そのまま、誰にも見つからないよう、音を立てずにビニール袋を一枚手に取って庭に出た。

袋を広げて、スカートを腰までたくし上げた。脚も寒さで鳥肌が立った。指でパンツを下げると、これが最後としゃがんだ。

待ちに待ったこの日がついにやってきた。

なかなか出ない。うんと踏ん張ったが寒さのせいか緊張のせいか、兆しはない。便所の穴だというのに、下腹部を洗ったお茶のにおいがした。アデリナ・タマンコが薬草の束を選りすぐってくれたのだ。

これを煮出して冷まし、その汁であそこを洗うんだよ。それからそこを三回叩いて、こう言うんだ。ここにはいれ、ここに残れ。ほら、言ってごらん。

ローザは律儀に繰り返した。

ここにはいれ、ここに残れ。ここにはいれ、ここに残れ。ここにはいれ、ここに残れ。

それでいい。それであそこを叩く。そのあとはふつうに水で洗えばいい。心配は無用だよ。この薬草のにおいは強いからね、悪いものはぜんぶ殺しちまう。いいかい、これからことに及ぶという絶対の確信があるときにだけ、洗うんだよ。薬草が混じり合ってできる汁が、男のお道具の先端にふれると、その血のなかにはいったままになる。するとね、ほかの女にお道具を見せびらかすことがあったとしても、役には立たなくなる。ふにゃふにゃのまんまでもほかの穴に入れようとしたら、ものすごく痛くなってそれどころじゃなくなるんだ。

ふたりはアデリナ・タマンコの家にいた。昼下がり、老女の目に影がさしかかっていた。この手のまじないに走るのはローザの好みではなかったが、そうも言っていられなかったのだ。結婚後まもなく、いまでも思い出したくもないような修羅場のあと、母に連れてこられたのだった。すると、途方もなく強い呪いがかけられていることがわかった。アデリナがそう言ったのだ。途方もなく強い呪いだ、と。だいぶ金を払って、祈ったり、捧げものを焼いたり、粗塩を撒いたり、それでしつこい呪いからようやく解き放たれた。それでも、そう簡単ではなかった。悪霊に乗り移られてしまうと、神は離れていくのだから。

あの午後、ローザは夫のシャツと、へそくりを古い貯金箱から少し取り出して持っていった。アデリナ・タマンコはシャツを受け取ると言った。

心配はいらないよ。あの女に手を出されることはもうないからね。

便所でしゃがみながら、ローザはあのときの記憶で自分をなだめていた。

庭のそちこちで鶏が鳴いていた。学校がない子どもたちは頭が溶けるまで寝ているつもりだろう。テレビを消せ、と前の晩に誰も言わなかったからだ。

あきらめた。パンツを穿いて、床のビニール袋を拾いあげた。役立たずの透明で貧相な袋を庭に投げ捨て、鶏につつかれるまま、風に吹き上げられるままにした。どこにでも行けばいい。もう何も待つものはない。この日がきたのだ。

これからの手順は千回は確認してきた。家にはいると、廊下の冷凍庫の錠前をはずして袋を全部取り出した。この一週間で十袋、じゅうぶんな量がある。庭に持ち出し、このために取っておいた古い缶に袋の中身をひとつひとついれていった。雌鶏たちは、通りぬけられるとでも思っているのか、石壁に体当たりをしていた。犬たちはなんとなく興味がありそうなようすでローザの動きを眺めていた。その週の収穫物は色も硬さも違っていた。缶に水をいれて、ちょうどよい具合になるまで棒の先でこね、粘土のようにした。缶をかごにしまっておく。

そっと台所を通りぬける。外は硫黄くさい。硫黄の雲のなかにつっこんでいくような気分がした。家族はみんな寝かしておいた。ちびたちはそろそろ目が覚めるころだろう。それから兄たちがひとりずつ起こされて、騒ぎがクレッシェンドで大きくなり、誰も寝てはいられなくなる。そのころには、ひとりかふたり、もしくは全員が、母親を探すだろう。そう思うとローザの足は自然と速まった。

ラミロ・シャパの早朝の埋葬から帰る女たちと行きあった。挨拶もそこそこにさっさと通り過ぎていくローザを女たちはいぶかしんだ。本人は気が張っていて、まるで気づいていなかったのだが。

思い立ってから一週間以上、ローザはずっとこれを目標にしてきたのだ。空気は研ぎ澄まされて指の先でふれられそうなほどだ。これまで頭で練ってきたことがとうとう結実し、実行される瞬間まで、あとほんの数メートルだ。

あの大爆発の夜、子どもたちと夫の目に浮かんでいたのは死への恐怖だったのに、ローザの目にあったパニックは、これで計画がおじゃんになるかもしれないという恐れからのものだった。

奥にいる人たちが見えてきた。みんな陳列台の周りで、正確な重さを量るために、とはいえ針がちゃんと動いているかをいちいち確認せねばならぬ秤ではあるが、秤の周りを行ったり来たりしていた。その数メートルは自分の肉体を感じなかった。視界にはいる物と耳のなかでぶんぶん唸りつづける音しかなかったのだ。

もうだいぶ近くまで来て、顔もそれぞれ見わけられるまでになると、誰かを探すかのように神経質に頭を振りはじめた。けれど、相手はすぐに見つかった。ジョアナ・バレッテはいつもの場所で野菜を売っていた。ジョアナをかこむ色彩はことごとくぼやけているのに、その顔だけはいやにはっきりと見えた。前を通る人にいちいち笑いかけていやがる、この売女が。ローザは走り出した。こめかみがどくんどくんと打ち、走りながら心臓は飛び出しそうになり、踏み出した足はもう元へは戻れない。何かが、なんでもいい、何かが目の前に出てきて止めようとしても、ローザはそれを踏みつぶしていっただろう。

誰かに話しかけられたかもしれないが、聞こえなかった。そこにいる人たちはみんな道をあけ、一メートルも離れていない、ジョアナ・バレッテに面と向かい、何も気づいていないジョアナが彼女を見たそのとき、ローザはかごをあけて缶に手をつっこみ、手のひらいっぱいにつかんだ大便を思い切りジョアナの顔にぶつけた。仰天したジョアナ・バレッテは、すぐにまた第二弾を浴びた。呆然としているジョアナに、ローザが缶を取り出して中身をぶちまけると、ジョアナの頭からつま先まで汚物がしたたり落ちた。

そこにいた誰もが凍りついた。

当然のことながら、全身どろどろのジョアナ・バレッテが飛びかかってきた。ローザは待ってましたとばかりに受けとめ、髪の毛のつかみあいがはじまった。

押しあいへしあいで人だかりのほうへふたりが動いていくと、みんなはさっとよけた。木箱が積み上げてある場所に倒れこむと、そのまま袋小路の隅で、ふたりとももののすごい形相でもみあった。髪の毛が引きちぎられる音が聞こえてきた。

誰も手出しをしなかったが、とうとうシコ・フランシスコのカフェから巡査部長が飛び出してきた。慌てて広場をつっきってきたのだが、近づくにつれて足取りが重くなってきた。そのうしろから、さらに年をとってさらにふとった巡査のソウザが、帽子も被らず、あからさまに大儀そうに、突き出た腹を揺らし、走っているふりをしながら速さは徒歩と同じスピードで追ってきた。

近くまできた巡査部長は、ふたりが汚物まみれということに気がついた。大便が顔になすりつけられ、首筋をつたい、服のなかまではいっている。その悪臭たるや息もつまるほどだ。彼はふたりには手をふれようとはせず、小さな人だかりから一歩前に出たところで、頬をふくらませて笛を吹いては、こう繰り返すばかりだった。

奥さんがた、ちょっと、奥さんがた。

まだ何も気づいていないソウザがようやっとたどり着くと、ふたりを離せと命じられた。ほかに法もないソウザは無理やりふたりを引き離すしかなく、そうなると自分も一緒に汚れるのは避けようもなかった。それでも、手助けなしに引き離すことはできなかったので、ついには上司のほうも仲介にはいるしかなくなった。こちらは警棒の先を使った。ふたりのあばら骨のあたりに警棒をつっこみ、かろうじて自分自身を汚さずにすませた。

ソウザは両腕をいっぱいに伸ばしてふたりの女の手をそれぞれつかんでいた。髪は乱れて、汚物まみれ、顔をまっかにして、女たちは目に涙を浮かべながら鼻を鳴らして息をしていた。いまにも泣きそうな顔をして、握りしめたこぶしのなかには引きちぎった髪の毛の束があった。

ふたりとも派出所に連れていかれた。デヴェーザまで歩かされているふたりを見ようと、村のみんなが家の前まで出てきた。

風呂にもはいらないまま、派出所にひとつしかない留置場にふたりまとめて入れられた。むっつりと黙ったまま、それぞれが隅にへばりついて座った。

雨が降りはじめたときにはふたりともすでに勾留されていた。最後の崩壊が世界に起きているかのごとく、容赦のない豪雨が、やむ様子もなく降りつづけた。

ローザはくたくただった。自分の排泄物でべたべたではあっても、満足していた。とうとう、思い描いていたとおりにやってやったという充足感。ジョアナ・バレッテには目もくれず、わざと無視していたローザだが、このあと二週間もたたぬうちにその腕のなかでまどろむことになろうとは夢にも思わないのだった。

くりかえし呼んだあなたの名が、静寂に優しく溶けていくさまを見まもろう。ゆっくりとあなたを呼吸する。翼を広げた滑空を、あなたに捧げることができたなら。ずっと

思い出した。文の途中でノートの真ん中にペンを置いた。安楽椅子の肘掛に体重を乗せて、なんとか立ち上がろうとした。机の上に拳を乗せて、最後にぐっと押しつけた。今日の午後は、関節炎も悪さをするのはやめたようだ。書斎のカーテンごしに射しこむ冷たい光を見て彼の気持ちは明るくなった。一月だというのに春のようだ。

瞳に残る陽光を頼りに、暗い廊下を脚を引きずり、磨きこまれ塵ひとつない床なのに、丘を上り下りするようにがたんごとんと歩いた。この絨毯は使いはじめて何年になるかな。三十年はゆうに経っているはずだ。国産の高級織物で、長年の使用に耐えるように作ってあるんだ。これと決めるまで、妻は何か月もカタログをうっとりと眺めて暮らしていたものだ。そうして絨毯を撫で回し、顔で歩くつもりかというほど、しょっちゅう頬を寄せていた。これと決めるまで時間がかかったのは、廊下とは部屋と部屋を繋ぎ、家という樹の幹だからなのだと言っていた。そして、家はすべてだったからだ。

勝手口にかかるプラスチック製のブラインドのあいだから、午後が光の線を長く引いていた。台所の時計を見るともうすぐ六時だった。とはいえこれは十分進んでいるうえに、まだ古い時間、つ

まり夏時間のままだった。この時計は数か月遅れているな。胸のうちでつぶやいた冗談に気を良くして、椅子の上に立った。立ち上がったところで、彼を叱りとばすジュリアの声が頭の中で聞こえてきた。

降りてくださいったら、足を片方なくしてもいいんですか。落っこっちまいますよ、そうしたら誰が助け起こすんです。降りてくださいな、もうそんなお歳でもなかろうに。

おや、そうかね。誰がそう言った？

すると彼だけに聞こえる声が、いっそうやかましくなった。

時計を直す。四時三十五分、ぐらい。そして運良く無事に椅子から降りた。膝を曲げられないので、モザイクの床に靴の踵を打ちつけた。ドン。うまく降りた。たいしたもんだ。まだできることだってあるんだ。

そんな歳でもない、そんな歳でもない。ほおほお、そんな歳でもないか。誰がそう言ったんだ？

冷蔵庫に寄りかかり、台所には何しに来たのだったかな、と考えこむ。

ああそうだ、翼を広げた滑空。パンがしまってある箱をあけ、パン屑をつまんだ。

外に出た。寒さで光が澄んでいた。にわかに形と色とがことごとく立ち上がってきた。オレンジの木、ヤシの太い幹、プール、石壁のあせた色、ひからびた蛾、花壇で伸び放題のバラのしげみ。

鳥かごの隙間にパン屑をのせた人差し指を入れた。インコの目に映るセニョール・ジョゼ・コルダトの頭は巨大だ。

青い胸、眼は盲人のようでも狂人のようでもあり、くちばしは下向きに曲がり、そこから出てくるぴいぴいという鳴き声が午後に穴を開け、何か透明なもの、おそらく時間、に透明な釘を打つ。汚れた鳥かごの気高いインコ。ジュリアが掃除するのを拒むのだ。

彼はそろそろと水を替えてやり、小さな洗い桶にも水を足してやった。そしてインコが水浴びをするのを眺めた。インコは胸から水に飛びこみ、濡れた足をぴっとふるわせて止まり木に戻った。かわいい子、空腹と喉の渇きは満たされていても、こぎれいな寝床がほしかろう。セニョール・ジョゼ・コルダトは歯をむき出し、満面の笑みを作った。インコと自分が相通じていることは間違いないと思った。

それからようやく、時間差で犬たちがやってきた。ボブとレックスという名は、コルーシェのブリーダーから十年以上前に買い受けたときにはすでについていた。兄弟犬だが、ボクサーという犬種からとった名前だろうとセニョール・コルダトはふんでいた。歳を取ってもかまってほしがって飛びついてくる幼いところがあった。渋い顔は一切しないように相当頑張ってはいるものの、ジュリアはそうやっておおげさに喜ぶ犬を嫌っていた。犬たちはいまでもジュリアに吠えつくのをやめないのだが、最初の数か月間は、こそ泥とでも思っているかのような激しさで吠えたてたものだ。

これでは仕事ができません。

二年前のことなのに、もっと経ったように思えた。のんきに明るい電灯の下で、あのときを思い出してセニョール・コルダトの胸は温かくなった。

平らで硬い、片方の犬の頭を撫でていると、もう一匹が自分にも注意を向けさせようと、尻尾のない尻を懸命に振りながら、我知らず前脚をぱたぱたと動かし、目と舌で訴えてきた。

勝手口にかかるリボンの暖簾をくぐって主人が台所にはいってしまうと、犬たちはそれ以上はついていけないことをわきまえていた。また出てくるかもしれないと期待をこめて少し待ったが、すぐにあきらめて眩(まばゆ)い光のなかにもどっていき、犬小屋の前の、いつも日中を丸くなって過ごすヤシの木の下にどさりと身を投げ出した。

寝室の戸口でセニョール・コルダトは乱れたベッドに見とれていた。美しい作品だ。朝早く、ジュリアが起き出すのがわかった。深い呼吸を入念に続けて眠っているふりをしながら、セニョール・コルダトは目をできるかぎり薄く開けることに集中した。まぶたの細い隙間はハマグリのようだ。昔はよく保冷袋に入れたものをセジンブラから取り寄せて、コリアンダーとレモンで食べたものだった。皿には今朝の彼の目のようにひらききらないハマグリがいくつか必ず残るのだが、それでもナイフの刃先を刺しこむくらいの隙間はいつもあった。その隙間から、まつ毛をすかして均整の取れた肉体の輪郭を観察した。うわっぱりを着た上にカーディガンをはおり、ズボンを穿く。わずかな所作も見逃さなかった。部屋を出て行く音、足音、中庭の門扉の開閉の音を聞きながら、このあと起きだしてこの幸福な朝を終わらせたくないと思った。ジュリアが使った枕に顔をうずめる。ゆっくりとあなたを呼吸する。

思い出した。書斎へと続く廊下に敷かれた細い絨毯は、足音もそこにある物たちの声も吸収してしまい、離れた部屋からは調度品のぶつかる音がかろうじて聞こえるくらいだが、それすらも家があまりに大きいのでどこか別の時代から聞こえてくるようでもあった。

入れ歯の隙間からため息をひとつついて、もう一度読む。

くりかえし呼んだあなたの名が、静寂に優しく溶けていくさまを見まもろう。

ジュリア、声をやや大きくして呼び、少し待つ。

ジュリア、もう一度呼ぶ。今度は一音ずつはっきりと、味わいながら。

ゆっくりとあなたを呼吸する。翼を広げた滑空を、あなたに捧げることができたなら。ずっと何度も頼んできた。自分が用無しで場違いで役立たずで、拒絶されたように思える夜が幾度もあった。前の夜にも、もう一度頼んでみた。帰らないでほしいと。何もしない、ただ隣で眠りたいだけだと。まさか彼女が声を落とし、突然この場にいなくなったような目をするとは思わなかった。そこで彼もジュリアに話しかけるのは終わりにして、部屋には誰もいないかのようにアイロンのかかったパジャマに着替え、電気を消したとき、彼女が暗闇で服を脱ぎはじめたことに気づいたのだった。暗闇のなか、ジュリアと思われる姿がベッドにはいってきた。その瞬間しゃんと目が覚め、あらゆることを感じる。ジュリアの息、わずかな身動き、そして何よりそこにいるということを。同じベッドで、触れあうことはなくともここで、隣に寝ている。それなのに、疲労のためか彼は眠ってしまった。時間が来れば眠たくなる。習慣に肉体は抗えない。だが、夜中に幾度となく目覚め、闇のなかで目を見ひらいて、刻一刻と過ぎる時を感じ、ぬけ目なくそっとジュリアの肩、背中、尻の上に手を置いてみたりもした。ジュリアに初めて会う前からこの時を待っていたのだ。思い出した。鉛筆を垂直に持って、上品な筆跡で書いた。

あなたを待っている。

最後の一行だけを読んだ。

翼を広げる滑空を、あなたに捧げることができたなら。ずっとあなたを待っている。

庭で犬が吠えていた。子どもが通ったのか、と視線を上げた。セニョール・コルダトは身も軽く書斎から廊下、台所へと移動して、ジュリアがはいってくるのを見届けるのに間にあわせた。浮き立つ彼をよそに、夕方を前にしたジュリアは忙しく、もごもごと短い挨拶の言葉をつぶやいただけだった。彼のほうは両手でノートをかかえ、ジュリアがわら半紙の包みをテーブルに置いて、蛇口をひねり、ガスの火をつけてお湯を沸かす様子を行儀よく目で追っていた。待ちきれず、ちょっと詩を読むから聞いておくれと声をかけた。

あなたの名が静寂に、彼女はせかせかと何かをしている、溶けていくさまを、そこでふと手を止めた、翼を広げた滑空を、やけに真剣な顔をしている、ずっとあなたを待っている。

意味はよくわからなかったのだが、何かが気になったようだ。

ご主人があたしの名前をくりかえし呼ぶんですか？　フネスタって？

ガルヴェイアスでは彼女はフネスタと呼ばれていた。ジュリアと呼ばれるのはこの家と病院の待合室でだけだった。

なんであたしの名を何度も呼ぶんですか？

セニョール・コルダトはむっとしながら答えた。

その呼び名は嫌いだと前に言っただろう。フネスタ（不吉）がどういう意味かわかっているのか？　不吉な人間と呼ばれてもいいのかね？

さあ、そう言うとジュリアは顔をそむけ、そこで話を終わらせた。

この話は前にもした。フネスタ、とはジュリアの優しい母親の愛称で、その父の名がオイターヴォ・フネストだったのだ。ジュリアは祖父を知らないが、それでも村のみんなから立派な人だったと聞いていた。それはセニョール・コルダトも認めるところだ。誠実でみんなに尊敬されるフネストだったのだ、その名がどういう意味であろうとも。

セニョール・コルダトはノートを放り出した。こういう田舎者に洗練のなんたるかがわかってたまるものか。

そうこうするうちに湯が沸き、ティーポットになみなみとお茶が淹れられた。ジュリアは義務的に焼き菓子の包みをテーブルの真ん中であけた。セニョール・コルダトは、きっかり半分にパウンドケーキを切り分けるジュリアの手を眺めた。ケーキの香りが立ちのぼり、ジュリアは主人の好みに合わせてごく薄く一切れ切り分けた。

一緒にどうだい。

一応訊ねてはみたが、答えはわかっていた。ジュリアは甘いものを食べないのだ。誘いの言葉で微笑みを引き出したかったのだ。ジュリアは背を向け、代わりに台所の白いタイルがきらりと光って応えた。

彼がケーキを食べ終え、一応そっとげっぷをしたりするうちに、お茶で気持ちがゆるんだか、ジュリアが泣き出した。

どうした、どうした。

彼はさっと立ち上がると、ガス台に寄りかかり、こちらに向けた背中に近寄り、肩に手を置いた。ジュリアは肩に手が置かれたままにしていた。

エプロンで目をぬぐいはしたものの、涙の理由はなかなか話そうとしなかった。主人が何度もどうしたどうしたと訊いてくるのを待って、ようやく息子の名を口にした。

うちのジャシントが。

特に最近どうしたということではないようだが、いつもの愚痴がはじまった。職にもつかず、二十五にもなって十五の子どもみたいな振る舞いをして、もう孫の顔を見せてくれたっていい年だっていうのに、心配ばかりかけて、バイクだのサッカーだの寝ぼけたことばかりを言って。バイクとサッカーで稼げるとでも思っているのか、毎日毎日お金をせびりに来る。煙草だ、ガソリンだ、っていったい何本煙草を吸って何リットルガソリンを使っているのやら。どうしたらいいんでしょう？　あたし、どうしたら？

そしてまたわっと泣き出した。

落ちつきなさい。

気の毒に思ったセニョール・コルダトは、マタ・フィゲイラ先生に話しに行ってあげようと約束をした。そうすればあっというまに問題解決だ。

ジュリアはめったに見せない純真無垢な目をして彼を見つめた。セニョール・ジョゼ・コルダトの胸はいっぱいになった。三十七も年のひらきがあるのもよいものだと、このときはじめて思った。この子の保護者になった気分だった。

嗚咽が少しずつ落ちついて、やがてすっかり聞こえなくなるまで数分がかかった。それでも、あまりに気落ちしているジュリアを見て今夜も隣で寝てくれと頼むのは慎むことにした。夕食が終わるや、ナプキンで口元をぬぐうと今夜はもう帰りなさいと送り出した。寛大なところを見せて、今日のところはこのまま帰って皿を洗うのは明日にすればいいとも言ってやった。ジュリアは鼻声で礼を言った。頭にスカーフを巻いたジュリアが家を出る寸前、彼は突然彼女を抱きすくめ、手のなかに札を三枚押しこんでやった。

セニョール・ジョゼ・コルダトは運転席に座っていた。目の前のガレージの扉は閉まっていた。ハンドルに手を置いていると、ひとつの思いがあふれ出てきた。こんなに長く経った、もう十六年になるというのに、運転席にいると隣に妻の存在を感じずにはいられなかった。とはいえ、妻を乗せて運転したことは一度もなかった。はじめのころは、ポンテ・デ・ソルやエストレモスまで行くからつきあわないかと誘ったりもした。すると妻はそのたびに何を言い出すのやら、という顔をした。妻は下品さ丸出しで外をほっつき歩くタイプではなかった。たとえ比較的裕福な者が住む通りであっても、村では、ちょっとでもはしたないことをすれば、あっというまに評判が地に落ちる。妻は堂々として、体面というブロンズのごとき仮面を着けていた。

それより、その必要もなかったのだ。妻が村の通りに足を踏み入れる必要がどこにあったろうか。あるはずもなかった。当時は、家に三人の手伝いがいたうえに、フィレッテという男もいて庭仕事の他にも必要なことは何でもやってくれた。新婚当初は家が彼女のステータスだった。妻は若く、しゃれた麦わら帽を被り、本を片手に庭で午後を過ごしたりした。庭の中央にヤシの木を一本植えようと決めたのもあの頃だ。ボブもレックスもまだいないどころか、どこをどうひっくり返してもああいう犬を飼うとは想像もつかぬころのことだ。ほどなくして、何かがあったということもなく、家は息の詰まる場所となった。妻は庭に足を踏み入れなくなり、わずかでも窓があいているところはないかと目を光らせた。理解を示してやることで夫は妻をなだめようとした。

なんとなく定期的に、夫婦は旅行の予定を立てるようになった。行先が決定するまではいつもひと悶着あった。進んだと思えば後戻りして、話し合いが数週間におよぶこともあった。あれこれ読んだり電話で訊ねたりして、ようやく妻は行先を決めるのだった。どこかの村であったり、めったにないことではあったが、どこかの都市であったり。決めてしまうと今度は不安に思いはじめた。あそこでよかったかしらと思い悩み、何度も夫にいいと思うかと確認したがった。辟易した夫が少しでもあいまいな態度を取ったり、どうだろうかねなどと言ったりするのを待ちかまえているのだ。すると何やかやと理由をつけて、もともとこれはあなたが言い出したことだから、ということにしたがった。彼も彼で、そう言われると後には引けず、ああ言えばこう言う、の応酬だが、いつか妻の思惑どおりになるのだった。

セニョール・コルダトが遅いと、これも口論の種となった。ぷんぷんしながら自動車の横で夫を待ち、新しい香水の封を切ってふりかけていたりする。

寒くなるかしらね？　雨はどうかしら？

料理女が旅の時間を推して弁当を作ってくれた。柳の籠に詰めこまれた弁当箱、薄切りパンのはいった袋、上質の布ナプキン、ナイフとフォーク、ヴィディゲイラ地方の白ワインを一本とグラス。自動車のドアを開けるとまず弁当を積みこみ、それから他の荷物をいれた。妻が飼っていた小さな犬が、つぶらな瞳をした人形のように無邪気にこっちを見ていた。

かわいそうに、一緒に行きたいわねえ。さあおいで、置いて行きやしないわよ。

そして犬を膝に乗せた。

ドアを閉めた。無言で彼はポケットからキーを取り出してイグニッションに差しこむが、回しはしなかった。手をハンドルに乗せても、動かしはしなかった。ただそんなふうにして前を見つめるだけだ。閉まったままの門扉を見つめるのだ。自分の思考を見つめているかのように。

数分が経つと、ドアについたハンドルをぐるぐると回して窓を下げた。そこに肘を乗せるほうがしっくりくるのだ。それに外気もほしいところだった。車の座席の詰め物が胸が悪くなるにおいを放っていたからだ。そんな夫の行儀の悪さに妻は、しかたなく目をつぶってやっていた。それも妻の務めだと。

小犬は慣れたもので、膝の上におさまって撫でてもらいながらとろけそうになっていた。女主人はまっすぐ前を見るか、ほとんどはそわそわとしながら好奇心いっぱいに横を見ていた。気持ちが落ちつくのは、通りすぎる野原や木々や土地の様子を夫が話して聞かせてやってからだ。ダッシュボードについている時計を見ながら旅を続けた。途中で停まり、それぞれの座席で弁当を食べた。空の弁当箱をさげて家に帰る頃にはふたりとも旅ですっかりくたびれてはいるが、満足していた。出かけてよかったといつも思ったものだ。

思い出した。車から出て門扉をあけると、また車に戻った。

エンジンが動こうとしない。バッテリーだな、と自分で自分に繰り返した。あきらめず、キーを入れてイグニッションを回しつづけ、それでも動かない車を罵った。

嫌だっていうのか？　それならそれでかまわん。このままでしまいにどうなるか、見ていろよ。おれより粘れるとでも思っとるのか。そのへそ曲がりのせいで、気づいたときには売られてばらばらになっとるぞ。

通りがかりの若い男がふたり、運転席で困っている彼を見て力を貸してくれた。ふたりとも四十歳くらいだろうか、セニョール・ジョゼ・コルダトの知らない顔だった。ふたりは車を下り道に向けて押してくれた。エンジンが唸り、動きはじめた。

今朝は、やけに犬も鶏も通りに出ているようだな。ハンドルにしっかりつかまり、たいそうのろのろとだが、それでもフォンテ・ヴェーリャ通りの先生の家に到着した。袖をまくりあげたパウラ・サンタが戸をあけてぶっきらぼうな挨拶をよこした。家にはいるとすぐ、階段の小さな彫刻の横でペドロぼっちゃんに会った。彼の名づけ子だ。にぎやかに挨拶を交わすと、ペドロは話したいことがたくさんあるんだと言った。そんなふうにして、うれしそうに何もかもをおおげさに話す彼のことをじっと見ていると、ぽかんといつも口を半開きにさせていた前歯がぬけた八歳、十歳、十二歳の子どもが、成人したその顔の下に透けて見えた。

ペドロぼっちゃんは、父が葉巻という悪習にふける事務室まで連れていった。

朝っぱらから葉巻を？

その言葉が、セニョール・ジョゼ・コルダトとマタ・フィゲイラ先生がどれだけ深い信頼関係にあるのかを示していた。もう六十をとっくに過ぎたこの先生を、膝に乗せてやったことがあるのだから。台所で哺乳瓶から乳を飲み終えた赤んぼうを肩に乗せてげっぷを出させてやることもしょっちゅうあった。あのころは、マタ・フィゲイラ先生などではなく、ルイぼっちゃんだった。何度一緒にサッカーをして遊んだことか。立派なマタ・フィゲイラ先生となった六十歳の男を前に、遊び相手がいなかった小さなルイぼっちゃんが思い出されて、胸にこみあげるものがあった。

セニョール・コルダトの姿を認めるや、先生は葉巻を灰皿に放り、椅子から立ち上がって両腕を広げた。

挨拶を終えると、ふたりともペドロぼっちゃんを見つめ、視線に気づいたペドロがそういえば用事があるのだったと声に出しながらそそくさと出ていくのを待った。その言葉をふたりとも耳にはしたが、ペドロにいったいどんな用事があるのかと想像することはしなかった。

ソファの皮革、家具のマホガニー材、前日に塗られた床のワックスのにおいに囲まれてふたりは座った。

ふたりとも地に足のついた男たちだ。益のないことはしないことをマタ・フィゲイラ先生は父から学んでいた。


マタ・フィゲイラ先生の父親は、同じくマタ・フィゲイラ先生といい、ガルヴェイアスの偉人だった。先生と同時代に生きていた人間は、死人以外はひとり残らず、ものもらいを治してもらったり、膿んだ傷を洗浄してもらったり、胸やけをすっきりさせてもらったり、下痢を止めてもらったりと何かしらの恩があるのだった。

祖父のマタ・フィゲイラは農夫ではあったが、貴族風の口髭を生やした昔ながらの男で、いまその姿は油絵におさまって居間の暖炉の上に掲げてあった。

祖父は息子を名門コインブラ大学に送り出し、学歴とそれなりの尊厳を備えて帰ってくればと期待してはいたものの、息子が薬屋と懇意になり、咳をする人があればいつでも往診に応じるような村の英雄となって戻ってくるとは夢にも思わなかった。

息子のマタ・フィゲイラは農業や畜産の職業につくことを拒んだ。彼はヒポクラテスの誓い（医師としての任務と使命についてのギリシア神への宣誓文）に約束したとおり医業に人生を捧げると固く決意していたのである。

息子の最大の無念は、キツネ狩りの最中に発作に襲われた父を、年を取ってはいたが死ぬには若すぎた父を救えなかったことだった。自分の後を継ぐ気がない息子への失望が父にあったことを知ってなおのこと、苦い思いが胸を突いた。

それでも医学への志を捨てる気にはなれなかった。そして幾度か取引で痛い思いをしたあとに、セニョール・ジョゼ・コルダトに出会った。痩せた土地を下手な取引で若かった彼から買い上げると、この青年は自分に土地の管理を任せてくれと申し出てきたのだ。この契約こそが、マタ・フィゲイラ先生が人生で行なった最良の契約であった。おかげで、自分は医学に、研究に、こころゆくまで没入することができた。のちに免疫学の分野で先生は第一人者となり、その論は本人の死後数年してオランダの研究者グループが新説を発表するまで覆されなかった。

わたしは科学研究における世界地図にガルヴェイアスの名を残してみせるつもりだ。

そして、そのとおりにしたのである。

セニョールをつけて呼ばれる前のジョゼ・コルダトは財務の混沌のなかにいた。自分こそが所有者だと言い張る小作人たちが管理する土地からの実入りもなかった。これだけいい加減になってしまっていると、この土地を開拓した先代の地主の財産がどういうものであったのかを説明するには考古学的な想像力が必要だった。青二才の命令など聞くかという小作人たちを向こうに回して、声を荒らげることもあった。

マタ・フィゲイラ先生の信頼は友情の一種に変わっていった。そのころ、彼の目の前には、遊び相手のいないルイぼっちゃんしかいなかったのだ。セニョール・ジョゼ・コルダトもまた、家族もないひとりものだった。大きすぎるテーブルでひとりでスープをすすり、毎晩読みかけの本を顔の上に広げたまま眠りに落ちた。彼の家族は、しっかり管理された会計と、手入れされた土地、満足した使用人たち、穀物とコルクだったのだ。これに気づいたマタ・フィゲイラ先生は、ある日曜の午後、ラム肉の昼食を終えたあとにアロンシェスに住む自分のまた従妹の話を持ち出した。先生によれば、とくだん美人とは言えないが、かといってそう不細工でもないということだった。

　双方とも三十を超え、だいぶいい歳になっていたので、結婚式は内輪ですませ、質素な食事会だけにした。子どもを持つのに遅すぎるわけではなかったが、そのつもりはなかった。見知らぬ者どうしが、同じベッドで毎日寝起きするようなところから生活が始まった。それからずっと最後まで、言葉にすることはなかったけれど、その感覚はいつまでもつきまとったのであった。

　あるイースターの日曜日、夫妻はマタ・フィゲイラ家のお茶の席で、十八歳のルイぼっちゃんが医学を志すと宣言する場に同席した。父を見上げてひと言を待っていた息子だったが、マタ・フィゲイラ先生は自分を喜ばせようとする不器用な息子よりも、膿がつまった膿疱のほうに心を動かされるような人間だった。その場にいた全員がブラボー、ブラボーと手を叩いたのだが、セニョール・ジョゼ・コルダトは、入学にあたって必要な手配を頼むと大きすぎる声で頼んできた父の不興を息子に悟らせないよう必死でごまかさねばならなかった。ルイぼっちゃんは成績が足りず、それなりの寄付金が必要とされたのだ。

　小切手にサインがなされ、ぼっちゃんはリスボンへと出立した。

　休暇で家に戻れば、関節や軟骨の話題で父の気を引こうとしたがうまくいくことはなかった。父はすぐに気を散らせ、会話が途中で切れてしまうのだ。父の訃報が息子のもとに届いたのは、そろそろ専門を決めねばならない時期のことだった。シャワー室で、すでに身体を洗い石鹸も流したところで、突然の心臓発作に襲われたのだ。ガルヴェイアスでの葬式で、ルイぼっちゃんはマタ・フィゲイラ先生となったのだった。仕立てのよい喪服に身を包み、沈痛な面持ちをした上品な彼に、みんなは握手を求めて声をかけた。お悔やみ申し上げます、マタ・フィゲイラ先生。

卒業後はガルヴェイアスに戻ってきて、気が進まぬまま父の診療所にはいった。掃除をして空気を入れ替え、白い部屋に陽光が反射して輝くなか、予約の順番どおりに患者の受付を開始した。それは父とまったく同じではあったが、喜び勇んで診療に当たった父とは違い、息子はつねに冷静沈着を通した。セニョール・ジョゼ・コルダトは、変わらずすべてを管理していた。ひとつは、彼がその仕事に向いていたということがあったからだが、第二の理由は、煩雑な書類の山と格闘できるのは彼以外におらず、第三の理由として、やってみようと思う者もいなかったからだが、第四に、これまでの家族同士のつきあいから、彼と青年医師との間柄はほとんど父と息子のそれに近いものがあったからだった。

七十七歳になったとき、仕事の一部を、先生がその目的でリスボンから連れてきたテレスという若者に引き継いだ。七十九歳で、この若者はなんでもひとりでこなせるようになっていると気づいた。自分との違いは必然的にあったとしても、自分とて大昔は尻の青い若造だったと思い直した。記憶のなかのあの頃から、いま鏡のなかにいる白髪の老人になるまで、いろいろなことがあった。当時の小作人はみな死ぬか代替わりするかしていた。極寒の冬があり、酷暑の夏があり、姪が生まれ、姪の子が生まれ、名づけ子のペドロぼっちゃんが生まれた。

ガルヴェイアスでは、マタ・フィゲイラ先生からセニョール・コルダトへの依頼はちょっとした騒ぎとなった。ようするに、玄関やテーブルナプキンに紋章が飾られているような家が、どれだけ愛され敬われていたとしても、三、四代前から一介の農家の出身でしかない男を、跡取りの教父に迎え入れたのだから。

洗礼式は家内のチャペルで行なわれた。ペドロぼっちゃんは四歳で、天使のようなその髪の毛は、母親の意向でカモミールのシャンプーでしか洗わせないということだった。招待されたのはごく身近の数人のみ。セニョール・ジョゼ・コルダトは妻と腕を組んでやってきたが、これが妻にとって最後の外出となった。

子どもの教父になってほしいと打診を受けたのは数か月前のことだったが、すぐに承諾したのは、意表を突かれたこともあったが、マタ・フィゲイラ先生にはどこか無関心なところがあることを察知したからでもあった。またひとり、寂しい子どもがいるのかと思うと心が痛んだ。自分の妻、まだそうとは知らぬが将来の教母のことを思い出したのはそのあとだった。なかなか言い出せず、数日が過ぎた。とうとう、いまだと思うときに話をした。するとセニョール・コルダトの妻はパニックに陥った。約束の日までの数週間は地獄そのものだった。当日、家を出る数時間前はまた、さらなる地獄だった。

ペドロぼっちゃんは、とうとう医者にはならなかった。いずれにせよ、どれだけ勉強をがんばったとしても、父親の気を引くこともなかっただろう。母の溺愛を受け、そちら側に身を置くことにしたのだ。時が経つにつれ、出来の悪い息子の面倒を見ていくという暗黙の了解に父もなじまざるをえなかった。息子のほうはというと、劣等感らしきものを見せることもなく、毎日自由を謳歌していたようだった。

マタ・フィゲイラ先生は友人に警告をすることが自らの責務とみた。

セニョール・コルダトは、その口調が気に食わなかった。遊び友だちのいない横柄な少年の口から、わずかながら侮蔑を感じ取った。半人前の医者、役立たずの青二才、それが厚かましくもこのわたしに忠告する気か。おまえにジュリアと息子の何がわかる？　ああいう人たち、だと？　どの面で他人のことを、ああいう人たち、などと呼ぶのだ？　身体が熱くなり義歯がきしんだが、自制することには慣れていた。長年の経験のたまものだ。

無理とおっしゃるのでしたら、他を当たることにしましょう。

いや、心配はないよ。何か適当な職を見つけてやろう。

いつもこうだった。セニョール・ジョゼ・コルダトは、先生に対して敬語を使ってきた。それに対して、先生はセニョール・ジョゼ・コルダトに敬語を使うことは一度もなかった。

ご迷惑ではないですか。

迷惑なものか。この件ではもう心配することはない、いいね。

一刻も早くこの場を去りたくなってきた。このままここにいると体調が悪くなってくる気がしてきた。胃酸が逆流しているのか、それとも目の上の、いやすべての上に被さっているような黄色い覆いのせいかもしれない。ジュリアの息子のことをひと言テレスに言っておくことくらい、マタ・フィゲイラ先生にはわけがないことはよく承知していた。ジュリアの息子ができそうな仕事など、いくらでもあるはずなのだ。ジュリアの息子はなんという名だったか？　思い出そうとしたが、あきらめた。

昼食を一緒にどうかね。

ただ、ここから出ていきたかった。自分の居場所をうしなうほどにすべてをテレスに託して隠居してしまったことが悔やまれた。誰でも好きな人間を雇いいれることができた時代には、こんな会話は必要なかったのだ。何も、管理職とか事務職を用意してほしいとは言っていない。なんでもいい、どんな仕事でもいいと言ったのに。

いいじゃないか、一緒にどうだい。

踵、ひざ、くるぶし、下半身のありとあらゆる関節の具合が悪くなってきた。廊下に出るだけでもふらついた。背後には、事務室の戸口に先生が立っていた。その声に耳をふさぎたい思いだったが、上着にしみた葉巻のにおいが立ちのぼるように、あの声が耳のなかにしみついてこだました。

ああいう人たち、ああいう人たち。何がわかる？　ああいう人たち、ああいう人たちには気をつけたほうがいい。へぼ医者め。他人のことをとやかく言うな。ああいう人たち、だと？　一発二発、鼻に食らった経験もない、甘やかされた坊主のくせに。ああいう人たちには気をつけたほうがいい、だと？

黙れ、ばかもの。

すでに車のなかにおり、窓も閉めてあった。それでも、はっと口をふさぎ、自分の言葉に驚いて、頭に電流が走ったかのような衝撃を受けた。

レックスは吠えると同時に唸ってもいた。ふるき百獣の王のようだ。ボブの吠え声のほうが甲高いのだが、その代わりに何度も繰り返しながら怒りを計算ずくで見せつけていた。二匹は大きさも年齢も同じだが、声も性質もそれぞれ違っていた。

あの吠え方からすると、と時計を見て、郵便配達夫だろうと当たりをつけた。玄関の戸はゆがんでいる。セニョール・コルダトは気候と年齢を呪い、リューマチを呪い、ようやっとのことで扉を引きずるようにしてあけた。

　ジョアキン・ジャネイロの瞳の色は薄く、色あせた制服とよく似あっていた。この制服は、学校の音楽隊でクラリネットを吹いていたときに着ていた制服ともよく似ているが、あちらのほうがやや明るい色だったか。郵便をいっぱいに詰めた大きな鞄を下げていなければ、聖ペドロ教会の野外コンサートへ出かけるところかと勘違いしそうなほどだ。

　ふたりは大声でにぎやかに挨拶を交わした。数メートル先の庭の壁の向こうから犬どもがけたたましく吠え立てていた。ジョアキン・ジャネイロの軽いおしゃべりを聴きながらも、セニョール・コルダトは、この男の何がそれほど犬どもを怒らせるのだろうと考えていた。この家に来てからというもの、この郵便配達夫の姿を犬どもが目撃したことはめったにない。ただにおいを嗅いで感じ取るのだ。犬どもにとって、この男は毎日同じ時刻にやってくるにおいなのだ。それなのに、心の底から憎んでいるようだった。

　郵便配達夫は新しく村の噂話をもってきた。セニョール・ジョゼ・コルダトには、誰と誰の話やらさっぱりわからないのだが。きちんと説明をしてくれれば、その人たちの祖父母や両親ならわかるかもしれない。途中で訊ねて、なんとか話についていこうとしたのだが、そのときにはもう遅かった。そうなると、いかにも理解しているふうを装って、相手の顔をまっすぐ見ているしかなかった。賛同したほうがよさそうなときにはうんうんとうなずき、そうでないときは納得しかねるというように唸ったりした。

　そうそう、セニョール・ジョゼ・コルダト、これですよ。

　この男はなぜここにいるんだったかな？　おしゃべりが終わったのに、なんでまだ突っ立っているんだ？

郵便配達夫は鞄の奥底をかきまわしていた。

思い出した。だしぬけにうきうきした気持ちになり、訊ねた。

何かわたしに届いたのかな？

差し出された封筒には、自分の筆跡で宛名も差出人も書かれてあった。二週間前に小切手を入れて送った封筒だ。意味がわからなかった。

ジョアキン・ジャネイロが説明してくれた。

宛先不明だそうですよ。たぶん住所が古いんでしょう。この住所はどこで見つけたんですか？

セニョール・ジョゼ・コルダトはもごもごと意味不明なことをつぶやくと、そうだ、ああそうか、と言うなり、好奇の目を向けている相手を尻目にゆがんだ扉をぎいぎい引きずりはじめたかと思うと、しまいには力いっぱいひっぱってばたんと閉めてしまった。

そして廊下でひとり、封筒を握りしめて恥ずかしさに身もだえしていた。雑誌がどれだけ古いかなど頭にも浮かばず、広告に出ていた住所をそのまま写したのだった。

この数週間夢想していたのは、もう自分にはジュリアがほしがるものを与えてやれないということだった。ようするに、あちらは四十四歳とまだ若い女性なのだ。一緒に住むようなことになれば、あるときから、ただ彼のにおいを嗅いでいるだけではおさまらなくなるのが普通だろう。雑誌のページの隅にひっそりと載っていたあの男性用強壮剤を注文したのは、ジュリアが添い寝をしてくれるようになる前のことだったが、一縷（いちる）の望みにすがっていたのだ。

人差し指と親指で封筒を細かく引き裂いた。自分は判断力をうしなってしまったのだろうかという恐怖に襲われるのはこういうときだった。意識の内から、己の声が訴えかけてくるのを感じるのだった。

まだ車をガレージに入れていなかった。ブレーキから足を離し、エンジンがかかるまで坂を下るにまかせた。

すべてがあっという間だった。灰色の道をどんどん通り過ぎ、ケイマードに到着するや、ブレーキをかけた。姪の家の戸を叩く音。

マリア・ルイイイイーザ！

大きな声で呼ぶと同時に手もぱんぱんと叩いた。

マリア・ルイイイイーザ！

姪は玄関をあけて驚いた。彼はただにこっと笑って、娘は、おまえの娘はいるかと訊ねた。アナ・ラケルだ。姪はあっけにとられていた。

偶然にも、少女は家にいた。もう大学の二年生なのだという。ソファに腰をおろしたセニョール・ジョゼ・コルダトが今度は驚く番だった。あのよちよちがもう大学生だと？

最後にあの子に会ったときのことを思い出した。膝の上にちょこんと座り、歯がぬけたところを自慢げに見せてくれた。

セニョール・ジョゼ・コルダトのお邪魔をしてはだめよ、アナ・ラケル。

いつか自分をおじいちゃんと呼んではくれないかと思ったこともあった。

娘が部屋にはいってくると、母は遠慮して出ていった。セニョール・ジョゼ・コルダトは立ち上がろうとしたが、ソファに沈みこんでしまってできなかった。

こんなに大人びてしまったなんて。まるでいつも会っているかのように、三十分以上を一緒に過ごした。誰も時間を計ってはいなかったのだが、そのうちに、まだ驚きから冷めやらぬ母親がじっと待つ台所の大時計が鳴って時を知らせた。他に何も目にはいらないセニョール・ジョゼ・コルダトは、居間でアナ・ラケルにすっかり心を奪われていた。この娘が話しはじめると、世界からは一切が消え去った。

そのとき、はっと思い出した。アナ・ラケルの腕をしっかりとつかみ、目と目を合わせて、ネックレスを手渡した。このためにここに来たのだった。


かわいいインコさん、かわいいインコさん。

口笛を吹いて、笑う。

インコに名をつけようとしないのは、似つかわしい名が見つからないからだった。名前というものは非常に大事なもので、それによって名づけられたものを見る目が変わってしまう。ようするに、名づけることでそのものを変えてしまうことになる。フレデリコがアントニオという名だったらまったく違う人になっただろうし、アントニオがセバスティアンという名であれば、声も歩き方も違うだろう。

ぼくの日々はあなたの意のままに。

意味を吟味する前にこの一節がふと頭に浮かんだ。声に出して言ってみて、耳からも聞いてみた。母音の数をかぞえはじめたとたん、ほかの一節に邪魔をされた。

ぼくの恐れはあなたの意のままに。

気を引こうとする犬たちが脚に身体をなすりつけてくるので、小股でしか進めなかった。

そんなはずはない。語呂がよい気がして出た言葉ではあったが、自分の恐れが彼女に左右されることはない。せいぜい、恐れを抱くとすれば死に対してだろうが、それとてそこまででもないのだ。

老いに慰めがあるとすれば、そういった恐れが少しずつなくなっていくことだろう。彼は死に怯えることはなかった。ただ、悲しいと思うだけだ。

たしかに彼の何かは彼女によるところがあった。それはほんとうだったが、それが何なのかは明確にはわからなかった。いまは、この思いつきをたどるべきときではなかった。ノートはだいぶ離れたところにあるのだ。

犬舎のほうに向かった。ヤシの木は剪定が必要だった。フィレッテの娘が父親をモンティージョに連れていってしまってからというもの、ヤシは伸び放題に伸びていた。

セニョール・ジョゼ・コルダトは、枯れた巨大な葉を一枚つかんで力いっぱいひっぱってみたが、息が切れるほどがんばっても、もぎとることはできなかった。息が落ちつくまで手を腰に当ててしばらく待った。

気の毒なフィレッテ。モンティージョの家の軒先にぽつりと座る彼を思い浮かべた。うちのインコよりもよほど不自由だ。日に日に痩せ衰えて、剪定せねばならぬヤシの木のことを思っているのだろう。

それともプール掃除のことを考えているだろうか。

プールには水が半分たまっていた。夏のうちに水は蒸発して、梯子の一番下の段まで減っていたが、秋になっても水量が増えることはなかった。

梯子で思い出した。あの鍛冶屋は滝のごとく汗をかいていた。梯子が載っている雑誌を見せられても、彼は驚きもしなかった。客のわがままは日常茶飯事だ。おもむろに丸めたハンカチを取り出して顔をぬぐった。

梯子と手すりの出来は、雑誌よりもずっとよかった。匠の技だ。セニョール・コルダトの妻はおおいによろこんだのだが、実際にそれを使うつもりは少しもなかった。

あのころは、まだローザ・カベッサがうちで働いていた。十五歳だったあの娘はおずおずと笑い、髪も瞳も濡れたように黒かった。あの娘だった、はじめてプールにはいったのは。あれは五月の午後、ひと足早く暑い日で、サンダルが引っかかるか何かして落っこちたのだ。セニョール・ジョゼ・コルダトは、髪の毛を顔にへばりつかせ、びしょ濡れでしょんぼりと梯子を上がるあの娘の姿を見た。

泣くな泣くな、と声をかけてやった。

それでもあの娘はこらえきれなくなった。ずぶ濡れのまま、こぼれ落ちる涙はプールの水とまじりあい、傷ついた顔をゆがませて、生まれたばかりの赤子のようなかぼそい声で泣いていた。

プールを造った親方が、タイルがいいと言ってくれた。セニョール・ジョゼ・コルダトもすぐに同意し、それから後悔したことはなかった。これだけの年月を経ても、いくらか色があせたとはいえ、昔のままだった。ただ、プールは緑色の汚水で汚れ、無数の虫の黒い頭や身体がつねにゆらゆらと浮いているので、適当に打たれたカンマだらけのように見えた。

鍛冶屋は梯子が錆びることはないと断言したが、それは間違いだった。はんだ付けした箇所をはじめとして、そのほかもあちこちすっかり錆びついていた。

どんな素材をもってしても時間には勝てない、と思った。

犬たちは主人が何をしにきたのかを相変わらずさぐろうとしていた。尻尾を切られた尻をふりながら主人を見つめ、ときおり地面のにおいを嗅いだりもするが、答えは得られないようすだった。

そして頭を撫でられれば、それまで探していた答えなどどこかに飛んでしまったようだ。

家に戻る前に、鳥かごをのぞいてみた。インコはまじめくさって、何ごとか悩みでもあるかのような顔をしていた。なんでまたジュリアは、これほど無垢ないきものをあからさまに嫌うのだろうか。あれは防御なのだろう。セニョール・ジョゼ・コルダトは、あれは防御なのだろう、と思った。自分の弱点を見せたくないのだ。

だが、ジュリアのがさつさが彼は好きなのだった。粗野であればあるほど、なだめてやりたくなるのだ。

このティーセットを、持っていきなさい。

するとたんに彼女の不愛想な顔が崩れ、ひとすじの光が射したかと思うと、突然、そこに少女が現れた。

冷蔵庫が低く唸る台所で、ジュリアは陶器のカップとソーサーを慎重にひとつずつ新聞紙でくるんでいった。包み終わると、両手で籠にすべてをおさめ、夕方、帰宅する前にずいぶんと柔らかな口調で、ていねいに、何かやっておくことはありますかと訊ねてきた。

かわいそうに、籠につめこんだ陶器をかちゃかちゃいわせながら帰っていくジュリアのうしろ姿を見ながら、彼はそうつぶやいた。かわいそうに。ひとり言ではあったが、気の毒に思ったからではなく、いとしさのあまり、口をついて出た言葉だった。

彼女の家に足を踏み入れたことはないのだが、いつかそんなことがあれば、見たことがあるものがたくさんあるはずだった。

ああ、この蓋つきボウル、いいですねえ。これ、とってもすてき。

持っておいき。

古いがらくたをもらって大喜びするジュリアを、たいていの場合セニョール・コルダトは面白がって眺めていた。だが、気持ちの晴れない日は気うつになった。彼女がこれから彼と一緒に暮らすつもりがあるとすれば、あんなふうにちまちまと自分の家を飾って喜んでいるだろうか？　そう考えながら両の頬をふくらませると、ぷうっと吹いて暗い考えを吹き飛ばした。そうすれば、たいていは気分を立て直し、希望とともに眠りにつくことができるのだった。

犬たちが庭で吠えていた。書斎にひとりきりでいたのに、目の前に二匹がいるかのように声に出して叱りつけた。

静かにせんか、やかましい犬どもめ。どうした？　わたしを怒らせる気か？　ほんとうに怒るぞ、いいのか？

そうつぶやきながら書斎を出て、うんざりしながら台所に行くと、腹を立てながら庭からはいってきたジュリアと出くわした。女らしいきびきびとした無駄のない肉体の動きに彼は思わず見とれてしまった。

何を見ているんです？

セニョール・ジョゼ・コルダトは、黙ったまま、ほうけた顔で笑った。

そうやって突っ立っていればいいですよ。

思い出した。マタ・フィゲイラ先生のところにいった話をした。

ジュリアの顔の輝きだけで、セニョール・ジョゼ・コルダトの顔が照らされた。若い頃、暖炉をつけたままにして火のそばで遅くまで座っていたときのように。

その夜は、ふたりとも若さを取り戻したように夕食を一緒に食べた。同じ年齢になったというわけではない、年齢差は相変わらずだったが、それでもそれぞれが若々しくなっていた。それに、その夜はお願いをする必要もなかった。寝室にはいると、すでに彼女は何かの準備をしているところだった。それから彼が横になると、彼女が灯りを消した。彼女が服を脱ぐあいだ、彼の首筋の血管がどくどくと脈打った。ベッドの重たい上掛けをそっと軽やかに上げて、彼女が隣に横たわった。少しずつ、少しずつ、少しずつ、ふたりの息遣いがゆるやかになっていった。

突然、身体のなかで恐怖が爆発し、目をあけると同じ恐怖がいたるところにあった。深い眠りから目覚めるとそこは見境のないカオスだった。暗闇のなかでベッドから跳ね起き、ほうぼうから聞こえてくる叫び声、想像したこともない何か、思いもよらない何かを突っ切っていった。セニョール・ジョゼ・コルダトはジュリアを抱きかかえて、彼女の身も自分の身も守ろうとしたのだが、そうされる前に彼女は外に走り出てしまった。彼はその後をついていくほかなかった。

恐怖が過ぎ、硫黄のにおいと寒さがやってきた。世界がもとに戻ってみると、みんなが裸足のまま、寝間着のままだった。激しい動揺がゆっくりと鎮まるにつれ、近隣のみんなは気づいてしまった。セニョール・ジョゼ・コルダトとフネスタは一緒に寝ていたようだ。

ぼくの恐れはあなたの意のままに。

結局、あの詩句はそのとおりだったということだ。もう彼女は戻らないかもしれないという恐れ。ひらいたままのノートを前に、セニョール・コルダトは、ようやく書き留めたその詩句を見つめていた。このわずかな言葉がすべてを告げているように思えた。

轟音のあと、ふたりは寝つけなかった。彼は彼女のことが心配で、彼女は世間の目が心配で。翌朝早く、ジュリアは唇を引き結び、白い顔をして出ていった。彼のほうは、これからどんどん尾ひれがついていくであろう、みんなのたくましい想像を思うと誇らしいような気持ちにもなったのだが、彼女の瞳に差した暗い影を見て胸が沈んだ。

その朝一番に、インコが死んでいるのを見つけた。かわいそうに、あの轟音には耐えきれなかったのだ。

あまりに軽いその身体を手のひらにのせて運び、ヤシの木の根元に埋めてやった。三十分もしないうちに、犬たちがそれを掘り返して食べてしまった。

中庭は家と同じ硫黄のにおいがした。あの恐怖のとき以来、ひとりでいると、燭台や時計の振子などから硫黄がにおってくるような気がしていた。しばらくして、家全体が外一帯と同じように硫黄のにおいがしみついていることに気づいた。

それが、彼女が来なかった初めての午後だった。

二日目の朝、くたびれた犬たちが鳴いたので、彼女が来たかと思い、にっこりして扉をあけた。そこにいたのはローザ・カベッサの息子で、死んだウサギをぐいと差し出してきた。持ってきてくれたのだ。微笑みが急速に萎えていった。ローザの息子は気づいたに違いなかった。

続く数日間、冷蔵庫や食品庫にあるものを片づけていった。たいした食べものはなかったが、食欲は衰えるいっぽうだった。

雨が降りはじめた。

ぼくの恐れはあなたの意のままに。

空が呪っているかのように、土砂降りが三日続いた。

そしてそのとき、もう待つ気も失せたときに、庭で犬が吠えるのが聞こえてきた。また、なんとなく犬たちをうっとうしく思った。これが最後のチャンスだろう。彼女に違いない。すると椅子も姿を消し、書斎も姿を消し、廊下も姿を消した。あらん限りの力で玄関をあけた、これもまた姿を消したように、ゆがみも気にせず、床を這うようなブザーの音も気にせずに。

沈黙。何が起きたのか理解できず立ちすくんだ。

弟のジュスティノだった。鬚を生やし、老いて、灰か煙か硫黄でできた彫刻のようにこちらを見つめ、冷たい雨に降られて顔からも身体からも滴がしたたり落ちていた。

五十年ぶりの再会だった。

犬は机の上で死んでいた。まだつやつやとした内臓が切りさかれた腹の前に山のようにこんもりと出してあった。歯を食いしばった顔からは、深い苦痛のなかで息絶えたように、なすすべもなく黙って苦痛を耐えていたように見えた。目は固く閉じていた。まつ毛と目やにが乾いていた。

ポルトガルの地図はナイフで切り裂かれ、ひっくり返った学習机の上にばらまかれてあった。地球儀は床に転がり、壁に叩きつけられたのか、大西洋がつぶれていた。指示棒は真ん中で曲がってはいたが折るところまではできなかったようだ。あれはダンドクという植物の茎で、動物の角よりも硬い繊維が通っているのだ。板張りの床にはガラスの破片とクレヨンが、子どもたちが綿の玉をいれて豆を栽培していたヨーグルトカップの残骸とともに散らばっていた。書類入れの籠ももれなくひっくり返されていた。壁から引きはがした十字架を金づち代わりにして、教室のうしろのロッカーが壊されている。誰であれ、畏怖の念などはかけらも持ちあわせていない人間だ。

黒板の真ん中にはでかでかとひと言書きなぐってあった。くソおんナ。

水の循環を描いた奇跡的に無傷のポスターと、一か所だけかろうじてテープで留まってぶらさがっている食物連鎖のポスターとのあいだの壁の文字は犬の血で書いてあった。でてケ。くソおんナ。

マリア・テレザは泣きたかったが、泣かなかった。

すぐ後ろから教室にはいってきたイザウラは腰をぬかしてしまった。よだれがたれ、表情がくずれ、顔のすべてをぎゅっと中心に寄せた。鼻先が唇に覆い被さり、顔は赤くなり、紫色になり、誰の顔かわからなくなった。

九月にガルヴェイアスに着任したマリア・テレザは、イザウラとこの四か月間ほどいっしょに働いてきたが、こんなことになるまでは、彼女がこんなふうに泣くなんて想像もしなかった。イザウラはきまじめで口数の少ない人だった。だが、彼女のこの深い動揺も無理はなかった。長年この学校で働く彼女が、ただでさえ気分が悪くなるようなこんな惨状を目にするのはつらいに違いなかった。それに、家から残飯を持ってきては壁の外にそっと置いておいてやるのはいつも彼女だったのだ。すると小さな雌犬は、早くも舌なめずりしながら、ゆっくりとやってきたものだった。人なつこい老犬で、毛が白く、やさしい目をしていた。誰に迷惑をかけることもない、名前もない小さな犬だったのに。

それにしてもひどいにおいだった。まるまる一週間、雨がざんざんと休みなく降りつづいたというのに、ガルヴェイアスを覆う鼻が曲がりそうな硫黄のにおいは残っていた。ここにいると、不潔な腐敗臭がこの教室に凝縮されているような気がしてきた。

ああ、先生。

最初に口をきいたのはイザウラのほうだった。まさかこんなにひどいことが起きるなんて誰も思いもしませんよ。こうやって口をひらくのはどれほど勇気が必要だったかと思うと、恥ずかしいという気持ちも忘れてマリア・テレザは彼女に抱きついた。そしてその肩に、毛織のショールに顔をうめた。このにおいからまもってくれる何かがほしかったのだ。イザウラはまだ嘆いていた。

ああ、先生、これからどうしましょうかねえ。

こんなことをしたカス野郎は、いつか痛い目にあうはずよ、とマリア・テレザは言った。

カス野郎？　カス野郎、っていま言いました？

そう訊きながらシスター・ルジアの目はすでに笑っていた。午後が瞳にきらりと反射した。

ええ、カス野郎と言いました。どう、これで満足しました？　くそったれです。くそったれとも言ってやればよかった。わたしの揚げ足をとって面白がっているように見えますね。

まあまあ、落ちつきなさいな、マリア・テレザ。

シスターはわざとゆっくりと言った。マリア・テレザがすぐにかっとすることは知っていたが、同時にすぐに気を取り直すことも知っていたのだ。

あ、すみません。シスター。ごめんなさい、ほんとうに。

心から恥じ入ってはいるようだが、どうしようもなかったのだ。エヴォラの町に着いて一週間後、まだ下宿を探している頃に、自分にはこういう短所があると気づいた。ポルトガル語の授業で発表した時、教授から受けた注意の口調にかちんときて、つい罵り言葉で返してしまった。教室中がはっと息をのみ、しんと静まり返ったものだ。

ドウロ川沿いの下町、アフラダにいたころにはそんな返事をしたことなどなかったのに。

イザウラは涙をぬぐって鼻をかむと、しゃんと立ち上がってバケツ、ほうき、モップ、雑巾などを取りに走っていった。てきぱきとまではいかないが、的確な動きはいつもどおりだった。しばらく呆然としていたマリア・テレザも指輪をはずして手伝いはじめた。

犬を袋に移すのはつらい作業だった。ふたりとも、まっすぐ犬を見ることができなかった。かわいそうに、はらわたを抜かれた犬は、呻き声を振り絞る先生をよそに微動だにしなかった。イザウラが机を両手で傾けた。反対側でマリア・テレザが袋の口をあけて待っていた。机を傾けても犬の身体が滑り落ちないことにイザウラは気づいた。凝固した血でくっついているのだ。毛が、突然くすんで見えた。

こんなことができるのは、血も涙もない極悪人だけです。犬は畜生かもしれません。でも、ほんとうの畜生はあの子のおなかをナイフでひらいて内臓を引きずり出した野郎です。野郎、なんて言ってもいいですか？

シスターは沈痛な顔で頷いた。シスターもあの犬のことは知っていたのだ。おとなしい子で、毎週金曜日にシスターが「宗教と倫理」の授業にやってくると学校の門までついてくる、行儀がよく甘ったれで、修道服の裾に毛をなすりつけてきたものだ。

ひと言ひと言が、小さな声でも、教会の集会室のがらんと広くそっけない壁にこだました。ガスのヒーターでは、こんなにだだっ広い場所に居座る冬を追いやることができなかった。一月のこんな日には、床のモザイクは氷のようだった。尼僧らしい几帳面さで、集会室の椅子は壁に向けて並べてあった。子どもたちは今日の教理問答を喜ぶだろう。今日はスライド上映の日なのだ。

子どもたちは教会の前庭を走り回っていた。小さな声がぱらぱらと集会室のドアのガラスを通して聞こえてきた。朝、校庭の池のそばで遊んでいた遊びをまたここでもやっているのだろう。

みんな同じ子どもたちだった。あの朝、いつものように登校してきた子たち。みんな、学校の鐘が鳴るのを待っていた。

イザウラはほうきの先で押して犬を机から引きはがした。ばりばりというその音にマリア・テレザはすくんでしまった。だが、その後でイザウラが机を傾けると犬は滑りはじめ、袋の底に落ちてきて床にぶつかった。マリア・テレザが重みを受けとめかねたのだ。彼女の顔は白くなり、青くなり、鉛色になり、気をうしないかけた。内臓を袋の犬の上に落としこみ、その重みを運び去ったのはイザウラだった。

七歳から十八歳まで、マリア・テレザ先生は数えきれないほどの鯵のわたを取ったものだ。もしも隣人のアメリアが、よく通る声をしたアフラダの魚売りが、こんなふうにマリア・テレザがふらついているのを見たら、アラビダ橋のてっぺんに届くほど大笑いしたことだろう。だが、彼女を打ちのめしたのは、内臓だけでも、子どもたちの夢の園であるべき教室を破壊されたことだけでもなく、あの言葉だった。でてケ。不良どもが自分のことをあばずれと呼んだところで気にもしなかったが、ここで数か月を過ごした自分を追い出すためにこれだけの暴力をはたらいたのだと思うと、つらかった。

ここの人たちの身になってみなくちゃ、とシスター・ルジアは言った。

郷土愛のなんたるかはわかっている。神聖な感謝の念も持っている。あの場所にしかない奇跡、ささやかな生活を重ねて、こちらの世界へとやってきた。活気があり、多様で、はかなくて揺るぎなく、過去から未来へと目に見えぬ糸がつなぐ世界。自らの原点、すべての歳月、望み、夢を育んだ故郷への愛着は自分にだってちゃんとある。けれど、殺戮者の身になるなんてできなかった。彼女が知っている愛情とは生命とつながっていた。まだ若いのだ。

眼鏡をかけ、教員免許を持ったマリア・テレザは、二十三歳の若い娘だった。ガルヴェイアスでは鞄を抱えて夫もなしに通りを歩く彼女を、もっと年がいっているのかと思っている村人もいたが、そんな彼らですら、心のどこかで、あれはまだ娘っ子だとわかっていたのだ。

だから言ってやったんです。くたばりやがれ、とんま、って。

ほんとうにそう言ったの？　そのとおりの言葉を使ったの？

シスター・ルジアに助けを求めたのが間違いだったと思った。ちょっとしたことも見逃してはくれないのだから。六十三歳のこのシスターが向けてくる注意には、どこか母性が感じられた。

シスターはシンファンイスの出身だ。実家には帰る年もあれば帰らない年もあり、帰省するのは、いまやおばあちゃんになってしまった同級生の女の子たちに会い、昔のまま歳をとらない聖母さまがバラで飾られ、国道脇の教会まで運ばれる祭列を見るためだった。

シスターの目はいつも優しかった。マリア・テレザ先生はその温かさに惹かれた。

マリア・テレザのガルヴェイアスへの選任理由は単純なものだった。みんな若い女性の先生を望んでいたのだ。マリア・テレザは、通りでじろじろと見られても気にしなかった。遠巻きに見てくる人たちには、若さゆえの軽やかさと微笑みと元気な挨拶で対抗した。それでも、ひと気の少ない秋になり、マヌエル・カミロから借りている下宿の屋根の瓦が飛びそうなほどの風が吹きはじめると、着任前には思いもよらなかった意地悪の連続にすっかり心が萎えてしまっていた。十月の末には、毎週金曜日に「宗教と倫理」の授業のためにやってくるシスターといろいろとためになる話をするようになっていた。

シスターは細かいことにも敏感で、ちょっとした言葉遣いも聞き逃さず、問題なのは語彙のせいばかりではないことを指摘してきた。意識して一拍入れる話し方をすれば、たとえ言葉を口にしている途中でも、もう少しましな言葉に替えてしまうことができるのよ。ほら、たとえばこうよ。とん、一拍、かち。とん、一拍、ぼ。とん、一拍、び。カス、一拍、テラ。カス、一拍、り傷。カス、一拍、み草。バ、一拍、ッグ。バ、一拍、ッタ。問題は神経ね、我をうしなってしまうところがあるのね、と。そう、本当にだめなのはそこだった。声が、急に喉の奥で燃え上がるのだ。忍耐強く優しいシスター・ルジアは、ガルヴェイアスに住んで三十二年になるが、この娘の面倒をみてやりたいと思っていた。

マリア・テレザもシスターの理解を求めていた。話し相手を必要とはしていたが、同時に、この浮世離れしたような冬の日に、外から聞こえてくる子どもたちのにぎやかな声、小鳥の鳴き声を聞きながら、ここにひとりきりになりたいとも思っていた。もうすぐ教理問答がはじまる時間だったが、子どもたちはのんびりしていて、午後もやはり、のんびりとしていた。

ダニエル神父が聖具室のドアから集会室にはいってはきたが、何か用事を思い出したふりをして、目を合わせず、透明人間になって自分の存在を消すかのように黙々と椅子を運んでいた。

ほんとうにそう言ったの？　そのとおりの言葉を使ったの？

マリア・テレザは答えたくなかった。

朝、イザウラが数百メートル先の桑の木の下にある交番に向かっているあいだ、めちゃくちゃの教室の真ん中で学習机にもたれかかりながら、マリア・テレザはくたびれきってぽつんと立っていた。

巡査は郵便配達夫、ジョアキン・ジャネイロといっしょにやってきた。イザウラとソウザ巡査はふとっているので、ジョアキンが先に到着した。このとき、子どもたちはまだ校庭で待っていた。みんな困った顔で黙りこくって、何かがあったらしいとは感づいているようだった。鳴らない鐘、巡査、それでもどうしたのかは誰にもわからなかった。

ジョアキン・ジャネイロは頼まれてもいないのに、ずかずかとはいってきた。その午後マリア・テレザはシスターに、彼は他の人たちよりも衝撃を受けていないみたいだった、と言った。ただ、もとから何が起きたのかを聞いていたのだし、朝一番のときよりも教室はだいぶ片づけられてはいたのですが。女性として、あの散らかりようは放ってはおけなかったんです。しかもお腹を割かれた犬というおぞましいおまけつきで。

しかし、彼女たちの潔癖症をもってしてもあの悪臭を追い出すことはできなかった。きついにおいのせいで、鼓膜に綿を押しこまれているように耳にまで圧迫感を感じ、目の裏が内側から燃えるようにずきずきと痛むのだった。その状態にいくらか慣れることはできたが、つらいし、色までが変わって見えた。

みんなが驚いたのは、イザウラの口が止まらないことだった。ソウザが鼻にかかった声で驚いたり、漏斗の奥からのぞきこむようにして小さな目を不安げに見ひらいたりしながら、イザウラに相槌を打っていた。巡査は考え深げな顔をして椅子のあいだを歩きまわり、磨かれたブーツで注意深く床を踏んでは、探偵よろしくもみあげの先を掻いた。手持ちぶさたなジョアキン・ジャネイロは、郵便物が詰まった鞄を入口に置きっぱなしにしてあった。こういう場で、こんなことをあっさりと言ってのけられるのはジョアキン以外にいなかった。

先生さんの態度が気に食わねえってやつはいっぱいいたからなあ。

低い声でつぶやいたこの言葉で、喧嘩の火ぶたが切って落とされた。

その前の週、ガルヴェイアスでは世界が叫び声をあげているかのように雨が降った。放課後の教員室では、マリア・テレザが袖をまくっていた。鉄製の印刷機が机の上にずしりと載っていた。文字の終わりは蔦のようにくるりとさせ、エムやエヌには脚をつけ、凝った飾り文字で先生はすでに原本を書き終えていた。その紙を機械に入れ、アルコールを浸したフェルトで湿らせた。ハンドルを回す。一枚目はインクがにじんでしまい、文字が紙に溶けだしてしまった。二枚目も読めるものにはならなかった。アルコールのにおいが蒸発して鼻の奥をついた。四枚目はうまくいったので、乾かすために脇に置いておいた。たまにアルコールを数滴フェルトにたらしながら、順を追って作業を進めた。結局、十二枚のポスターが刷り上がった。

　湿気がひどく、翌朝になっても紙は完全には乾いていなかった。机にそっと広げられた紙には、大人のための読み書き教室、申しこみ受け付け中、と書いてあった。

　その前に、なんとなく気弱になり、マヌエル・カミロに意見を聞いてみた。部屋代が手にはいるようになって、気をよくしていたこの大家はとりあえず礼儀正しくしておこうと、先生の寛大な思いつきを誉めたたえ、その手をとって目をまっすぐに見つめ、急に耳が聞こえなくなった妻のことがなければ、自分こそが生徒になりたかった、と告げた。自分はきっと模範生となり、宿題はかならずやるし、鉛筆の先はいつも削っておくだろう、と。マリア・テレザはその言葉を額面どおりに受け取った。

　胸には熱い理想、手には丈夫な傘を携え、先生は、食品雑貨店、カフェ、食堂などを訪ねては青い文字で書かれたポスターを配って回った。嵐のなかでも、傘の骨をつたって滝のように水が流れ落ちるなかでも、村の空気にしみついた硫黄と混ざり合ってはいても、まだエチルアルコールのにおいがした。先生がシコ・フランシスコのカフェにはいってくると、男たちは石のように黙りこくった。傘をゆすって水滴をはらい、指で髪の毛をかきあげながら、まったくひどい天気ですこと、という先生の声が沈黙のなかでたったひとつ、響いた。バレッテのぽかんとあいた口から煙草がぽとりと落ちた。マリア・テレザはカウンターに近づき、面喰っている男たちの前でシコ・フランシスコに直接ポスターを手渡すと、どこでも目につくところに貼ってくださらないかしら、と頼んだ。シコ・フランシスコは、黙って目をみはりながらその紙を受け取った。カフェのウィンドウはまだ段ボールで覆われたままだった。先生が出ていくと男たちは互いの顔を見合わせた。シコ・フランシスコの手中の紙がなければ、現実とは思えなかっただろう。

アクルシオの居酒屋に先生がはいると、赤ワインのきらめきに吸いこまれてかすんでいく夕方の光のなかで一同はやはりしんと静まり返ったが、こちらの沈黙のほうが荒々しく粗野だった。さっきと同じ弁舌をふるいはじめたところで、遠い裏庭の小屋から先生の姿を認めたアクルシオの妻に邪魔された。おかみは、大雨を突っ切ってカウンターの背後のドアから店に飛びこみ、なんとか先生から自分で紙を受け取ったかと思うと、はいはいわかりました、ご心配なくね、と告げてさっさと先生を店から追い出した。

この一週間、雨にまかせて考え事をしていたマリア・テレザは、相手は字が読めないのにポスターを書いて貼るのは理にかなったことだったかと自問していた。それでも夢を、教育法のマニュアルにさんざんに踏みつけにされた夢を、ここであきらめるつもりは毛頭なかった。それがこの朝、彼女は唐突に止まり木から突き落とされたのだった。この落下は彼女を深く傷つけた。

先生さんがお高くとまってて気に食わねえってやつはいっぱいいたからなあ。

ジョアキン・ジャネイロの口調は、あたかもこの事件にはれっきとした原因があり、そしてこの下劣な行為を正当化しようとしているようにも、そもそもの火種を作ったのはマリア・テレザだと言いたいようにも見えた。いっぱいいって？　自分では姿も見せないそいつらはどこのどいつだ？

燃え上がる怒りをなんとか抑えこんだものの、マリア・テレザの声は次第に高くなり、文字が読めない人に手紙を代読してやって小遣いを稼ぐジョアキンを責めた。こうなると収拾がつかなくなる。ああ言えばこう言う、の罵り合いとなってしまった。

みんながここであんたのことを、さぞや賢いお人がやってくるだろうと待ち望んでたとでも思ってんのか？　みんなはいまのままでいいんだよ、ほっとけよ。子どもの世話だけしてりゃいいんだよ、ただでさえいっぱい子どもがいるだろ。子どもはいいよ、勉強する年なんだから。

くたばりやがれ、とんま。

悪臭が漂う足の踏み場もない教室で、巡査部長、ソウザ巡査、イザウラがはっとして先生を見たが、この場をどうおさめるべきか思いつかないようだった。

ほんとうにそう言ったの？　そのとおりの言葉を使ったの？

教会の集会室で、ゆっくりと、身動きもせず、神父は完全な沈黙へと身を引いていった。シスター・ルジアは返事を待っていた。そういう目をしていた。

いいえ、ほんとうはそんなふうには言っていません。そんな言葉は使っていません。ほんとうはこう言ったんです。この腐りきったクソ野郎、ふざけたことぬかすとタマつぶすぞ、って。


急勾配の坂は、黒くて滑りやすい石を踏まないように足元に注意しなければならなかった。下り坂では自分という存在を実感できた。帰り道では、漆喰の表面に、壁の角に、坂の上から見えるあちこちの家の屋根に溜まっていた寒さをすべて身体で受けた。一歩一歩、気をつけながら坂を下りた。風がガルヴェイアスの上をたゆたい、硫黄の苦いにおいでマリア・テレザを攻撃してきた。風は、毛糸で編んだ上着もブラウスの布地も通りぬけて彼女の肌をまさぐり、洗練された狂暴さとともに針で肉を刺した。

さっきまで教会の前庭にいた子どもたちが彼女の姿を遠くからのぞきこんでいた。よく声の通る子どもたちは、挨拶もしてくれた。せんせい、こんにちは。まだシスター・ルジアの顔がちらちらと記憶にあり、またしても我をうしなった自分を恥じてふらつき、両頬が燃えるように熱いマリア・テレザには、子どもたちの顔はぼんやりとしか見えなかった。学校の縞模様のうわっぱりを着ていない子どもたちはいつもと違ったかんじで、細部が目立って不器量に見えた。

ありあまる好奇心をたたえた目をしたロドリゴだけが近すぎるほどそばに寄ってきて、先生の後を数歩追ってきた。中庭の端の坂のてっぺんまで来ると、ロドリゴは、お手伝いしようか、と言った。ふつうは、こんな年頃の子どもが口にする言葉ではない。ロドリゴはまだ三年生、九歳だったが年齢よりも進んでいて、受け答えもはきはきした子だった。ロドリゴの顔も見ず、逃げるように先生はひと言、いいえ、と言った。大人びた当惑顔で、両腕をだらりとたらしたロドリゴはそこで立ち止まり、遠ざかる先生を見ていた。

午前も半ばになっても、先生と郵便配達夫の罵り合いのすぐ後でも、教室は清潔とはとても言いがたく、壁も傷だらけという状態のなかで、男らしい権威を見せて子どもたちを家に帰すという決断を下したのは巡査部長だった。ぱちくりとした目が列島のごとく居並ぶ前で階段の上に立ち、先週の大雨で教室が水浸しになってしまい、学校用具がいろいろと使えなくなってしまいました、と説明した。村の平穏を守るのが自らの役割と心得る巡査部長はそこに立って子どもたちが鞄を背に道路を渡り、向こう側の階段を上って帰っていくのを見届けた。

坂道の最後の石の上でバランスを取りながら、マリア・テレザはこの日の朝を忘れてしまいたかったし、鉛が詰まったような頭を休めたかった。だがその前に、パンを買わねば。昼食を食べておらず、みじめな気分で、自分がこんなに弱々しいなんて信じられなかった。このとき、近づいてくるバイクの音、ギアチェンジのたびにエンジンが出す甲高い音が耳にはいっていたはずだったのに、気づいたのは鉄扉の裏、風俗店の近くまで来たときだった。マリア・テレザは飛びのいて壁にはりついた。カタリノが悪夢のように走り去っていった。カタリノはわざとバイクをふらつかせて思い切りエンジンをふかし、通りをファメリアの唸り声でいっぱいにした。女の子に自分を印象づけるには驚かすのがひとつのやり方だとわかっているのだ。

ガソリンのにおいで目が覚めたように、マリア・テレザはしゃんと姿勢を整えた。また歩きはじめ、扉を通って、いつも開いている門扉をぬけて中庭を通り、風俗店の裏まではいっていった。戸をそっと叩いた。冷たい空気に一月の小鳥たちがさえずっていた。地面にも、針金のような脚で数羽が草のあいだを跳びはねていた。もう少し力をこめて戸を叩く。目をこすり、小鳥のさえずりの他には何も聞こえてこないところで待った。歯を食いしばり、こぶしをにぎりしめて、今度は力いっぱい叩いた。

数秒後、室内履きのぱたぱたという足音が聞こえてきた。戸をあけたのはブラジル女で、少しぼうっとしながら、明るさに顔をしかめてしわが寄っていた。空腹のためというより何か食べねばという思いから、マリア・テレザは大きなパンを一斤と、ロールパンを三個、たのんだ。

袋は？

あまりにも疲れ切った先生は、ただ首を横に振るしかできなかった。ブラジル女は奥にひっこみ、小麦粉がちらばった床に室内履きを引きずった跡が残った。女はぼんやりした顔ですぐに戻ってきた。マリア・テレザはぴったり五エスクードと二十五トスタンの硬貨を支払った。ブラジル女は挨拶もせず戸を閉めた。

なんの意志も力もなく、マリア・テレザはフォンテ・ノヴァの通りをふらつく足取りで上っていった。家の近くまで来ると、ロールパンをひとつ取り出し、しげしげと眺めてからかぶりついた。いつもの何げない行為だが、待っていたのは硫黄の苦く、薬くさく毒々しい味だった。ゆっくり噛みしめてパンを口のなかで転がしていると、パンは小麦粉でできているのではないような、歯触りも違うセメントの粉まみれのスポンジを噛んでいるような味がした。なんとか飲み下した。ぱさぱさのロールパンをまた口に入れる気にはなれなかった。片方の手でロールパンを、もう片方の手でパンの入ったビニール袋を持った。

　ミャウの姿が目にはいったのはそのときだった。ベンチに腰かけているミャウはのっそりと大きく膨れてみえた。ミャウは彼女のことをじっと見ていて、曲げた舌が口からはみだし、細い目は分厚いまぶたでなかば隠れ、髪の毛は小さな頭にきちんと撫でつけてあった。ポケットを両手に入れたまま、自分自身をこすっていた。きまり悪さからマリア・テレザは顔をそむけたが、この空気のなかにミャウが茶色いセーターの人影を作るのを察知し、すばやく三歩で彼女にぴたりと近づいてきたと思うと、壁に押しつけられた。

　ふたりの息づかい。息をするたびに彼の舌のあいだからひゅうひゅう音がもれた。緊迫したふたりの動き、もみあう音。ミャウは彼女のスカートをたくしあげ、両脚のあいだに手のひらを押し入れた。パンのはいった袋が道路に落ち、ロールパンは坂の下に転がっていった。マリア・テレザはパニックに襲われ、目をみひらいたまま、叫ぶこともできなかった。ミャウは分厚い手を力いっぱい押しつけてきた。ミャウが彼女の顔をまっすぐ見ることができたとき、彼女は苦痛と恐怖と信じがたい思いで口をあけたまま声を出せずにいた。

　それから数秒、ミャウが後ろに引きはがされた。

　郵便配達夫がパリャ通りから駆け上がってきたのだ。引き離され二、三回蹴りつけられると、ミャウは甲高く泣き叫びながら逃げ、遠く坂の下まで行き着くとつま先立ってどうかなというふうにこちらを見た。

　シコ・フランシスコのカフェにいた男たちや、広場にいた男たちがミゼリコルディア教会のわきの坂の上に集まってきた。農協から出てきた若い男たちもまた、その少し下の通りに次々に出てきた。そのほかにも、女たちが驚いた目で、玄関や窓から何ごとかと顔をのぞかせた。

今度つかまえたら、おぼえていやがれ。

ジョアキン・ジャネイロの力強い怒鳴り声が通りいっぱいに響いた。

頭に血が上り、胸も息も弾ませてジョアキン・ジャネイロはマリア・テレザに声をかけた。

先生さん、だいじょうぶかい。

このときから、学校に侵入して犬を殺し、壁に血文字を書きなぐったのはミャウだということで落ち着いた。

ミャウは文字が読めず、書けもしないことを思い出す者はいなかった。

彼はあひるの群れに踵をつっこんでオレンジをむいていた。畑は七日間降りつづいた雨水をまだたっぷりふくんでいた。それも悪くない。ジャガイモは土の下で大きく育つことだろう。畑は日当たりと水はけをよくするために斜面に作ってあった。ジャガイモの畝を見るマヌエル・カミロの目には、すでに青々と茂る葉っぱが映っているのだった。植えつけを雨の前、あの夜の大爆発の前に終わらせておいてほんとうによかった。あれのせいで面倒もあったが、よいこともあるにはあった。

雌犬は畑の隅に背骨を伸ばして仰向けで寝ていた。だいたいいつも午前中はそこで過ごしていたし、畑に出てにおいを嗅ぎ回る気分ではない午後もたいていは同じ場所で寝ていた。畑にいても、ラディナや、おいで、と飼い主に声をかけられれば、どこからともなく姿を見せた。犬はその確かな場所にうやうやしく横たわり、自分より目下と見るあひるたちには目もくれない。いつでも自分はこいつらの列を正せると思っているのだ。ラディナはあひるたちのことはよくわかっていたし、があがあとうるさくされるのはごめんだと思っていた。

最初の一房を口に放りこむ前にティナ・パルマダのことを思い出し、彼は一瞬動きを止めて、笑みを浮かべた。ネーブル種のそのオレンジはすっぱかったが、マヌエル・カミロは顔をしかめるのも好きなのだ。昼食後にと持ってきたオレンジだが、ここにやってくるとすぐにでも食べたくなってしまい、そういうことを我慢する年齢は過ぎていた。荷車からロバをはずして樫の木の頑丈な枝に繋いでおき、掘っ立て小屋の扉の掛け金を外すとあひるたちが一斉によたよたと出てきて、ががあ言いながらあちこちに散らばっていった。それからようやく弁当袋を取りにいき、オレンジの皮をむきはじめたのだ。

　この小屋は、以前は農具を収納したり、急な雨風の逃げ場に使ったりしていたが、だんだんとあひるに占領されていった。あひるは囲いのない場所で夜を過ごせる動物ではない。これからどこへ行こうなどこれっぽっちも考えていない母鳥の後を追って、半分近くのひなたちがどこかに行ってしまうだろう。さらに、畑はたった四本のオリーブの木のあいだに想像上の境界線が引かれているにすぎず、あひるを狙う動物たちがいつでも出入りできた。

　小屋は木材とサトウキビの茎を使ってブリキで補強して彼が建てたものだが、かれこれ十五年もっていた。舅が死んだあと、小屋なしで二冬を越した。毎日、必要なものを荷車に積んで運んだ。極寒の日には唇の上が凍った。小屋が完成して、気持ちも身体も休めるところができた。当然ながら、当時は身体ももっと軽かった。七十二歳から十八年を引いてみると、どれだけ若かったか想像もつくというものだ。まあ、どんな年齢でも十八年というのはたいそうな年月ではあるが。

　舅も名をマヌエルといった。だが、村の衆にはリカルドと呼ばれていた。リカルド・ソルヴェンテ。それには長い逸話があるが、ここで説明するのはやめておこう。舅は頑固な偉丈夫で、畑と離れて生きることができない男だった。娘に説き伏せられて畑をやめたとたん、死んでしまった。葬儀からの帰り道、実りの時季を迎えた畑を見たマヌエル・カミロは、涙にくれている妻にはひと言の相談もないまま、仕事を辞めようと決めた。悪い仕事ではなかった。農地管理人として重宝がられていたのはわかっているが、会計作業を終えても、儲けを手にするのはマタ・フィゲイラ先生で、彼が手にするのは背中の痛みだけだった。

そんな思いを肚に抱えながら、数か月後、時間を見つけては舅が遺した畑にキャベツを植えた。それからエンドウマメ、ソラマメ、玉ねぎ。一年が経って舅の一周忌を迎える頃、先生のところの仕事を辞めた。五十四歳だった。最後の日に、どこまでも広いこの屋敷と地所を懐かしく思うこともあるだろうかとも考えたが、すぐにそんなことはないとわかった。

あひるたちは施しを求めて急いていた。がつがつと空気を飲みこみ、くちばしをあけて舌を震わせた。マヌエル・カミロが畑に来るのは三日ぶりだったのだ。豪雨続きの、決して忘れることのできない一週間が明けたところだった。

オレンジくさいげっぷをひとつすると、小屋にはいった。ゴムの長靴があひるの糞がたまった泥で滑った。あひるが腹のなかをきれいにできるように水を替えてやり、ルクレシアの雑貨屋で升ですくって薄板でならして量った割れトウモロコシを買ってきたので、それをいくらか床に撒いておいた。

その朝早く、雑貨屋からの帰り道、トウモロコシを担ごうとしたところにティナ・パルマダと出くわした。

たぶん七時半くらいだったろう。彼はルクレシアの店のその日の最初の客だったはずだ。割れトウモロコシを買って坂を上ろうとしたところに、ティナ・パルマダが階段を下りてきたのだった。彼はその顔をしっかり見ようと顔をあげた。彼女のほうも同じようにして彼の顔をまっすぐ見返した。そこに恥じらいはなかった。

マヌエル・カミロの妻はひとり娘だったので、自分の生家を相続した。父が結婚生活を過ごし、その後三十数年間やもめ暮らしをした家だった。いくら家は家だとはいえ、この粗末な家屋が自分にどれほどの益をもたらすか、当時はすぐにはわからなかった。畑に手を加え、はじめてジャガイモを植えたときには、故人の家具や所持品が残る家の部屋を使わせてもらって、灰と石灰をまぜた虫よけを被せたジャガイモを広げた。

さらに、新しくやってくる女教師が貸家を探していると耳にしたときに、ここぞとばかりに申し出た。これはいい収入になると妻もふたつ返事で同意した。新米教師も家を気に入り、彼のことを大家さんと呼ぶようになった。家賃はまずまずの額で、助かりもした。そのうえ、もうひとつ、ひそかなおこぼれにあずかることもできたのだ。

便所は庭につくってあった。アヴィスの左官ががんばってくれ、便器などの一式がかつての薪置場に据えられた。いまでもそこには樫の木の薪が高々と積まれており、先生は好きなだけ薪を使ってもよいことになっていた。一角に便器、洗面台、ビデがある。身体は浴槽で洗う。

ある時間になると、マヌエル・カミロはフォンテ・ノヴァまでぶらぶらと歩いた。そこから舅の隣人で、死んで二十年になるマリア・セグレダ婆さんの家にはいる。戸口は掛け金がかかっているだけだ。戸ののぞき窓を押して腕を差し入れれば中からあけることができる。そのまま裏庭に行くと、年季がはいって灰色っぽくなっている木の格子戸があり、それをそっと押しひらいて通った。イラクサにまぎれて便所の裏に立てかけてある梯子を三段のぼると、屋根と壁の隙間に片目を当てて、待った。横向きに見えるマリア・テレザ先生が用を足すところ、運がよければ下半身を洗うところも見えるかもしれないのだ。

しっかりと身体を洗おうと思えば台所を使うほかなかった。お湯が出るのも、じゅうぶんなスペースがあるのもそこだけだからだ。マヌエル・カミロは裏庭の戸に張りついて体をねじまげ、どこかに裂け目はないかと探しまわった。なんとしてでもそのショーを見たかったのだが、便所だけでよしとするほかなかった。

ミツバチの巣箱の置き場所まで上っていく前にあひるを放してやることにした。自分の内を満たすこの平穏を世界と分かち合いたかった。事実、あひるたちも少し落ち着いてきていた。彼が離れていくのに気づいた雌犬が頭をあげたが、とくに普段と違った様子はないと察するや、すぐにまた横になった。足元の危うい細道を選んで彼は進んでいった。巣箱から数メートルの場所で、片手を樫の木の幹に押しつけたまま、鍬で筋道をつけた畝、もうすぐジャガイモが伸びてくるはずの方角に目をやり、小屋の方角にあひるを見つけ、みんなでトウモロコシを囲んでいるのを確認した。いつもはフスマと刻んだキャベツだが、今日はこれくらいの褒美があってもいいだろう。小屋に閉じこめられたまま新しい水もなければ食べものもなく、また頭上に空を戴くことがあるかと確信も持てぬまま、あひるたちは三日三晩つらい思いをしたのだ。

その恐怖は痛いほどわかる。肌に受けたあの衝撃を忘れられるほどまだ時は経っていなかった。どれほどの時間が過ぎようとも、あんなことを忘れられることはあるまいと思ったものだ。いつでもよみがえってくる悪夢、すぐ隣にある世界のように、あの夜の身体の感覚が離れることはない。あのときまでは無垢な眠りを得ていたのだ。だが、それはすぐに絶望にすり替わった。

最初は、何ごとかと思う暇もなかった。どこから来た音で、なんなのかも。ただ爆音がそこにあった。寝室の暗がり、続く爆発で壁が、家が、世界が、外の何かが破壊したのか、それともこれは内なる破滅なのか、心臓、魂、それとも彼の名が、なすすべもなく崩壊したのだろうか。

すさまじい狂気のただなかで、マヌエル・カミロは妻の手をとり、ベッドから下りるのを手助けした。夫は靴下、妻は裸足のまま、戸口へと向かった。戸をあけたときにはまだ目に見えぬ爆発がつづいており、空気の壁があるかのようで、いにしえからの大風のようにふたりに吹きつける力に抗って進むのは骨が折れた。

と、それはいきなり終わった。残ったのは静寂と夜と身体だった。通りに沿った家の戸がひらきはじめた。絶望にはいりこむ前に、マヌエル・カミロの妻は自分の頭をつかみ、手のひらで耳をたたき、人差し指を耳につっこんでぐるぐると回し、ないはずの詰め物を取り除こうとしていた。夫は妻のしぐさに気づかなかった。三十か四十メートル先のパルマダ家の方角を見ていると、ティナ・パルマダがパンツと綿のスリップ姿で両脚をむきだしにして外に出てきているのに気づいたのだ。

タランショの妻のクレミルデが、マヌエル・カミロの妻を取り囲んでみんながやいやい言っているところから金切り声をあげ、しつこく繰り返す音の外れた横笛のような声で、ゼファ、と妻の名を呼んだ。ほかの隣人たちも悲痛な叫び声に集まってはきたものの、爆発と自分自身が受けた衝撃のことしか話せなかった。妻が卒倒したとき、マヌエル・カミロは彼女をつかむのが精いっぱいだった。身体を抱きとめることはできず、ようやく襟首をつかまえたのだ。カミロのところのゼファは、両目を天にむけて見ひらいた寝間着の犠牲者、灯りに照らされむこうずねの染みが浮き出ている、ざんばら髪の傷ついた魔女だった。

みんなの興味は次第に薄れていった。助言する人もいた。牛乳を飲めばいい、熱い湯に浸かれば、ひと晩寝れば、きっと。片膝を縁石について、マヌエル・カミロは難儀をしながら妻が起き上がるまで支えてやったが、ティナ・パルマダが不思議そうな顔をして、無言で思わしげに近寄ってきたときだけは、しばし妻のことを忘れた。

巣箱をのぞいてみるだけなので、手袋も防護服も必要なかった。燻煙器は小屋の梁にぶらさがったままだった。このときは手持ちに砂糖がなかったし、いつもより早く巣箱に与えに行くつもりもなかった。ただ、ミツバチがどう冬越えをしているか見てみたかっただけなのだ。巣箱は、舅が置いた場所のままだが、風が当たるのでこの一月のような寒さではだめになってしまうかもしれない。養蜂といってもたった九箱のささやかな商売だった。それ以上面倒を見るのはマヌエル・カミロには無理だったのだ。彼はミツバチを感じるのが好きだった。陽が明るくなると、ミツバチの群れは畑をひろびろと眺める彼の視界のなかで断片となり、花はいっそう香り高くなるのだった。冬のあいだ、重苦しい空を向こうに回して息が詰まりそうな寒さにも寒さという恐怖にも抗うミツバチたちは、自らのメカニズムに従って集結したひとつの心臓なのだった。

重石が置かれた巣箱の蓋はびくともしていなかった。両手で重石をひとつひとつ取り除けた。巣箱を覆う丸い蓋を持ち上げてみると、そこにミツバチがいた。壁にしがみつき、互いにしがみつきあい、光がはいってきても意に介さず、飼い主の顔を見ようともしない。じゃまをしたくなかったので、また蓋を戻してやった。ミツバチたちはそこにいて、太陽の季節を待っていた。

巣箱のある場所から小屋までの下り路をそろそろと下りた。一歩たりとも足を滑らせるわけにはいかない。身も軽く、若返ったような気分であっても、転んでもよいような骨ではないことはじゅうじゅう承知していたのだ。

一張羅を着たマヌエル・カミロと妻は、廊下の待合ベンチに座っていた。ふたりきりで静寂に身を置いて、この異臭はガルヴェイアスに漂う硫黄なのか、それとも、無人で誰にも顧みられず、埃だらけの床の診療室のドアの隙間からもれてきているのか、わからなかった。彼らは一日様子を見てから診療所にやってきた。姿勢を崩さず、ふたりで一時間待った。それだけ待ってから、マヌエル・カミロは脚を伸ばすために立ち上がった。耳が聞こえず、気力も萎えた妻は動かなかった。

あの恐怖の夜の翌朝、カミロの家のゼファは耳が聞こえなくなったことがはっきりした。近所の女たちがそう結論づけたが、彼女たちとてゼファをどう慰めてよいものか困っていた。ゼファの夫はその報せを厳粛に、だが不愉快な気持ちで受けた。自分には耳の聞こえない妻がいる。家の入口に群がる顔のなかにティナ・パルマダがいたが、彼はティナをあからさまに無視した。あまりにも多くの目と鼻がそこにあったからだ。

待ち時間も二時間目にはいった。遠くの通りからラミロ・シャパの弔いの鐘の音が聞こえてきた。気の毒に、あっちのほうが自分たちよりどれほど哀れなことか。それから金曜日のありとあらゆる音。声、バイクに乗る若い男たち、バイクに乗る老人たち、自転車のベル、小鳥、吠えたてる犬たち。見つからぬようにマヌエル・カミロはそっと目をあげて妻を見て、妻が聴いているはずの自分の内からの音を、どんよりとしたその顔を通して見える頭に詰まった沈黙か騒音を、おそるおそる想像してみた。三時間目にはいった。十五分が過ぎたところで、呼び出されたマタ・フィゲイラ先生がやってきた。先生は診療室にはいりドアを閉めた。くもりガラスの向こうにその姿が見えた。さらに数分たち、ドアをあけに戻って来たときには白衣を着ていた。そのときにようやく、おはよう、と言った。

マヌエル・カミロは、先生のもとで四十年働いていたことは告げなかった。先生は何も覚えていないだろうとわかっていたからだ。息を凝らし、先生の繊細な動きを理解しているふりをした。肩を落とし、だらりと腕をたらした妻は長椅子に座っていた。マタ・フィゲイラ先生は彼女の耳に差しこんだ漏斗をのぞきこんだ。そうすれば、考えを細かく解析できるとでもいう感じだった。先生を困らせ、眉毛を吊り上げさせた考えだ。

妻が幼女のような希望を抱いて先生を見つめているあいだ、マタ・フィゲイラ先生は犬に、ポンテ・デ・ソルに行ってもしかたがないし、わざわざ耳鼻科の専門医に診てもらっても時間の無駄だと説明した。鼓膜は永久的かつ修復不可能の損傷を受けている、と。マヌエル・カミロは先生の話を全部は理解できなかった。自分の無学が恨めしかったが、とにかくポンテ・デ・ソルに行くだけ無駄ということと、手だてはないということだけはわかった。

その日、湖のように静かな午後をふたりでずっと見つめたあと、日も暮れはじめた五時ごろに、妻の腕を引いて新しいソファに座らせて顔を近づけ、口を大きく動かしてもう聞こえることはないのだ、これからずっと聞こえないままなのだと説明した。理解した妻は涙をため、あきらめた。傷のあまりの深さに泣き喚くこともできなかったのだ。マヌエル・カミロにもそのつらさは痛いほどわかった。子どもの頃から彼女を見てきたので、なんでもすぐにお見通しなのだ。ふたりは小さいときから一緒に育ってきた。恋人どうしになる前、少女のころころとした笑い声、五十一年間の結婚生活、冬から冬を乗り越え、子どもはなく、カブの季節にはカブのスープを飲んで。

ふたりの上にひとつの影がおりてきて、やがてすっかり暗くなった。戸を叩く音がした気がして、マヌエル・カミロはちょっとびくっとした。妻はどうしたのかと夫を見ていた。街灯の灯りを背に、ティナ・パルマダがそこにいた。妻はソファから立ち上がり、布巾で顔を拭いた。

正午、あひるたちはまだ快活に歩き回っていた。樫の木が空から守ってくれるとでも思っているのか、ロバは頭をさげて休んでいた。揚げたあばら肉をはさんだパンを食べるマヌエル・カミロの一挙手一投足を見逃すまいと、雌犬は真剣な顔で彼の正面にすわっていた。肉汁は冷めても旨かったが、パンの味はごまかせない。酸っぱいカビだ。今日のラディナはついていた。しゃぶり終えた骨を主人が投げてくれたのだ。ラディナは歯で骨を砕いて噛んだ。食べ終わると、また全身で集中して主人を見た。マヌエル・カミロが肉を動かせば、雌犬の視線は正確にその動きを追っただろう。ティナ・パルマダは十五歳だった。この子に気づいたのは身体つきが女らしくなってからだ。それまでは、いつも走っているただの子どもでしかなく、マヌエル・カミロには子どもなのか舞い立つ砂埃なのか見分けもつかなかったほどだ。

パルマダ家は坂を下りて三軒隣にあった。父親はアルテル・ド・シャオンにほぼ隣接する土地で自分のものではない羊たちの番を長年つづけていた。母親は単純な女で発声に障碍があり、それが娘のティナと兄のジョアン・ミゲルに遺伝していた。舌が口のなかで巻き上がってしまい、子音がやけにべしゃっとした音になるのだが、r音だけは上あごですりつぶされたように硬く乾いた音を出した。兄妹喧嘩になるとティナは怖くもなんともない声で兄を怒鳴ったりののしったりした。何を言われても平気な兄も、よだれ男と呼ばれると見境がつかなくなった。家だろうが通りだろうが、妹を組み伏せ背中の真ん中を握りこぶしで太鼓のように叩いた。

少しずつ、マヌエル・カミロはティナにささやき声で話しかける機会をつくっていった。たとえば、夕方、荷車を停めておく石を車輪の前からはずしながら、それからぜんまいに油を差しながら、はずむ息にまぎれこませてささやくのだ。するとティナは笑い、どぎまぎすることもなければ、それを誰かに告げ口したりもしなかった。夏の暑い日、はじめて彼は彼女を壁に押しつけた。自分の家の庭だった。彼女はひだのある薄い布地のワンピースを身に着けていて、思い切りの抵抗はしなかった。彼はそのワンピース姿の彼女を見るのが好きだった。彼の身体が彼女の自由を奪い、数分のあいだふたりは互いの身体をこすりつけあった。彼女は逃れようとするふりをして、彼はあからさまに自分自身を彼女になすりつけて。

それからも数度言い寄ったりしながら数か月たち、もうほかのことは何も考えられなくなったときに、先生の家賃という思いもよらぬきっかけができた。十一月、ティナ・パルマダの脚を、膝よりも少し上のあたりを撫でさすりながら、何かほしいものはあるかと訊いた。と言いながらも適当な口約束をすでに準備してあったのだが、彼女のほうは、待っていたかのように、テレビがほしいとはっきり答えた。マヌエル・カミロは驚いたが、すぐに引き出しの奥にたたんでしまってある家賃が頭に浮かんだ。

パルマダ家は、ガルヴェイアスでも数少なくなった、電気の通っていない家だった。夕方になると、よく戸口を開けて外光を少しでもとりこもうとしていた。そのあとは夜じゅうずっと、石油ランプが静かな悲しみを放っているのだった。めったにないが、電池があれば、その夜には周波の合わない無線で音楽を聴いていた。

その会話から三日後、マヌエル・カミロはバスに乗ってポンテ・デ・ソルまで遠出した。その後、男たちがやってきて大きな段ボール箱を降ろしはじめたものだから、ちょっとした騒ぎとなった。その日のうちにアンテナが屋根に据えつけられ、電線が引かれた。

マヌエル・カミロが自分のテレビで最初に見たのはラグビーの試合だった。もうこの頃には村でもカラーテレビがある家が数軒あったのだが、質素倹約が身上の彼が白黒よりも高価なカラーテレビに金を使っていたとしたら、翌朝それこそ世界が白黒になっていたことだろう。それに、その倹約には理由があったのだ。二週間後、またトラックが彼の家の前に停まった。今度は革張りのソファが降ろされ、ふたたび通りではひと騒動あった。

ティナ・パルマダは夕食後すぐにやってきて、夫妻のあいだに座るようになった。テレビドラマの最中、彼女は身じろぎもしない。敬虔ともいえるような沈黙のなか、冬眠でもしているかのように、みんなでじっと次のシーンを待った。音楽がかかりはじめてもテレビをじっと見つめつづけ、翌日のドラマ予告のときには、登場人物の唇の動きを追った。CMがはじまるとようやくみんな口をひらくのだった。そのあとは、なんであろうとチャンネル一番にかかるものを見た。バラエティー番組だったり、政治のディベートだったり、軍のデモンストレーションだったり。一台のバイクに乗る七人の海兵隊員、火のアーチをくぐりぬける犬、ファンファーレ。外国の映画がかかると、三人ともさっぱりわからないまま、それを観た。ティナ・パルマダは学校には七年通ったが、三年生より上にいくことはなかった。読もうと思っても字幕はあっというまに画面から消えてしまうのだ。

カミロのゼファは、子どもがいなかったのでこの子が来るのを喜んだ。おとなしい子のように見えた。ときどきは冗談を言って面白がらせてやったりもした。耳が聞こえなくなる前は、カミロのゼファは陽気な女だったのだ。この子が来るのを喜んだのは夫も同じことで、妻がトイレに立ったり、ショールにくるまって足元をヒーターで温めながらうたた寝をはじめたりしようものなら、すぐに手を伸ばした。

その前の週、樋を雨が流れ落ちる夜、耳の聞こえないカミロのゼファはテレビを観ているうちに、何も聞こえないことが悲しくなってきた。気持ちが落ちこんで、夜は早く休むようになった。連続ドラマの聖なる時間以外には、マヌエル・カミロはそうした夜にはティナ・パルマダに無理やりキスをしたり、硬く締まって力のある肉体をまさぐったりするようになった。放映時間終了を知らせる国歌が流れはじめるとティナは家に戻った。その後マヌエル・カミロはひとりでソファに座って指のにおいを嗅いでいた。

雨で緑が勢いを増していた。マヌエル・カミロにはその色のすがすがしさが心地よかった。肉の脂がついた指を吸い、それを雌犬に舐めさせてやった。犬は舌先をとがらせて指のあいだの敏感な場所まで舐めていたが、ふと動きを止めた。狩りのときのように耳をぴんと立てている。とある方向をじっと見つめていたが、そこにはなんの姿も見えなかった。

前夜、ティナが戸を叩いたとき、怒り狂うように雨が降っており、地に叩きつけられる雨音がうるさかった。戸が少しひらくやいなや、ティナは家に飛びこんできた。濡れた髪の毛からは屋根の庇のように水がぼたぼたと落ち、床に水たまりをつくった。戸を閉めて彼女を拭いてやる布を取りにいこうとしたが、ティナは外を指さし、スペイン語なまりのような巻き舌で何ごとかを言った。マヌエル・カミロには理解できなかった。それでそちらをよく見ると、激しい雨の下で逃げることもできずにいるラディナがいた。雄犬にのしかかられたばかりで、苦しがっていた。二匹は内臓でくっつきあっていて、それぞれ反対方向を向いて舌を出していた。二匹ともそのままだった。ラディナは飼い主を見たがすぐに目をそらし、恥じいり、後ろめたげで、自分の獣性に囚われていた。

腹を立てて、あれはどこの犬かと訊いた。ティナ・パルマダは犬を知っていた。道に落ちているものを食ったり、残りものを投げてくれる人を探したりしている犬で、いつも漁れるゴミはないか、捕まえられそうなネズミの仔はいないかとうろうろしているのだと言った。ジョアナ・バレッテの犬らしいが、家ではたいした餌をもらっていないようだとも話した。マヌエル・カミロにもそれは想像がついた。よくいる雑種だ。雨をすかして見ても、雌犬が飼い主の嫌悪感に気づいていることがわかり、戸をばたんと閉めた。仔犬が生まれたら、水がたまったドラム缶に連れていかねばなるまい。

その夜、ティナ・パルマダがどうがんばってもマヌエル・カミロを押しとどめることはできなかった。何をどうしたところで、彼を鎮めることはできなかったのだ。彼は風で、彼女はテーブルの上に積まれた紙の束だった。

ニュース、気象予報、連続ドラマ、それから「ダラス」がはじまった。ティナ・パルマダは、目の色が淡い人びとの、女たちはやけに金髪ばかりで、男たちは帽子を被っているこの世界をなんとか理解しようとしていた。話を追うのに夢中になりマヌエル・カミロを押しのけた。彼の妻は、聞こえない耳を気に病んで早くから床にはいり、夢で楽しく過ごしていた。ボビー、J・R、スー・エレン、そしてパム。名前がわかった登場人物もいたが、それでもまだ疑問はいっぱいあった。女たちはいつもウィスキーのグラスをちびちびやっているのに、酔っぱらうのはスー・エレンばかり。それで毎回窮地に陥るのに、一向に学ばなかった。アルコールの誘いに弱いのだろう、気の毒に。アメリカでは何もかもが近代的だった。ティナ・パルマダは、ああいう鏡張りのビルにいる自分を想像してみるのが好きだった。我慢の限界を超えたマヌエル・カミロがやぶから棒に手を伸ばしきたので、ティナはドラマをまねて怒ってみたりしたのだが、自分でもうまい演技だとは思えなかった。

あのテレビに出てくる一家の母親は、いつも身なりがよく、金持ちだ。息子たちは一方では母親を大事にしているくせに、他方では軽んじているところもある。ティナは自分にはボビーみたいな男がいいんじゃないかと思っていた。マヌエル・カミロはパンティのなかから手を出そうとせず、もう抵抗しても無駄だった。J・Rもいいなとは思うのだが、押しが強くて怖い。スカートがウェストまでめくりあげられた。マヌエル・カミロは彼女にのしかかった。ボビーみたいな白い歯は見たことがない。手の甲をすべらせたくなるような胸毛をのぞかせてシャツをはだけている姿のほうがスーツ姿よりも好きなのだが、ああしてきめているのも格好いい。マヌエル・カミロは彼女に痛い思いをさせることなく上手にやってのけ、手荒なこともせず、脱がせたパンティーを横に置いて、あまり時間もかけなかった。ボビーはぜんぶ見ていた。パムと話しながら何度もにっこりして、何も心配することはないと彼女をなだめていた。

あひるたちは犬のようには気づいていなかった。ラディナは警戒を続け、ある一点を見つめていた。あひるたちは、目に映らないものはないものとして、自分たちにしか通じない言葉でのんきにがあがあ言っていた。そよ風が硫黄のにおいをはこんできて畑に撒き散らしていた。空がその悪臭を持ち歩いているかのようだ。満腹のマヌエル・カミロは、のろのろと立ち上がった。四人の男たちが、ちょうどラディナがにらんでいたところから現れた。四人は近づいてきた。ひとりは樫の木の下に残り、休んでいるロバのそばに立っていた。ほかの男たちは歩を休めなかった。マヌエル・カミロは男たちの顔が見分けられるほど近くに来るまで待った。何ごとかと彼が考えているあいだ、男たちはゆっくりとやってきた。

カベッサ家の男たちだった。父親と息子たちだ。マヌエル・カミロは、爽やかな空気に向かっておはよおーう、と節をつけて声をかけた。男たちは返事をせず、踵を地面に埋めこむような歩き方でやってきた。相手の目まではっきり見えるところに近づいてくると、カベッサは腕をうしろに引いて、警告もなしに殴ってきた。生肉を壁に打ちつけたような音がした。マヌエル・カミロは、二、三歩あとずさり、倒れないよう踏ん張った。同時に息子のひとりがラディナの腹を蹴りつけたので、きゃんきゃんという悲鳴であひるたちも騒ぎ出した。カベッサは彼の腕をつかんだ。

うちのアンジェロになんて言ったか、もういっぺん言ってみな。

虚を突かれて、ハンチング帽が飛ばされた禿げ頭に三つ四つの巻き毛を乗せたマヌエル・カミロはなんと答えたらよいかわからず、相手を見ていた。カベッサは、同じ側の頬を同じ強さでまた殴った。

言えよ。言えねえのか？

あひるたちは前代未聞の騒動に恐慌をきたしていた。雌犬は小屋に逃げこみ、打ちひしがれた目で見ていた。カベッサは目をぎらつかせて息を弾ませた。父の肩の後ろで、息子たちは、げんこつがマヌエルの鼻柱を叩き折るのを眺めていた。その一発でマヌエル・カミロはあひるたちのなかに倒れこんだ。顔に激痛が走る。血の味が口まで届いてきた。それから息子たちがところかまわず彼を蹴った。

父親がそこまでだと命じたとき、マヌエル・カミロの全身はぼろぼろになっていた。泥に突っ伏した顔を上げることすらできなかった。カベッサのだみ声が地を這うように低く轟き、樫の木の下で離れて待っていた息子を呼びつけた。その子がやってくるのをマヌエル・カミロは勇気を振り絞って目をあけて見た。

とどめはお前がやれ。

その息子はしぶしぶ近づいてきた。ブーツを履いたつま先を上げて身体を半回転させ、身構えた。マヌエル・カミロがもう一発お見舞いされるのを覚悟したとき、
こいつじゃない。

このひと言でこの瞬間が台無しになった。カベッサは息子の言葉が信じられなかった。

なんだと？

こいつじゃないよ、父ちゃん。この爺じゃない。

老人を間違えたのだった。父親か息子の誰かが勘違いをしたのだ。ガルヴェイアスは老人だらけ

だが、彼ではない、マヌエル・カミロではなかった。

確かなのか？

絶対に、確かだ。その確信に満ちた返事に疑問を差しはさむ余地はなかった。父親は頷くしかなかった。それにしても面倒なことになった。

兄たちがマヌエル・カミロを担いだ。片方が腕の下を、もう片方がくるぶしを持った。長たらしい文句をいつまでもぶつぶつ言いながら、カベッサは荷車の用意をした。いちばん年下の、例のアンジェロが罰としてマヌエル・カミロを送り届けろと命じられ、手綱を手に荷車を引いて通りに出ていった。

一九八四年九月

まるで彼自身が手紙か荷物にでもなったかのようだった。

眠らないまま夜をすごした。リスボンでは眠れたためしがない。ペンションは清潔だったし、それなりに静かだった。下着一枚でベッドに横たわり目を閉じたが、眠れなかった。全世界が彼の頭のなかで回っていた。彼にとって、リスボンは不眠の街だった。暗闇のなかであれこれと考えをこねくりまわし、まだ若いうちにリスボンで眠るきっかけをうしなってしまったからだと結論づけた。当時はどんな段ベッドででも眠れたのだ。あの頃は意識が自由だった、つまりは無意識だったのだ。まずはコインブラで新兵となり、それからサンタ・マルガリーダとアマドーラで二等兵になって、リスボンで数日過ごすこともあったが二晩連続で滞在することは避け、夜は眠らず同僚の兵士たちと一緒に女たちのもとに繰り出し、酒を飲んだり泣いたりのどんちゃん騒ぎで夜を明かした。当時からワインを五、六杯も飲めばジョアキン・ジャネイロの心臓は溶けだして、アクルシオのおかみが冷凍庫で凍らせては村の子どもたちに一本二十五トスタンで売っていた棒つきアイスみたいになった。

氷ひとつで二十五トスタン。たかが硬貨一枚とはいえ、あれでずいぶんいい稼ぎになったにちがいない。ガルヴェイアスでは、三月になるともう暑くなりはじめるものだから、あんなしみったれたアイスでも村の評判となって、子どもたちはほかのことは考えられなくなってしまうのだった。おつかいをしたり、じいちゃんやばあちゃんにねだったり、母親の小銭入れからくすねたり。そのニッケル硬貨の小川が流れ着く先はアクルシオのおかみだ。硬貨を受け取るとくるりと後ろを向いて氷にささったスティックを一輪の花のように指先でつまみ、子どもの指先にそっと渡してくれた。

こんなことばかりをぐるぐると考えていた。

ペンションのベッドで次第にいらいらしてきたジョアキン・ジャネイロは、手を伸ばして腕時計を探し、この終わらぬ夜を支える、蛍光塗料が施された二本の針先を見た。何年経っても、まだリスボンでは眠れなかった。もうばか騒ぎのせいでもないし、カイス・ド・ソドレ街の誘惑のせいでもなく、彼の目をひらかせていたのは不安だった。目を閉じようとがんばっても、まぶたの裏で不安が燃え立つのだ。不安は生石灰みたいなものだった。

起きあがったのは五時十分すぎだった。もうこれ以上は待てなかった。部屋の洗面所には、たらいと鏡とカルキくさい水がいっぱいいれてある水差しがあった。気分を変えるためだけに顔を濡らした。必要もないのにひげを剃った。荷物を持って部屋を出た。音を立てないように気をつけたつもりだったが、一歩あるくごとに床板がきしみ、するとそれが伝わって家具が、戸が、壁が、木の梁が、三階にある何もかもが、建物全体がぎしぎしときしんだ。

入口にいたおかみがカウンターから顔を上げた。ぼさぼさ頭のまま仏頂面で、こちらをちらっと見るとそのまま顔をそむけた。あれは前払いの客だったね。鞄は煉瓦でも詰まっているのかというくらいで、肩甲骨が外れそうに重かった。この鞄を抱えて、急で狭い階段を苦労して下りた。前の夜から頼んであったタクシーが、約束の時間にはだいぶあるというのにすでに外で待っていてくれた。ほかの車に客を取られたくなかったのだろう。このサンタ・アポロニア駅の近辺だと、昼夜を問わずタクシーがいることはジョアキン・ジャネイロも知っていた。

一、二、三、と数えて、解体処理の日の豚を引っ張るように運転手と一緒に荷物を持ち上げてトランクに積んだ。助手席に座ったジョアキン・ジャネイロは、信号待ちを耐え、おしゃべりの糸口を探そうとしている運転手にも耐えた。ガルヴェイアスでは、郵便配達で回っているときや休みの日に、他人との会話を拒んだことはない。だが、この夜明け、彼の胸はいっぱいだったのだ。この旅に出発すると、彼はいつも違う男になった。

空港はさながら光の館のようだった。まだ明けやらぬ空はのっぺりと一色だった。懲罰のような暑さの一日がまた始まるのだ。こんなに朝早くても、それとわかった。空港の車寄せは大混雑だった。クラクションを鳴らしてエンジンをふかしたあげく、タクシーの運転手は窓を下げて、抱き合って別れを惜しむ家族を罵倒した。車を寄せられるスペースを見つけてもなお、小銭をかき回しながらぶつぶつと文句を繰り返していた。

前の座席の背についている小さなテーブルを出すと、弁当の袋をあけた。ジョアキン・ジャネイロは飛行機の旅にすっかり慣れていたので、プラスチックのお盆で出されるあの食事が自分の喉を通らないことをよく心得ていた。軍にいたときも、いちばん金に困っていたときも、あれほどひどいものを食ったことはない。隣に座る男を見ると、誰かが一度食って、クソにして、それをまた食ってクソにしたとしか見えない肉の煮物と格闘していた。

たいそう軽やかに、ジョアキン・ジャネイロは布ナプキンを広げ、包んであったルクレシアの店の大理石のカウンターで選んだチョリソーの残りと夜の女たちの店で買った樫の薪で焼いたパンを取り出した。それからアルメイダがレドンドから運んできた樽から分けてもらった赤ワインを一本。栓を抜くと、その芳香だけで踵の高い靴を履いたお姉さんたちがカートで配って回るゲテモノよりも栄養になる気がした。ズボンでナイフの刃をぬぐうと、パンをひと切れ、切った。それからチョリソーの端を切り落とした。

少しいかがですか。

隣の席の男がこちらの弁当を横目で見ていたのだ。気前よく声をかけたのに、返事もしない。腹の出た、まじめくさった顔の白人だった。失礼な男だな、と思いかけたところで、相手には自分の声が聞こえなかったのだと気づいた。朝の空と闘って、飛行機がエンジンを懸命に動かしていたのだ。

飛行機が苦しそうに唸るのも無理はない。搭乗の列に並びながら、彼はベルトに載せられ運ばれていく預け入れ荷物を愉快な気持ちで眺めていたのだ。腰まである大きな箱、電気スタンド、自転車、アームチェア。真っ黒な肌の小柄な男がひとり、どうしても手荷物で小さな冷蔵庫を持ちこみたいと譲らず、航空会社とやりあっていた。

たくさんの書類、写真、手紙、小さな包みを向こうで渡してくれと頼まれた物を預かったのも、その列に並んでいる最中だった。みんな、列に並ぶ見ず知らずの旅人たちのあいだを駆け回って頼みこんでいた。ジョアキン・ジャネイロはここでも郵便配達夫であることをやめられなかった。

ジョアキン・ジャネイロは八人兄弟の末っ子で、長兄とは二十二歳も離れていた。ジョアキンという名についていえば、三度目の正直だった。最初のジョアキンは死産だった。生まれる前から名前が決まっていた。母はまだ若かった。二番目のジョアキンは十八か月でジフテリアに倒れ、天使がついた白く小さな棺に納められた。

ジョアキン・ジャネイロが生まれたとき、父はすでに六十を超えていた。ペドロ・ジャネイロが結婚したのは三十四歳のときだ。すでに自分がひげを剃るような年齢に達していたときに生まれたような若い妻を娶る前には、エヴォラに行きたいと故郷を出ていた。そこでさんざん好き勝手をし、飽きて戻ってくる頃には写真の仕事と、一度もガルヴェイアスを出たことのないような娘たちをたぶらかす腕前とを磨いてきた。当時のジョアキン・ジャネイロの母はたいそうな別嬪で、象牙の肌のこの娘にのぼせあがった若者はひとりやふたりではなかった。末っ子のジョアキン・ジャネイロが生まれたとき、母は子どもたちの喚き声にあふれた家と相次いでうしなったジョアキンたちのせいで疲れはて、鏡を見ることにも興味をうしなった四十三歳の女だった。ジョアキンという名をまたつけることにこだわったのは父だ。今度こそは必ず、という思いがあったのだろう。

そしてその思いは叶った。ジョアキン・ジャネイロはガルヴェイアスで最もたくさん写真に撮ってもらった子どもとなった。肉体的にはそろそろ落ち着いてすごしたくなる年齢に達していた、祖父といってもいいような父は、晩年の関心のすべてを末息子に注いだ。

窓に身体を押しつけながら、彼は硫黄の味がするパンを四角く切っていた。こんなパンでも、プラスチックの粉でできたような機内食のスポンジ・ボールよりはましだった。

ワインを一本空けて、パンもほとんど食べてしまい、満腹となったジョアキン・ジャネイロはライターを頼んで煙草に火をつけた。ふだん煙草を吸う習慣はないのだが、飛行機に乗っているときには時間つぶしに役立った。空港では、いつも十箱入りを二カートン買うことにしていた。着陸してから袖の下として使う場合に備え、そしていつもそういうことになるのだが、税関、軍関係者、思いもかけないどこぞの役人の機嫌をとるのにじゅうぶんな量の煙草を買っておくのだ。

長々と煙を吐いて窓から外を見た。はるか下方では、乾いた砂だらけの土地に、砂漠色に今にも飲みこまれて消えてなくなりそうな、かぼそい道路の筋が見えた。空から誰かに見られていることも知らずにぽつぽつと建っている四角い白い家は、互いを結ぶもやい綱がほどけることを恐れて懸命にくっつきあい、荒漠な土地を漂流しているように見えた。

ガルヴェイアスからあの村まで手紙を送ることも可能といえば可能だ。郵便システムはきちんと機能していた。ジョアキン・ジャネイロはそこでいっぱしの役に立っている自分のことを我ながらたいしたもんだと思っていた。世界中と世界中がつながることに自分が貢献していると思うと誇らしかった。理論だけで言えば、全世界の人と人は互いに連絡を取り合えるのだ。ガルヴェイアスも、眼下に見えるモロッコの村も、互いの存在を知らない。異なる言語を持ち、同じ物を違う音で表し、それぞれが自分たちは唯一無二と思っている。毎日、毎朝、自分たちの現実を受け入れている。その上を、ガルヴェイアスから出てきた男が、彼を知っている人など誰もいない村の上空を飛んでいる。この瞬間があるということは、あの、埃の粒のような村の道の端っこで生まれた男がガルヴェイアスの上を飛びながらまったく同じことを考えるということもありえるのではないか。その男と文通することだってできる。必要なのは郵便番号だけだ。

エステヴェスは何も知らずに七並べをしていた。このときは誰も何も知らなかった。エステヴェスはとりわけ愉快そうにみんなのコップに酒を注いで、煙草を口の端にくわえたまま冗談を言っては大きな声で笑っていた。彼にしか出せないあの笑い声だ。ちくしょう、エステヴェスはあの日が誕生日だったのだ。あの夜、あの夜だけは、ひと休みできると信じる資格が彼にはあったはずだ。

彼らは少人数の分遣隊にいた。三十人ほどは寝泊まりできる兵舎だった。壁は砂を詰めた燃料缶とヤシの木の幹でできていて、その隙間はセメントで適当に埋められてあり、屋根はゆがんだトタン板で、少し風がそよぐだけでも笛のような音がした。しかし、この日はそよ風というささやかな恵みさえも期待できない夜だった。うだるように暑かった。兵舎の外に出れば、蚊が軍服の上から刺してきて後から黒い膿疱に苦しむことになるし、なかにいれば、オーブンにいるかのようで尻の割れ目からも汗がしたたり落ちた。

　みんな腹もくちくなって機嫌もよく、涼風がほしいところだった。肉を焼かせたら右に出る者はいないマルケスが腕によりをかけて山羊の肉とジャガイモを焼いて、みんなで骨までしゃぶりつくしたところだった。ただそれだけのことだ。七並べをしていたエステヴェスが、上がりだ、とトランプを叩きつけた。それが理由だといわんばかりに、突如カラシニコフの炸裂音が全員の耳をとらえ、エステヴェスの裸の上半身が裂傷で縞模様になった。敵は二、三か所の違う場所から撃ちこんできて、彼の腹、胸、背中を引き裂き、首と頭を撃ち抜いた。どっちに倒れようか迷っているかのようなエステヴェスは、前のめりに倒れこんだ。まだ途中だったトランプの上に。七並べの上に。

　敵は次の標的を探したが、リマ下士官の脚を撃つのみで終わった。分遣隊に医者は同行していなかったので、彼もだいぶ苦しんだはずだ。敵の所在が不明のまま、夜が静まるまでG3で応戦した。

　ジョアキン・ジャネイロがこの場面を自分から思い出すことはなかった。あまりにつらかったのだ。何かの考え事をしているときなどに、ふとした拍子にこの記憶が滑りこんでくると、それまでの思考はそれに支配され、操られ、気づくといつの間にか現場に戻ってしまうのだった。分遣隊の音、もしくは、近距離から聞こえる短銃の発射音。石灰質の土のにおい、干上がった川、季節が違えば、緑の葉からしたたり落ちる霧雨のにおい。

　結局、エステヴェスの死が彼の目を覚ますきっかけとなった。ほかの兵士の死はそれまでにも目にしたことはあった。森の茂みで切り刻まれた死体を回収したこともあったし、フレイタス大尉の長々と続いた断末魔の苦しみを見守ったひとりでもあった。大尉は森に横たわり軍医の到着を待っていたが、医者がやってきたときには死亡診断書に署名することしかできなかった。だが、彼の目の焦点を合わせたのはエステヴェスの死だった。

ジョアキン・ジャネイロよりだいぶ年下のエステヴェスは、あの日が二十三歳の誕生日だった。彼が酒好きなのはみんなの知るところで、だからこそあの夜は特別にはめを外すことも許されて、とっておきのワインの栓が抜かれたのは上官たちの好意からだったし、それをみんなにふるまったのはエステヴェスの気前の良さからだった。彼は躊躇なく酒瓶を傾けて回った。エステヴェスは楽しみながら死んだのだ。ジョアキン・ジャネイロはこの幻想を自分自身に信じこませようとした。あんなに若い者の死を、その未来を否定することを、あれほどに自然に反して生命を否定することを、正当化するにはそれしかなかったのだ。

エステヴェスを思い出せば、記憶のなかの彼の顔がどんどん積み重なっていって、ページをぺらぺらとめくるように見えた。エステヴェス、エステヴェス、エステヴェス。その名前を記憶のなかで繰り返し呼ぶのは、あの晩、自分に向かって倒れこんできたときの顔が、さっきまで隣でトランプに興じていたのにいまは胸からどくどくと血を流している顔が思い出されるからだ。けれど、それだけでなく彼が幼いときの顔も思い出せるからだ。広場にやってきて、年長の少年たちに寄りかかりながら会話に聞き耳を立てていた顔。それに、村の社交クラブで踊っていたときの顔も。ずいぶん気取っていやがった。それからエルネストの床屋で順番を待って座っているときの姿。オリーブ林を行き来する野良着姿の彼。また、姉の結婚式の日に、髪の毛をてかてかにして撫でつけていたエステヴェスも。

エステヴェスはガルヴェイアス出身だったのだ。オウテイロ通りのつきあたりに住んでいた。入隊してきたときには故郷の訛りが抜けきらず、ジョアキン・ジャネイロは数週間、村の話をできるだけ詳しく、思いつく限り話してくれとせがんだものだ。エステヴェスは天真爛漫な男だった。その無邪気さで、男たちに可愛がられた。ジョアキン・ジャネイロは、上の役人がよくこいつを通したものだと、しょっちゅう思っていた。先輩として、そんなことではいけないと何度も何度も注意をしたものだ。そのたびにエステヴェスは素直に耳を傾けて、忠告に感謝し、自分の額をぱちんと指ではじいて次こそは気をつける、と動作で示した。それなのに、いざとなるとやっぱり正反対のことをやらかしてしまい、それでもなぜだかそれが周囲を面白がらせ、笑わせ、結局は背中を叩かれて気にすんな、と言ってもらえるのだった。

　あの数か月、ジョアキン・ジャネイロは、兄のように彼をかばっていた。それでも、死からだけはかばいきれなかった。

　ガルヴェイアスに鉛の棺が到着したときのことは細部まで想像がついた。それから兵役もあと残すところ二か月というところで、死の重みが鮮烈に、連射された弾丸の轟音とともに彼の上にのしかかってきた。あの数か月だけは、疑問が、混乱が、迷いが生まれ、ガルヴェイアス出身のふたりの男が、よりによって世界を横切ってあそこで顔を合わせたというとてつもない奇遇の意味を自らに問うていた。たぶん、軍人として自分が歩んできた道は、謎の論理にのっとって敷かれたのだ、その論理がどんなものかいまはわからないが、とにかくあのギニアの僻地に自分を連れてきて、故郷から離れたエステヴェスをたったひとりで死なせまいとする意図が働いたのだろう、と考えることにした。帰郷後、あのとき自分はそばにいたのだとエステヴェスの母に話した。その話は何よりも彼女を慰めた。母親は、そのときの息子の様子を細部にわたるまで知りたがった。古い写真のネガを焼きなおすように、そうすれば息子の生命の一片を手にいれられるとでもいうように。

機内で、ジョアキン・ジャネイロはまたライターを頼んで、もう一本、煙草に火をつけた。

タラップの上から、ビサウを、ギニア全体を吸いこんだ。場所の記憶が五感にどっと押し寄せてきた。ねっとりとした熱い空気、ぬるいトウモロコシの粥、落花生の煮こみ、天日干しの魚、殻ごと焼いてライムを搾った牡蠣、四方八方、南から東から、あらゆるにおいがする。湿った大地、半生のケーキ、パン。皮膚を着替えたようなジョアキン・ジャネイロが到着したのだ。

派手な色の、弾けた綿花のような尻の女の後をついて滑走路を歩いた。飛行機を背にした彼の前には、自分の身体よりも大きそうな袋を抱えている着ぶくれした人たちがせわしない蟻のような行列を作っていた。みんな、空から生還したのだ。大きな空だった、黒と赤が混じり合った色は火のよう、血のよう、静かな地獄のようだった。それから、あのとんでもない鉄を潰してつくったような飛行機だ。旅から到着したジョアキン・ジャネイロは、いつもの午後だ、と思った。戦争中に過ごし、そのあと何度も再訪して過ごしたいつもの午後だ。雨が降ったようだが、どうせまた降るだろう。ここの不安定な天気はいつも神経に障る。降るならいっぺんに降りゃあいいのに。空は水をたっぷりふくんで、今にもあふれそうだ。甘く、蜜の味がする、バオバブの果汁のような水。

飛行機から鞄を降ろす男たちの腕は真っ黒だった。相当に重たい荷物を肩や頭に載せて滑走路を歩き、ぽいと放っては鞄の山を作っていた。鞄の持ち主たちはひとつに集まって大騒ぎしていた。クレオール語で喚くので、怒っているのかと思ってしまう。一群のなかには、ぶつぶつ文句を言う者、泣き声を出す者、状況に対応しきれず戸惑っている者がいた。そして、泰然とした合理的な人間たちは、彼らにしか理解できない何かの指示に反対するときだけ、声を上げた。時間というこんがらがった玉をほどこうとみんな躍起になっていたが、結局は何分何時間かかろうとも、荷物が降ろされるのを待つほかなかった。

　肉体と喚き声と汗にもみくちゃにされながらジョアキン・ジャネイロは自分の鞄の持ち手をつかまえて引きずり出した。上着の前を開けた税関の役人が遠くから彼に合図をよこしてきた。税関で何時間かかるかは、まったく読めない。書類はすべてポルトガル語と現地語のものをそろえてきたし、申告書、証明書、パスポートにはビサウのスタンプしか押されていない、きれいなものだった。現金はあちこちのポケットとポケットに分けてあった。問題があれば自分の頭のなかでそれを天秤にかけ、左右どちらのポケットに手をつっこむかを決める。金はある程度でかまわない、釣りをくれと頼める状況ではないのだから。とはいえ、ここの役人たちは彼のパスポートを何時間でも眺めていることができる。彼らの扱いは、地雷撤去のごとき細心の注意が必要だった。

　有利なはずのことが不利に働くこともある。頃合いを見計らって、違う話をしているかのようにさりげなく金につなげる言葉を探さねばならない。悔い改めた謙虚な白人として、安すぎず、高すぎずの金を差し出すのだ。

　これまでの入国で得た経験などなんの役にも立たない。プロセスは毎度毎度違うのだ。スタンプを手に、彼の目の前に立つ男は毎回違うからだ。とはいえ、同じ人物にふたたび当たったとしても、相手はどうせその場の思いつきで要求をしてくるので得になることはないとジョアキン・ジャネイロはふんでいた。

　ここでじっと待っているうちに、初めてビサウを見たときの記憶がよみがえってきた。想像よりもずっと広かった大洋を越えた後で目にした、陽光のなかのガラクタの山の衝撃。ジョアキン・ジャネイロは、ウサギ小屋みたいなバラックを見たことはあった。リスボンでも、泥だらけの一時避難所と洟をたらした子どもたちを見て動揺したことがあった。

サンタ・マルガリーダに駐屯していたころは、だいたい三か月おきにリスボンに行っていた。連隊の用事で出向くこともあれば、女を買いに行くこともあった。制服や食料品の調達に兵站部に行くときには、午前中に用を済ませて、昼飯を食ってそのまま兵舎に戻った。女のところに行くのであれば、休みの前夜に出かけてひと晩眠らなかった。

次のアマドーラの兵舎で、そういったバラック街出身の同僚たちと仲良くなった。日曜のダンスパーティに誘われれば出向いて行って、たいして踊りもせずただ一緒に騒いだ。

ジョアキン・ジャネイロはバラック街を知ってはいたが、こんな色をした土地は知らなかったし、こんなに傷ついた目をした人たちは見たことがなかった。

あんた、ジョアキン・ジャネイロっていうのかい。

うんざりしている上に虫の居所が悪いらしい役人は、こんな名前があるものかとパスポートにけちをつけはじめた。ジャネイロ（一月）だって？　本名じゃなかったら、こいつは問題だな。本名だったとしても、問題だな。

初めてこの地を踏んだときは、こんな面倒はなかった。ジョアキン・ジャネイロは満員の船で到着した。当時、ギニアはまだポルトガルの一部で、彼らは久しく待ち望まれた英雄たちとして迎えられたのだ。唾で非の打ち所なく磨きこんだブーツを履いたジョアキン・ジャネイロは、丸腰で通りをうろついたものだ。あの頃の彼の瞳の隅には確たる何かがきらめいていた。

新兵の軍事訓練のためコインブラに赴いたときには、植民地で暴動はまだ起きていなかったし、あれほどの厳しい苦難がその後待ち構えているとは誰も想像していなかった。彼は他人より三年遅れて身体検査に臨んだ。ガルヴェイアスでの生活で手いっぱいだったのだ。当時すでに未亡人で、子どもたちはみんなちりぢりで遅くにできた末息子を除いては頼る者がいない母の生活費を、彼が稼いでいたからだ。兄がアジュダの兵舎で伍長になっていて、あっちに声をかけ、こっちにごまをすり、そっちで頭をさげて、弟に徴兵がかからないよう便宜を図ってくれていたのだ。

当初は、深いモンデゴ川やコインブラ大学の荒くれ学生たちに怯え、ひとりになれば、故郷が、広場が、デヴェーザが懐かしく、老母のスープと優しさが恋しく、泣けてきたものだった。だが、彼は阿呆ではなかったし、神経も太かったので、だんだんとなじんでいった。みんなは彼を気に入ってこう呼んだ。おい、ジャネイロ。よお、ジャネイロ新兵。

訓練期も終わりに近づき、一日が一週間に、一週間が一か月に感じるほど、のろのろと永遠に終わりそうもない時間が過ぎる頃、次の駐屯先はサンタ・マルガリーダになると知らされた。そこは故郷に近く、空気すら親しみのある味がした。休みともなれば、準備しておいたズック製の雑嚢を背負って、一瞬たりとも無駄にはすまいと家に戻った。列車はいつも彼よりも若い兵士でいっぱいだった。

戦争の話が、まだそうとははっきりと言わずとも、ちらほら聞こえるようになってきたのもその頃だ。ガルヴェイアスの時間は、まだ四季と、村の人びとが繰り返す日常とともに動いていた。電動バリカンで頭を刈り上げたジョアキン・ジャネイロは、村までたどり着いても、母が待つ家に戻るまでは時間がかかるようになった。まずは広場に寄って、半時間あまりのあいだでここの時勢に追いつこうとしていたのだ。

ある程度の時も経ち、食事の量や休憩時間をうまいこと増やすやりくちも覚えた。年下の兵士たちとつるんでふざけ合っていると、彼らに幼さを感じることもあった。母の家に帰るときには何か食べものを土産に持ち帰る、ガルヴェイアスを決して忘れないよい子のジョアキン。彼はそこにいたが、そこにはいなかった。矛盾するようだが、自然なことでもあった。

いつの頃からか、朝礼はカフェで売っているラッフルくじの様相を帯びてきていた。鉛筆の先で穴をあける、あれだ。ジョアキン・ジャネイロの仲間たちは、前触れもなく無作為に選ばれて海外領土に派遣させられた。何時間でも話し相手になってくれたサルメント。酒の席で武勇伝を演じて便所掃除の罰を一緒に受けたカルドーゾ。それからアルコバサ出身のマセド。段ベッドでは彼の上で寝ていたのだが、そこからはトラクターみたいな鼾が聞こえたものだ。ジョアキン・ジャネイロはいつもすれすれで選ばれなかった。

食堂では、空のスープ皿がカチャカチャいう音に紛れて、棺で帰国する遺体の噂話がささやかれた。ジョアキン・ジャネイロはそんな噂では動揺しないようにした。何かに書いてあるわけでもなかったし、耳にするどの名前にも聞き覚えはなかった。結局、兵士たちの手から手に渡ってくしゃくしゃになった新聞に、噂よりも当たりさわりのない記事が掲載されていて、腕のよいゴールキーパーだった男にモザンビークで何があったのか、そして同じくモザンビークでゴンサルヴェス伍長がどういうことになったのかを知った。それでも、いつか召集がかかったとしても、自分がそんな不運に見舞われるはずはないと信じていた。戦場は広いのだ。いくらでも身を隠す場所はあるだろう。

向こう見ずで無知なままアマドーラの兵舎に到着したときはまだ一兵卒だった。兄はすでに二等下士官で、ある木曜日に昼食を一緒にした。弟に別れの挨拶をしておきたかったと兄は言った。アンゴラに行く、行かねばならないと。ふたりとも小鯵のフライにトマトのリゾットを頼んで、ただ黙々と食べた。話すことはほとんどなかった。ジョアキン・ジャネイロは兄が羨ましくて身体が燃えるようだった。

ガルヴェイアスからは足が遠のきはじめた。家まで帰る道が億劫になってきた。そんなふうで二年が消えた。戦地に赴く仲間を見送り、彼はいつもと変わらず野望もなければ空腹も知らぬ一兵卒。車の免許も取ったし、散髪も覚えた、必要があれば厨房でも手は貸せる、掃除は得意中の得意だったし、当番の日には脚の痙攣をこらえて何時間でも歩哨に立った。そうこうしているうちに二十八歳になった。その週末はガルヴェイアスに帰り、ほとんどの時間を火のそばに座って母と話をして過ごした。その二日後、夜勤の前に段ベッドに腰かけてボタンを縫いつけているときに母の死を知らされた。アンゴラにいるひとりを除く兄弟全員が葬式に集まった。

それから二週間も経たず、りんごを食べているときに神妙な面持ちをした上司に呼ばれた。兄が死んだのだった。どんな危険があるとも知れぬ戦地で、軍の敷地内でジープに轢かれたのだ。

運命には良心なんてものはない。ただ非情なだけだ。

そのときだ。鼓膜がどくどくと鳴って何も聞こえなくなり、今度は俺が戦争に行くと心に決めた。兄には妻がいた。ジョアキン・ジャネイロとはあまり顔を合わせたことがなく、どこか他人行儀な感じがぬぐえぬ義姉だった。息子もひとりいた。父と母それぞれの容貌が混ざり合いつつも、男前がそろうジャネイロ家の血筋を引く子だった。ジョアキン・ジャネイロには自分と同じ年ごろの甥たちがいたのだが、遠方に住んでいて親しいつき合いはなかった。しかし、彼は親を亡くしたこの子に自分をそっと重ねていた。自分も母を亡くしたばかりだったし、十二歳で父を喪(うしな)うとはどういうことか、よくわかった。母子を訪ねにモンティージョまで行った。兄の遺体はまだ到着していなかった。板張りの床がむき出しの、わびしい部屋だった。部屋が薄暗いのは窓が閉まっているせいではなくて、光のほうが窓からはいるのを拒んでいるように見えた。

機会があるや、すぐに海外領土への異動を願い出た。来ない返事を二か月待った。もう一度願い出た。書類を確認した。宣誓書には印が押され、印章が押され署名もされ、その上から判が押してある。はい、海外に行きたいのであります、できるだけ早く。書類を受け取った男は、何が怖いのか、身を守るようにしてカウンターの後ろから彼のことを見た。

さらに二か月待ったが何もなかった。再度受付に戻ったときには、自棄(やけ)になっていた。つい我をうしなって声を荒らげてしまった。モタ少尉が腕時計で数えたところによると、三十五秒後には憲兵が飛んできて、彼は後ろ手に組みふされ顔を床に押しつけられた。

処分が決まるまで一週間独房に入れられた。無気力な彼を不憫に思った憲兵が内緒だと言いつつ口を滑らした。手をつけていない昼食を回収に来たときに、小さな声で、生前の兄がアンゴラに赴く前に弟は絶対に出兵させないようにと、かなり地位の高い上官に手続きをしたのだと教えてくれたのだ。

手続きとは、金が動いたということだ。

彼はいっそう傷ついた。ジョアキン・ジャネイロの嘆きが薪の山だとすれば、兄はその上にさらに一本積み上げたことになる。崩れぬように、そっと丁寧に。だが、いずれにせよ、そのぶん重みは増したのだった。そのときは、唯一の突破口は戦争しかないと思った。この重みから解放されるには海外に行くしかないと。

処分はなかった。一週間後に独房の扉があけられた。

その後は、その上官とやらを見つけ出すまでだ。そうして机の後ろで狼狽している相手を見つけた。自分はジャネイロ二等下士官の親友だったのだ、それで力になっただけだと言った。内心で冷や汗をかいていたその男は、ジョアキン・ジャネイロには脅迫の意図がないとわかると落ち着きを取り戻した。それどころか、兄との約束を反故にしたがった。上官は唐突に声を低くして、死者と交わした約束は名誉にかけて守らねばならぬと言った。ジョアキン・ジャネイロは有り金をはたいて手続きを済ませ、さらに二千エスクードを積み上げると約束し、その金は段ベッドの上にいた裕福なロペスに借りた。

記憶のなかで、彼が初めて目にしたビサウの光は神々しかった。あれは神の吐息から直接出た光だった。


税関で三十分ほど過ごすと、そろそろ頃合いだろうとふんだ。一か八かだ。役人の目は見ないようにしながら、ジョアキン・ジャネイロは右のポケットに折りたたんで入れておいた札束を取り出して相手の手を握った。パスポートを検分するようにして相手は札を数えた。にこりともせず、パスポートを突っ返して、通れと合図をした。

鞄を引きずりながらジョアキン・ジャネイロは進んだ。左のポケットには、右の倍の札束が仕込んであったのだ。

外に出るやいなや、車に乗れと勧める男たち、荷物を背負ってあげようと申し出る少年たち、腕やズボンを引っ張る子どもたちに囲まれた。


車が通りにはいったとたんに、彼の目にコンセイサンの姿が飛びこんできた。テラスでしゃがみこんでいる彼女の髪の毛を隣人が編みこんでやっていた。

家の前には、赤い土に赤い泥水の大きな水たまりがあって、そこら一帯を飲みこんでしまいそうなほどに大きな樹の、濃い緑の小さな葉っぱが映っていた。あちこちの家の壁にはデザインした文字の落書きがあったが、スペルを見る限り、それを書いた人間はまだ読み書きの勉強中のようだった。

父の姿を助手席に認めると、コンセイサンは高音のミからファの音階で長々と叫び声をあげた。彼は少年時代を思い出した。ソルフェージュを終えてすぐ、初めてクラリネットを吹いた自分に音楽隊のコーチはこんなふうに言ったものだ。まだまだ、まだまだ。それで彼は息が続く限り最後まで耐えたのだった。妻が戸口まで出てきて口を手で覆った。小さい男の子がふたり、妻の両脚の後ろから出てきた。フェルナンドとパウロ・マヌエルだ。

編んでいる途中の頭で、髪に櫛をぶら下げたまま、コンセイサンは停まった車のすぐそばまで走ってきた。娘が外から引っ張り、父が内から押して、車のドアがようやく開いた。ふたりは早く抱き合いたかった。

放し飼いの仔豚の兄弟はびっくりしていたが、すぐに落ち着いた。痩せた黒い仔豚たちはゆるい坂道を用心しいしい下りて父娘の足元に寄ってきた。ジョアキン・ジャネイロとその娘が目に涙をためて身体を離すと、仔豚たちは驚いてよちよち逃げ出したが、数メートル行ったところで見知らぬ場所に行くのはやめておこうと思ったらしく、足を止めた。

次は、フェルナンドとパウロ・マヌエルの番だった。ふたりとも父の腰にしがみついて、休息をとるように頭を寄せた。ジョアキン・ジャネイロは両手をそれぞれの小さな頭の上にそっと乗せた。

脚を軽く引きずった、やや斜視の運転手が荷物を降ろしてくれた。フェルナンドとパウロ・マヌエルが運ぼうとしたが、無理だった。子どもたちのひ弱さが愛らしく微笑みを誘った。ジョアキン・ジャネイロは豊かな心持ちになっていたので、交渉してあった値に数枚の硬貨を足して運転手に渡した。運転手は毛穴という毛穴から玉のような汗を噴き出しながら礼を言い、車に乗り込んだ。テラスでまだ立ちすくんだままのアリスは、背後のドア枠が額のようで、一枚の絵になっていた。

ジョアキン・ジャネイロがその姿を見つめていると、ふたりを隔てる数メートルの距離が消えてなくなった。

背後で、運転手がイグニッションを何度も回していた。エンジンは勢いづいたかと思うとあきらめ、気管支炎患者のように咳きこんだ。

言葉をかける必要もなく、ジョアキン・ジャネイロ、フェルナンド、パウロ・マヌエル、コンセイサン、それから近所の女が同時に車を押した。車は精一杯踏ん張ったかと思うと、何かを吐き出そうとしているような喚き声をあげ、黒い煙を残して去って行き、後に残るみんなの口蓋にべったりと煤をはりつけていった。ゆっくりと裸足のアリスが近くまできたのは、嵐を突っ切って沖合を進む船のごとく、穴だらけの道路を上下に揺れて車が出た後だった。

ふたりは手と手を触れ合わせ、指先で挨拶を交わした。

そしてみんなで家に向かった。家族に囲まれてジョアキン・ジャネイロはゆったりとくつろいだ気持ちになった。ああ、ようやく着いた。通りは野次馬でいっぱいで、大勢の人が立ち止まってじろじろと覗いていた。みんなは彼のことをよく知っていた、というより、誰なのかをよく知っていた。彼はアリスのポルトガル人と呼ばれていたのだ。

アリスのポルトガル人は、最後の力を振り絞るようにして重いスーツケースを家に運び入れた。

ママドゥーはどこだ?

暗くなる前には戻るはずよ。板金職人の見習いになって二か月になるの。

そんな話は聞いていないぞ。

手紙だけでなんでもかんでも伝えきれるもんじゃないし、とアリスはあっさりと言った。

ジョアキン・ジャネイロは不安になった。ほかにも書き送ってこなかった何かがあるんじゃないか？　それについてはまた後で話すことにしよう。とりあえずコップになみなみとついだ水を一気に飲み干してひと息ついた。みんなも、目で水を飲むかのように、彼の動きを追った。パウロ・マヌエルは両手で空いたコップを受け取り、胸の前で大事に抱えた。行儀のよい子だ。

　髪の手入れはもうおしまいと決めてかかったコンセイサンの後ろを隣のおばさんがまだ影のようについていて回っていた。さわさわと陽気な緊張感が漂っていた。アリスは当然ながら黙ったままで、いつものごとく急かされなければ口をひらかない。フェルナンドとパウロ・マヌエルが父の一挙一動を目を丸くして見つめるその様子は、通りでのばか騒ぎを家から覗くときにそっくりだった。

　スーツケースは床に放り投げられ、へこんでしまった。彼はといえば、筋肉は雑巾のように絞られて歯も歯茎も腫れ上がっている気分だった。

　一瞬の間があった。大地、空、万物が示し合わせてその間を作ったかのような。それから、どうっと雨が降り出した。世界が爆発したかのような、洪水が空から降るかのような雨だった。

ジョアキン・ジャネイロは小型ナイフを取り出して、スーツケースを縛っていた紐を断ち切った。さらに鍵の束を取り出して、巻いていたチェーンを外すためにひとつひとつ試した。観客は息を凝らしている。静寂に土砂降りの雨の音だけが響き、みんながひたと見つめるなかでジョアキン・ジャネイロは丁寧に作業を進めた。やがて野生動物の赤子の鳴き声のような音を立てて掛け金が動いた。すると、ジョアキン・ジャネイロは、まだひらききっていないスーツケースに片腕をつっこんで、わくわくと待つフェルナンドとパウロ・マヌエルのほうを見つめながら、二本の傘を引っ張り出した。

　男の子たちは大喜びだった。家から飛び出すと、すでに弱まりはじめていた雨のなかを、どこへでもなくふらふらと、おどけたり、気取ったふりをしたりしてふざけて歩きまわった。

その様子をみんなでテラスから眺めているうちに、男の子たちはくたびれてきて、日も暮れてきた。雨はとっくに上がり、通りには水たまりができて、壁と、石と針金で支えられたトタン屋根が乾いた。すると通りの向こうにママドゥーの姿が見えてきた。ひょろりと背が高く、何かに気を取られているのか、ゆっくりとぎこちない歩き方だった。だが、蛍光灯のように真っ白な父親の姿をテラスに認めると、足を速めた。機関車がだんだんとスピードを上げるようにして速度が上がり、ついには走り出した。

ジョアキン・ジャネイロは息子の名が気に入らなかったが、今はもうなじんでいた。

アリスは輝く目をした娘だった。その後、ガルヴェイアスで過ごした幾度もの夜に、ジョアキン・ジャネイロは自分がビサウの港に降り立ってすぐに彼女と出会っていた可能性はあったろうかと思いをめぐらした。それは答えのない問いだったが、初めて出会ったときの彼女の印象がいかに強く、いかに彼女のことを絶えず深く思っているかという証拠だった。

ふたりが初めて出会ったのは、ギニアに来て三か月、死と無気力のなかにある分遣隊での生活にくたびれ果てたジョアキン・ジャネイロがワインとビスケットの補給という厳粛な使命を果たすべく、数人を引き連れてビサウに向かうことを許可されたときのことだった。

目を留めたとき、彼女は背を向けて倉庫を掃いていた。布を腰に巻きつけていたが、引き締まった身体つき、力強い腕、美しい肌の色は隠しようがなかった。振り向きざまにこちらを見る厳しいまなざしに、こんな視線を投げかけてくれることを光栄にすら思った。すると彼女は、ぱっと笑顔を弾けさせた。倉庫管理人は、彼女があんなふうに笑うのは前代未聞のことだと言った。相手がどんな高官であろうと、誰にどれほどしつこく請われても、あんなに笑ったことはない、と。実は、当の倉庫管理人もその意味では失意の人であったのだ。

その後、あれこれと画策し、からかいにも甘んじて耐え、二週間後にふたたびビサウにトラック運転手、ジャネイロ兵士として戻ることができた。そのときはじめて彼女の声を聞き、名はアリスということを知り、その肩に触れた。

次のひと月を待ちわびながら、ジョアキン・ジャネイロは仲間の兵士たちとともに並んで寝ていた兵舎の段ベッドで密やかなマッサージを夜な夜な自らに施した。べたべたの手のひらを夜のあいだに乾かしておくなど、軍隊生活では日常茶飯事のことだ。ビサウに向かう埃っぽい穴だらけの道すがら、慎重なはずのジョアキン・ジャネイロは道中を危ぶむよりも逸（はや）る気持ちのほうが先に立っていた。ビサウに到着して一時間後、仲間たちがコンデンスミルクの缶を抱えて恍惚としている最中に、彼と彼女は、積みあげられた小麦粉の大袋の後ろに立ったまま、一瞬も無駄にはずまいとアリスの腰回りを覆う布地をするするとひらいていた。

数か月後、ふたりが熱心にスポーツにふけるにつれ、アリスの腹部と臀部が大きくなっていった。アリスは当時十九歳、雨上がりのテラスで夕暮れ時を家族と一緒に過ごしていたコンセイサンの年齢だ。あのときから秘密がはじまったのだった。

同僚たちはおろか、倉庫の管理人にも疑いすら持たれることはなかった。あるときなど、管理人からは恨みつらみを打ち明けられたことすらあった。

父親はどうせそこらのごろつきに違いない、当の本人ですら相手がわからないんじゃないかね。あいつらは動物みたいなもんだ。反対に、よくぞここまでもったと思うね。あの娘っ子、うぶなふりをしやがって。

ところが、生まれた子どもを初めて目にしたときの管理人の驚きようといったらなかった。赤子の肌は薄茶がかってはいるが白く、暗がりにいても陰ることはなかった。母の腕に抱かれた、まだへその緒も取れていない女の子は、オランジーナCの木箱が積んである倉庫の一角で静かに産まれたのだった。

ジョアキン・ジャネイロは、娘はコンセイサンと呼ぶと決めてあった。母と同じ名だ。年を取ってからも庭先で洗濯をしていた母の頭に、よもやギニアの孫娘に自分の名がつけられることになるとはよぎりもしなかったことだろう。それでも、この正気の沙汰とは思えぬ戦場にあっても、この無垢な孫娘と今は亡き祖母は、きっとひと目で深く結ばれたはずだとジョアキン・ジャネイロは思うのだった。

書類上ではコンセイサンに父親はいなかった。実際、父親は娘のことをあまり抱いたりすることはなく、たいていはさりげなく可愛がるだけに留めて、倉庫でソーセージの缶を物色する他の兵士たちに気取られないようにふるまった。そんなふうだったから、それから一年余りがたち、娘がどこでも歩けるようになった頃にジョアキン・ジャネイロが遠くの祖国に帰ってしまうと、アリスはホルモンのバランスのせいもあって三か月間泣き暮らしたのだった。ひとりきりで恨みがましく思いながら、アリスは同じ肌の色の第二子を出産してママドゥーと名づけた。この子の父親は違う名前をつけたがるだろうとわかっていたが、どうせもう会うこともないと思っていた。

ギニアビサウの独立もポルトガルの革命も完了してはいたが、どちらの国も今後の見通しはまったく立ってはいないある日のこと、突然ジョアキン・ジャネイロが現れた。そこでアリスは情愛、セックス、経済、家族、社会、もろもろの便宜上でベッドを共にしていた現地の男をすぐに追い出した。あのポルトガル人が帰ったら、またきっと呼び戻すからねと約束したのだが、結局そういうことにはならなかった。アリスとジョアキン・ジャネイロとのあいだには力と意志が生まれ、それは実行にも移されたからだ。

それから週ごとの文通と年に一度の訪問が始まった。ギニアが彼のような肌の白い人間の訪問を禁じていた時分ですら、彼はどうにかして入国してきた。フェルナンドが産まれ、パウロ・マヌエルが産まれた。


父と息子は長々と抱き合った。ママドゥーはほっとした。父親は、肌のより黒い友だちがばかにする類の側の人間であり、通りの反対側から囃し立てられる原因となる側の人間でもあるのだが、そちら側は自分自身でもあるのだし、自分自身のものでもあり、ママドゥーはそこにある平穏を必要としていたし、幾度もそれを求めてきたのだった。

十七歳のママドゥーは父親よりも背が高くなっていた。

石油ランプでは家の内の濃い闇には太刀打ちできず、くっきりとした円い光輪は何かの物みたいだった。家族全員がそろい、入口には目を丸くして覗きこんでいる裸足の大人も子どももつめかけていたが、鞄の後ろに膝をついたジョアキン・ジャネイロは、ママドゥーへのお土産を取り出した。自転車のフレームだ。

それから車輪をひとつ、続いてまたひとつ。道中、スポークが数本折れてはいたが、たいしたことはない。そしてサドル。ほかの部品がはいった袋には、ブレーキ、チェーン、ダイナモ、ライトがあった。ふたりで一緒に組み立てるのだ。ママドゥーは幸せすぎて信じられないという顔をして頭を抱えた。あちこち探ると、今度はベルが出てきた。ちりん、と鳴らすとその場にいた全員の顔が輝いた。最初に手を伸ばしたのはフェルナンドだ。気安く触るなと兄に取り上げられるまで、ちりんちりんと鳴らしつづけた。

ガルヴェイアスで自転車を頼んだときは、言い訳を考える前にジョアン・パウロに贈り先を訊かれてしまった。甥にだ、ととっさに答えた。あとから、一瞬言葉に詰まってしまった自分を呪った。ジョアン・パウロは何かを勘ぐったんじゃなかろうか。甥や兄はいつもの言い訳だ。村を留守にするのはたいてい九月の初めだったが、みんなは彼が兄のどれかを訪ねているのだと思いこんでいた。事実、兄たちの誰もガルヴェイアスに帰ってくることはなかったからだ。

彼が留守にすると、すぐにわかる。郵便物の配達が止まるからだ。手紙を待つ者は、わざわざ郵便局まで足を運ばねばならなかった。さらに、彼の犬が留守のあいだじゅう飼い主が行きそうなところを捜して回っていた。ジェルーザというその雌犬の名はテレビドラマからもらったものだ。この子が耳をたらしてしょんぼりと歩いていれば、彼はいないのだとすぐわかった。決まった時間になると自分から起き出して、主人に出くわすことを期待しつついつもの配達の道順をたどって村をひと回りしたが、会えることなど万にひとつもないのだった。彼がたくさんの鞄を抱えて出発する朝、雌犬は家から蹴り出されるのだが、それでもバスの後を追って走りつづけ、リベイラ・ダス・ヴィーニャスあたりでくたびれて、呆然と車道に立ちすくむのだった。主人が留守の数週間で犬は痩せ細った。打ちひしがれて食欲もなく、隣人のアルビナが頼まれたとおりに出してくれる粥にもあまり口をつけなかった。

コンセイサンは黙ったまま、ひと言も口をきかず、待っていた。父は鞄から丸めたシャツを取り出して、それを丁寧に広げると、中から何か輝くものを手に取った。そして娘の名を呼んだ。コンセイサンはびくりと電気にかけられたように跳びはねた。ブレスレットのようだ。

それ、ブレスレット？

すると父親はちがう、と答えて娘によく見せた。ボールペンの先で腕時計の時間を合わせるとピピー、ピピー、と音が鳴り、みんなを飛び上がらせた。ジョアキン・ジャネイロは文明の利器の伝道者という役割を大いに楽しんだ。娘への贈り物はバダホスで買ってきたデジタル腕時計だったのだ。リストはメタルだ。正確な時刻を伝えつつ、ボタンを押せば日付が表示され、二度押せばストップウォッチになる。さらにはもうひとつボタンがあって、信じがたいことにこちらは灯りがついた。こちらのボタンのほうが娘は気に入ったようだった。耐水性ということではあったが、それは試さないほうがよいだろう。父が娘の腕に合わせてリストを調節してやると、みんな近くで見たがった。入口でぐずぐずしていた隣近所の人たちですら、つい二、三歩はいってきて珍しい土産物を見ようとした。見栄っ張りのコンセイサンは、寛大にもみんなに時計を見せて回ったが、あるときまで来るとしまいこみ、一生大事にすると誓った。

フェルナンドとパウロ・マヌエルは目を見ひらいて待っていた。

これくらいの年齢の男の子たちが喜びそうな玩具はなんだろうと、サン・ペドロの公園で遊ぶロドリゴを捕まえて訊いておいたのだ。ジョアキン・ジャネイロはその教えを封筒の裏にメモして、しばらくしてから真実を確かめにポンテ・デ・ソルまで出向いた。

プレゼントが出てくると、それまでにこにこしていたフェルナンドとパウロ・マヌエルは急に黙りこんで、もらった物がなんなのかわからずにとまどって眉をひそめた。母親がほらほらと元気づけなければならなかった。ふたりは父親が伸ばした腕に近寄ると、それをじっと見つめた。プラスチック製の、いままで見たこともない人形のようだった。無邪気なパウロ・マヌエルは訊いた。

これ、魔法の？

父親が話題を替えて、気に入ったか、と訊くと、ふたりは唇を結んだまま何やら音を立てた。ジョアキン・ジャネイロは箱を読んでやった。「魔界伝説ヒーマンの闘い」。そう説明してやっても、ふたりにはピンとこないらしかった。

それでジョアキン・ジャネイロはサッカーボールを取り出してふたりの目の前に差し出した。空気がはいっていないから、明日入れてやろう。ふたりは我を忘れて人形を母のほうに放り投げると互いにフェイントをかけあって遊びはじめた。数分でボールを取り上げられても、ふたりの興奮はなかなか鎮まらなかった。

市場で買いこんできた洋服や靴もたくさん持ってきた。みんなの身体に合うか見てみたい気持ちはあったが、翌日までがまんしようということになった。アリスへの贈り物を渡すのもまた別の日に、もっと落ち着いた時間を見計らうこともできたのだが、やはりこらえきれなかった。みんなが驚き見守るなかで、ミシンを取り出し、ミシン糸やその他あれこれを出した。アリスは信じられないという顔をしていた。目を丸くして、感激の叫び声をあげた。通りから眺めていた人たちもざわついた。アリスは大笑いしたのと感動したのとでむせてしまい、子どもたちは幸せそうだった。灯りはなくとも、室内はぱっと明るくなったようだった。

ミシンはアリスの生活を変えるきっかけになるはずだった。

軍が引き上げ、倉庫が空になっても、アリスは文句も言わず仕事を続けた。生活面では、彼は大きな世界に消えてしまったのだと信じていた数年と、その後手紙が毎週届き、必ず年に一度、九月に戻ってくるようになってからとで違いはなかった。市場で卵とマンゴーを売り、十トスタンを払ってくれさえすれば服を洗濯したが、苦しいときにはビサウの港で肉体労働もした。ジョアキン・ジャネイロからの援助はわずかだった。一度、そちらに行く旅費を送金に当てようかと思うと手紙で提案したことがある。アリスはとんでもない、と答えた。子どもたちは父親に会いたがっている、と。ジョアキン・ジャネイロはほっとした。ガルヴェイアスで、火に当たりながら、ひとりで涙を浮かべた。

手紙の切手代だけは惜しんだことがない。手紙は必要経費だった。ビサウから封筒が届くと、ひらく前ににおいを嗅ぎ、向こうでついた小さな染みや埃がないかよく観察し、それから指先でそっと撫でて感触を味わった。ジョアキン・ジャネイロは家族からの手紙を開けるためだけのペーパーナイフを持っていた。封筒を開けるともう一度においを嗅いだ。封筒の外側のにおいと、内側のにおいはずいぶんと違っていたが、両方ともギニアのにおいがした。

彼は家族が手紙を書くペースも向こうの郵便事情も承知していた。そろそろじゃないかと思っても、なかなか思うようには届かなかった。それで、どの郵便物にもビサウからの手紙がはいっているかもしれないと思いながら取り扱った。一週間違いで書かれた手紙が二通、同時に届いたこともあった。ジョアキン・ジャネイロはギニアの郵便事情を呪い、あからさまに憤った。手紙が届かないと苛立った。どこのとんでもない場所に手紙は行っちまったんだろう？　郵便システムを分析したところで、なにもわからなかった。

外国からガルヴェイアスに届く郵便物は少ない。定期的に届くのはカタリノの父でありアメリアの息子である男がフランスからよこすもので、なかには郵便為替が入っていた。シルヴィナの娘が母に送ってくる封筒は甘い香りがし、英国女王の顔のシルエットの切手が貼ってあった。それからだいたい月に一度、ブラジルのイザベラの家族から分厚い手紙が届く。話すことがたくさんある国民性なのだろう。そうした楽しい異国の切手や風変りな消印がジョアキン・ジャネイロの夢に彩りを添えた。

家にはギニアがしまってある引き出しがあった。大きな引き出しで、秘密の場所に隠してある鍵がかかっている。

ビサウにも彼からの手紙には場所があった。いつもごちゃごちゃの箪笥の奥の箱に入れてあった。ギニアに着いて数日後、それらの手紙を取り出してみた。ビサウの太陽、におい、音に囲まれた手紙たちには、秋、冬、春、ガルヴェイアスの月日の中で書かれた彼の筆跡があり、道を通り過ぎる羊の群れの音、敷石の舗道の上をかすめるようにして飛ぶつばめたちがあった。これらの手紙は、誰か他の人間だった時代の自分が、自分に宛てて書いたもので、ここでようやく宛先人に届いたように感じられた。

テラスはぴたりと平らにならしたセメントで覆われていて、見たこともない珍しい木の裸の枝のような形のひびがはいっていた。ジョアキン・ジャネイロの話を聴いているのが正確には何人になるのかはわからない。彼のすぐ近くには子どもたちとアリスがいた。それから、子ども、男、女、上半身裸の少年たちの何十という瞳が彼を囲んでいた。多くは近所の人たちだったが、このまま聴いていくことに決めた通りがかりの人たちもいた。

ジョアキン・ジャネイロの言葉を通すと、ガルヴェイアスはとても広い場所になった。子どもたちとアリスに語りかけるようにして話したが、群集のいちばん後ろのひとりにも届くように声は大きくした。トウガラシをたっぷり使った魚と米の夕食を、家に唯一ある琺瑯の器から家族みんなが一本のスプーンで分け合いながら食べたあと、ジョアキン・ジャネイロはクラリネットでいくつか行進曲を吹いた。その音を聞きつけて、みんなが集まりはじめた。何年も前から彼の話を聴きに来ている人たちが大勢いて、途中で終わっていた話の続きがどうなったのかを知りたがってやってくるのだ。

この日の夜は長かった。銀河に覆われた空がすべての上に広がっていた。ジョアキン・ジャネイロは何度もその空を指さして、名のない物の話をした。大地が内側から爆発するのではないかと思った夜の話を聴いた大の男たちが思わず頭を腕でかばい、自分たちのところにもそんな惨事が起こったときにはそうやって守ればいいと言わんばかりだった。一等席に座っている聴衆たちの目が怯えて大きくなった。だが、空を恐れることはない、それはあまりに臆病すぎる。空はいつだって上にあるのだから。動揺して確信を失えば、恐怖は永続する。そうすると、まだ空は上にあるというのに、いつ落ちてくるのかと毎日怯えて暮らし、しまいにはこの苦しみから逃れたいがあまりにいっそ本当に落っこちてくれないだろうかと願うようになってしまう。

　ジョアキン・ジャネイロは話題を替えた。ガルヴェイアスの通りの名前はどれも子どもたちにはなじみがあった。アリスと彼はママドゥーが十一歳のときにした質問をいまでも覚えていた。

でも、オウテイロ通りはデヴェーザにあるんじゃなかったっけ？

　ときどき、その質問を両親が面白がって蒸し返すとママドゥーはむっと不機嫌になった。

　それから、五十年以上も顔を合わせなかった兄弟が、七日間続いた嵐の最中（さなか）に再会し、銃で殺し合いになるのかと思いきや、結局仲直りをした話をした。ジョアキン・ジャネイロは細かいところに少し手を加え、ジュスティノ爺の鬚の長さを誇張はしても、その気難しさは軽く流したし、セニョール・ジョゼ・コルダトのぬくぬくとした暮らしぶりについては省いたりした。事細かに描写して聴衆が身を乗り出してきたのを見計らい、ここぞというときに真相を明かし、みんなの息をのませるのだった。

　この晩のビサウでのジュスティノ爺は、大雨のガルヴェイアスの空の下に立つ、伴侶に先立たれた寄る辺ない年寄りだった。泥土にまみれた言い知れぬ痛みを隠し持つ長老たちの目からは、温かな涙が静かに、次から次へと伝い落ちた。

ジョアキン・ジャネイロは立ち上がり、リードを舌で湿らせて革命の歌を奏でた。締めのメロディーが必要だと思ったのだ。

厳かな音階を追いながら、目を丸くして見つめてくる顔をひとつひとつ見渡した。自分の言葉がどれだけ伝わったのかはわからなかった。オリーブの木といっても彼らの頭に浮かぶのはカシューナッツの木だろう。彼らの瞳の奥にあるジュスティノ爺はどんな顔をしているのだろう。革命歌が終わりに近づくと、もう一回繰り返し奏でてこの時を引き延ばした。体内で打ち鳴らされるようなリズムに慣れたここの人たちに、このメロディーはどのように響くのだろう。ガルヴェイアスにこれからも決して行くことはないであろう人たちの頭のなかで、ガルヴェイアスの道はどんなふうなのだろう。

彼はクラリネットを置いた。村人たちは帰っていった。あとには落ち着きのない仔豚たちだけが残った。

子どもたちがひとりずつ父の頬にキスをしておやすみを言った。ジョアキン・ジャネイロとアリスは抱き合い、ただ互いの存在だけを確かめ合った。彼女が長々とため息をついた。ずっとこらえていたため息だ。それから燃える唇でキスをしようとしたとき、彼が立ったまま眠りこんでいることに気づいたのだった。

角の壁がはがれかけていた。そこに狙いを定めて勢いよく熱い尿をかけた。九月の静かな時間。ガルヴェイアスに新たな動きはなかった。放尿の快楽を味わっていると向かいの道をパウラ・サンタがこちらには目もくれず通り過ぎていった。キャベツを抱えているのは、これからペドロぼっちゃんかマタ・フィゲイラ先生の昼食にスープでも作るのだろうか。放尿を止めたのはパウラが通ったからではなく、これでよしと思ったからだ。

鳥のさえずりのにおいがした。鳥が空中で旋回するにおい、羽毛の下の温もりとサン・ペドロ公園の池の淀んだ水がごぼごぼいう音が混じり合うにおいがした。大きくなりつつあるオレンジの緑のにおい、子どもたちが玩具がわりにしようと木の幹から引きはがした瘤のにおい。日陰で横になった。シルヴィナの家の軒先の外階段だ。シルヴィナはそのドアの裏側で、軽い糖尿病持ちで動悸が速い、独り身の老女のにおいを発散させながら薄手の洋服を五、六枚かき集めていた。裏庭のセメント造りの流しで青い石鹸で洗い、梯子に掛けて干すつもりなのだ。日差しが強いので、昼食後にはもう乾くだろうと老女はふんでいた。

だが、石に鼻先を置いて寝転がり、鼻をひくつかせるバレッテの犬にとってそんなことはどうでもよいことだった。目を閉じてはいても、漆喰の壁の内にこもる冷気、一心不乱に先へ先へと進み敷石のあいだの穴に消えていく蟻の行列を感じ、そよとも吹かない風のせいで枯れた雑草を感じ、太陽とその下の屋根瓦、古びた陶土、ひからびた苔、表面、時を感じていた。自分の身体、自分という存在、場所と重み、内臓と体毛、呼吸、年齢を、そして、当然ながらガルヴェイアスを覆う悪臭を放つ病、ここに根を下ろし、すべてのにおいと形と色の一部と化したものを感じていた。

耳を立て、頭をあげ、目を見ひらいて坂の上を凝視した。ひと呼吸おいてジェルーザが、ジョアキン・ジャネイロの雌犬が現れた。脅かさないよう、焦らずゆっくりとバレッテの犬は立ち上がった。ジェルーザは見向きもせず、速足で、鼻先をまっすぐ前に向け、何か見えない秘密を追っているかのように通り過ぎていった。これから郵便配達の道を一巡するつもりなのだ。ジョアキン・ジャネイロが一緒だったなら、もう少し足取りもゆるかっただろう。ふいにジェルーザが足を止めた。壁がはがれかけた角のにおいを角度を変えて二度三度嗅いでから、バレッテの犬の印でまだ湿っている場所の真上におしっこをかけた。

突然、爆音が坂道を下りてきた。喉の奥を切り裂くような大きな叫び声。ジョアン・パウロのバイクが周囲を圧した。ジェルーザとバレッテの犬は身をすくめた。ジェルーザはその場で固まって動かず、バレッテの犬は尻尾を股のあいだに挟みながらよろめくと、身構えて唸りかけた。バイクが遠ざかるにつれて、さっきの叫び声はパイプから聞こえてくるような音となってどこかの通りから聞こえ、そのうちガルヴェイアスに飲みこまれていったようだった。ジェルーザは脚で地面をひっかき、鼻先をつんと上げてふたたび歩き出した。バレッテの犬が急に鼻を近づけてきたのでジェルーザが唸ると、雄犬は耳を下げて後ずさり、悪事の現場を押さえられたように弁解もなくうなだれた。だが、しおらしく叱責を受け流すと、もしやという淡い期待を胸にジェルーザの後を追った。

暑かった。舌を出してガルヴェイアスを半分ほど横切った。そろそろ昼食という時刻で、どこも食べもののにおいがした。冷凍庫から出されたあばら肉、モツ入りのミガス（パンと具を炒めた郷土料理）、赤ワインの大びんから引き抜かれた栓、そんなにおいだ。セニョール・ジョゼ・コルダトの犬たちの声は太く獰猛で、さすが狼の末裔という感じだったが、砂ではなくセメントで固められた古くて頑丈な煉瓦が積まれ、さらに何年も何年も繰り返し漆喰が上塗りされてある壁が、彼らのあいだを遮った。ジェルーザは気にも留めず、バレッテの犬も粛々とクイーンに従うジャックという役割をつづけた。

完璧な無視を続けるジェルーザは、巡回も終わりに近づき、やはり主人はいなかったという現実を、というよりもその痛みを、受け入れようとしていた。大きな茶色い湖のような目、乳房と腹の皮膚のたるみは、仔犬たちをガルヴェイアス中で、というよりそのほとんどを暗い死の向こうへと何度も産み落とした証だった。

その痛みと混じり合い、もはや自分の体臭と区別もつかない硫黄のにおいがジェルーザを襲った。これが彼女の感覚を逆撫でする謎なのだ。すべてがこの謎の下にあることはわかっているのに、ほかの犬たちと同じくジェルーザにもそれを表現する術はなかった。カサンドラのように。自分自身にすら説明ができなかった。カサンドラはこの謎でいっぱいになっていたし、瞳にもそれが表れているというのに、わかってくれるのは犬たちだけだった。カサンドラ。

突然、カサンドラの視線が通り一帯をとらえた。飼い主は彼女のことをカサンドラと呼んだが、バレッテの犬にとって彼女の名は恍惚であり、性器の突端の疼痛であり、舐めとってやりたい体液だった。カサンドラにとってバレッテの犬は、飽くことを知らぬ欲望だった。バレッテの犬に前脚を乗せることを許し、体勢を整えてこれからというときに、彼女のほうがむら気を起こした。時間はあるんだから、そう焦らないで。この時の主導権は彼女にあった。

そこにジェルーザのにおいが割り込んできた。カサンドラは相手に歯を突き立てる血の対決も辞さないつもりだったのだが、ジェルーザのほうはいまにも壊れそうな脆さを抱えていた。ジョアキン・ジャネイロの不在だ。それで、挑発にも乗らず離れていった。バレッテの犬はジェルーザの退却を目にすることなく首を向こうにひねったままだったが、カサンドラが歩きはじめると後をついていった。

とくになんの歴史もない通りを二匹はどんどん歩いた。九月とはいえ八月の暑さだ。カサンドラが尻尾をぴんと立て、隅に何かを見つけた。ごみ置場の裏にイワシのトマト煮の缶詰がうまい具合に置いてあった。背肉だけのイワシは柔らかかった。硫黄のせいか、毒々しいにおいがしたが、それを言ったらあらゆるものが毒々しいにおいがするのだから、雌犬は缶を舐めた。バレッテの犬も鼻先を近づけようとしたが、追い払われた。缶詰をくわえて地面に中身をこぼし、カサンドラはほとんどを食べてがつがつと飲みこんだところで、急に動きを止めた。そしてそのまま動かなかった。それから、打ちひしがれ、悲しみにくれて立ち去った。

バレッテの犬はおこぼれにあずかろうと近寄ったが、トマトソースに、溶けかかったざらざらした白い粒が混じっているのを嗅ぎわけて口をつけることができなかった。迷いに迷ったが、やはりできなかった。死んだドブネズミのにおいがしたのだ。毒を盛られ、硬直して血管が灰色になったドブネズミだ。それで、慌てて小走りでカサンドラに追いついた。カサンドラはさっきまでのカサンドラではなかった。足取りはのろく、苦しそうだった。

今だ、と上にのしかかり、あの動きもやってみた。堕落した振り子のように腰を振って赤くなまなましい肉を性器の突端からのぞかせもしたのに、結局うまくいかず、雌犬は彼のことも生命のことも無視してただ歩きつづけたので、彼のほうは動きを止めて、死が根を伸ばすにおいを放ちながら遠ざかっていく彼女を見ていた。

カタリノの祖母、アメリアが猫いらずをしかけたのだ。わざわざイワシの缶詰をひとつ買ってきたのは、もうこれ以上猫どもの厚かましさにがまんできなくなったからだ。台所にこっそり忍びこんできた猫を背後から脅かしてもテーブルの上からさっと食べものを盗んでいってしまう。冷たい目の黒猫が、ひげから汁をしたたらせながら皿からサメ肉を一切れ引っ張り出しているところを見て、もう殺すしかないと決意した。

バレッテの犬は熱い敷石で足の裏を焼きながら、あきらめて家に戻ることにした。落ち着いた足取りのその姿は人生について何か思うところがあるように見えたが、実際はそんなことはなかった。

太陽が壁に照り返して目を眩(くら)ませ感覚を傷つけた。バレッテの犬は誰もいない通りから誰もいない通りを歩きつづけた。家のなかにひっこんだ子どもたちのにおいがして、母親たちの取るに足りない小言のにおいがし、閉じられた夢想のにおい、未亡人たちの家の影、死によって、あるいはガルヴェイアスとリスボンを隔てる距離によって引き離された家族たちの写真のにおい、老婆たちが編んだドイリーを蓋がわりにした水差しのにおいがした。水差しの脇には小皿の上にふせたコップがひとつ置いてあるもので、あの水は冷たくてうまいのだ。

バレッテの犬は、この日が土曜日でも日曜日でもないことを知っていた。

午後のこの時間ではまだテレビは始まっていなかった。ラジオのアナウンサーの丸みのある声に満ちている家もあった。水族館のようなざわめきに満ちた家、乾電池で動くカセットデッキの音楽が明かり取りの小窓からくぐもった音となって外まで聞こえてきた。

家の入口にようやく横たわったときにはすっかりまぶたが重くなっていた。温かい陰の下で背骨を丸めると関節がぼこぼこと毛の下から浮いた。ひと休みしながら、まだ呼吸が乱れ、どくどくと流れる血流を感じているこの雄犬は、欲求不満のままだった。窒息しそうな暑さがまだ残るなか、ローザ・カベッサが秘密に息をはずませ、ひと気のない通りを急ぎ足でやってきた。さっと細紐を引いてドアをあけて彼女が家にはいった隙に、犬もその脚と閉まりかけたドアのあいだをすり抜けてはいっていった。

彼女のにおいはよく知っていた。腐った食べもののにおい。ほとんどささやくようにして交わされるローザ・カベッサとジョアナ・バレッテの挨拶の声を頭上に聞きながら、いつものように部屋まで一緒についていき、部屋でいちばん涼しい隅に陣取った。

ここからは犬にとってはすっかりおなじみで、この数か月いつも同じ手順でことは運ぶのだった。椅子の上、あるいは床に脱ぎ捨てられた服からは皮膚の上で乾いた古い汗のにおいが、たるんだ脂肪に挟まれてかびたバターのようなにおいがした。椅子の服のうえに折りたたまれるかねじれたまま床に放られるかしたパンティーは、ゴムが伸びて染みがつき、女のきついにおいがした。強いにおい、強い女のにおいだ。

はじめの三、四回は犬も耳を立て、女主人が助けを求めているのかどうかわからず気を張った。それから、そんなことはない、切ない声とあの長いため息は苦しがっているせいではないと確信した。ふたりが口と口でくっつきあうとその唾液で室内の空気が湿り気を帯びて、壁から水がにじみ出そうなくらいになった。ふたりの両脚のあいだからとろりとした液体が流れ落ちることもあった。

ふたりが互いに身体をこすりあうにおいもした。それから背を向け合って身を離す。ゆるやかになる呼吸、べたべたの指、眠たげな口、赤みが引いて周囲の皮膚と同じ色になっていく唇。ゆったりとした時間が戻ってきてさっきまでの性急さは空中分解し、浮かんだ思いつきは微笑みの端で留まった。最後に、胸の谷間をあおいで乾かした。

犬は慣れっこだった。同じように、このあとバレッテが帰ってきてズボンを下ろし、日の光を知らぬ生白い両脚が部屋に青緑色の錆を撒き散らすのにも、足で発酵した何か、くるぶしのあたりにたまった垢、内側が茶色くなったよれよれのブーツ、湯気が立つような靴下から発散されるものにも慣れていた。それからバレッテが分厚い綿のパンツを下ろすと、尻のにおい、いまさら何かはわからぬものの湿ったにおい、肛門のにおいがするはずだ。同時ににおってくる性器の太くてゆがんだ頭には小便がこびりついていて、彼は何かの白い固まりを爪ではがして捨て、ついでに針金のように太く黒い陰毛をばりばりと掻くだろう。下半身だけ裸で、上半身には汗と揚げた豚の脂と赤ワインの染みがついたシャツを着たまま、たいてい帽子も取らずに妻を呼びつけると、こちらはまたスカートとパンティーを脱いで手慣れた様子で膝の上に乗るのだろう。

だが、バレッテの犬はそんな先のことまで考えてはいなかった。自分自身の内にある階段を数段下りたかのようにこの静寂を味わい、暑さからも疲れからも解放され、空腹すらも忘れかけて、あのうしなわれた夜以来いつまでも居残って彼を苛みつづける病のにおいからも、四方八方に散在する死からも、ただ解決を待つことからも、解き放たれていたのだった。

昔は、九月が好きだった。記憶のなかの九月は愛想がよく、日々の扱い方も丁寧で折り目正しく、どこか古式ゆかしさもあった。始まるときには八月の名残で暑く、終わる頃には涼しくなって速やかに十月に座を明け渡す。大げさに騒ぐこともなく自然の準備を万端に整えて、いつでも真面目で誠実だ。

朝の到着は、買ってきた店なのか嫁入り道具入れの箱のものなのか、いまだになじまないにおいが残る真新しいカーテンごしに知らされた。ベッドに横たわったまま、ジョアン・パウロは、前日と同じ灼熱をすでに感じていた。光はこれから燃え立つ用意ができている。ガルヴェイアスでは、サン・ペドロ公園のベンチに座る老人たちも、畑仕事の老人たちも、国道を行き交う車の流れを座って眺めているデヴェーザの老人たちも、口をそろえてこの天気は異常だと言っていた。言葉にはしないが、ジョアン・パウロもその意見には賛成だった。さらに、不安もあるし鉛のように気持ちが重かった。

ベッドの頭側の壁には、セシリアがポスター大に焼いてもらった結婚式の写真が掛けてあった。式と披露宴の合間に撮ったもので、非の打ち所がない新郎新婦がサン・ペドロ公園で腕を組んでいた。ブーケを手に堂々とした花嫁、夫となった誇りにあふれた花婿。

ジョアン・パウロは衣装ダンスのひらいたままの扉についた鏡に映るその写真を見た。セシリアが急いでいて閉めそこねたのだろう。美容院の客が順番待ちの列を延々となしているはずなの、といわんばかりに慌てふためいて出ていった。

彼は自分の顔を凝視して写真に撮られたあの瞬間に何を考えていたのかを思い出そうとしていた。なかば面喰ったような顔で笑っている自分を何も知らない阿呆面だと思ったが、上掛けが半ばずり落ちたまま寝転がっていると、なにもかもが阿呆らしく見えるのだった。あのスーツ、あのネクタイ、撫でつけられたあの髪型、あの靴、その艶。そこには境界線が一本、引かれていた。アスファルトに打ち込まれた鋼の杭があった。向こうには幻想があり、こちらにはことごとくうしなわれた意義がある。

あれからまだ二か月と経ってはいないのに、あの写真は向こうの時間の一部だった。わざとらしく甘ったるい笑顔のセシリア、現像され額に入れられて部屋の壁に掛かっているセシリアは、さっき出ていったセシリア、大急ぎで乱暴にドアを閉め、道路に走り出てヒールを地面にめりこませていったセシリアとは別人だった。この写真は別の時代のもので、もうそこに戻ることは決してできないということは、サンタ・マリア病院の医師たちが紋章入りの診断書で保証していた。

ジョアン・パウロの母と親戚のおばたちは三日がかりで菓子を焼いた。父はワインとソフトドリンクの担当を請け負った。テーブルにはご馳走が山のように載っていた。花婿側の客がもうすぐやってくるのだ。

ジョアン・パウロは勧められれば煙草を吸い、さしてうまくない冗談に笑った。火酒（アグアルデンテ）が喉をすべり落ちた。女、子どもにはポート酒が華奢なグラスでふるまわれたが、そのグラスはなんとジョアン・パウロの母の嫁入り道具なのだった。

一番上の娘に手紙で説き伏せられた母は、仕方なしに髪をヘアスプレーで固めていた。そうすると、両頬に赤い丸をのせるのもいやだとは言えなかった。七月の土曜、この暑さに喉元までブラウスのボタンを留めて偽の真珠のネックレスをつけたジョアン・パウロの母親は、真珠をぶらさげてアヒル歩きをする口ひげがついた人形のようだった。

ジョアン・パウロの父は三つ揃いを新調した。チョッキと懐中時計の鎖、白いシャツ、ネクタイ、この日におろしたハンチング帽。棺桶にはいるときにもこれを着るのだろうと口に出す人はいなくても、考えることはみんな同じだった。そんなことは露知らず、父は嬉しそうに顔を赤らめて遅くにできた息子の結婚を喜んでいた。

新郎新婦がジョアン・パウロの両親と撮った写真は、教会の祭壇で撮ったもののほかに白日の下のサン・ペドロ公園で撮ったものもあった。端から、父、セシリア、ジョアン・パウロ、そして母がいる。彼の両親は仮装している昔の人たちみたいだった。歯がないせいで唇が一文字になり口を閉じて笑うふたりの顔は、長年さらされた太陽と、すべてを暴く残酷なカラー写真のせいで無残だった。

食事室でも廊下でも、ジョアン・パウロの母は客ひとりひとりに目を配ってタラのコロッケのおかわりを勧めていた。テーブルの上にあるほかにも、まだ台所の大皿に山と用意されていた。何時間もかけて二本のスプーンが決闘で剣を合わせるようにシャンシャンと打ち合って、次々とコロッケ予備軍を丸めていったのだ。

だが、どれだけのコロッケがあっても、どれだけの火酒があっても、どれだけの高級煙草があっても、どれだけの軽薄な笑いと初夜についての冗談が交わされても、ジョアン・パウロは時計を一分ごとに確かめずにはいられなかった。たったひとりの愛娘のためにシコ・フランシスコは三百人以上の客を招いたと聞いていたので、セシリアの家ではどれだけの騒ぎとなっているだろうと想像しながらも、もやもやとした気持ちが晴れないのだった。何もかもがまだ早すぎたのではないかと、心の奥でまた繰り返し問うていた。

こんなことになったのは結婚のせいだと思うこともあった。

つきあいはこれ以上ないほど順調だった。毎週月曜日、水曜日、土曜日には工場から帰るとまず風呂場に直行しシャンプーをして石鹸を泡立て、ひげを剃ってシコ・フランシスコの家を訪ねたものだ。犬はバイクの音で、もう誰だかわかっていた。門扉を開けるやいなや、尻尾をふって足にまとわりついてきて、裏庭に幽閉されてろくに撫でてもらえない身の上を訴えるのだった。ジョアン・パウロは勝手口からはいるとまずセシリアの母のドミンガスに挨拶をし、奥に行く。すべてが彼になじみ、彼もまたすべてになじんでいた。銅製の鍋釜類のミニチュアや絵皿、小皿などが飾ってあるぴかぴかのバーキャビネットが隅に据えられた居間で、セシリアはビロードのソファに沈みこんで待っていた。一日の終わりが窓台でゆらめいていた。ドアは半びらきだったがふたりとも構うことなく勝手気ままにふるまった。

ことを急いだのはシコ・フランシスコのほうだった。セシリアから、パパがあんたのことを肚の据わらないやつだと言っていたと涙声で訴えられて、ジョアン・パウロは八年もつきあえば充分だと即座にプロポーズし、日取りを決めようと申し出たのだった。はやりたつ誇らしさが通り過ぎてみると、どこか引っかかるものがあると思ったのだが、もう引き返すことはできなかった。

独身という風通しのよさを懐かしく思うことは目に見えていた。結婚指輪をはめて自由がほしいと思えばそれなりの努力もいるだろうが、ダンスパーティに顔を出したり、軽く飲みに行ったりするのは、これまで通りできるはずだ。アソマダ競技場で毎年復活祭の頃に催されるサッカーの試合では独身チームから既婚チームへと移ることにはなる、ただそれだけだ。

こちらがどれだけ親しみをこめて近づいても、シコ・フランシスコはいつもよそよそしかった。あのお姫さまとつきあうことの損得はジョアン・パウロも肝に銘じていた。つきあいはじめた当時は、シコ・フランシスコの娘があの男になびいたと信じる者はいなかった。カウンターの後ろに立つ、娘の父親も信じなかった。その次は、誰かれ構わず八つ当たりをした。この男の秘めた願いを知る者はいなかったのだが、ワインを何リットルも何リットルも売っていれば、そのうち学位つきの婿がやってくるとでも思っていたらしい。

教会の祭壇でもサン・ペドロ公園でも、新婦の両親も一緒に写真を撮った。シコ・フランシスコが端に、セシリア、ジョアン・パウロ、そして反対の端にドミンガスだ。沈痛な面持ちでオーダーメイドの服を着こんだシコ・フランシスコはついに観念したのか、柄にもなくしおらしかった。

シコ・フランシスコは披露宴の費用はうちが払うと頑として聞かなかった。それならばそれで、波風を立てる理由もない。ジョアン・パウロと父親は、シコ・フランシスコと話すときには帽子を脱ぐ父親は、教養のない礼儀知らず、図々しい吝嗇なやつらだと思われないかとそれだけが心配だったのだ。だが、恨めしそうな渋い顔でこれだけ言い張られては、ではお願いします、かたじけない、というだけだ。同じようにシコ・フランシスコはすぐに家も建てはじめた。

運動不足解消と気晴らしにとキャベツとジャガイモを作っていた六ヘクタールばかりの畑をつぶして基礎工事を始めさせた。ジョアン・パウロは義理の両親の土地に住んで、監視され管理され、家の出入りも同じ門だなんてごめんだと思った。愛の時間に、ほとんど唇も動かさず自分の意見を低くささやきかけてみたが、セシリアは、もっともだわと言いながらも、目をこすってあくびした。

シコ・フランシスコは一番高価なセメントと煉瓦を選び、最上級の瓦とアランドロアルの大理石を取り寄せた。タイルは真珠のような艶を持つ見たこともないものだった。ジョアン・パウロとその父も自分たちでできる限りのことは手伝うと申し出た。シコ・フランシスコのためならばと、よその仕事を途中で放ってこちらに来ているアヴォアの親方のもとで父子は週末にせっせと働いた。

丁寧に仕上げられた漆喰塗りのその家は、何もかもが使いはじめで、まだよそよそしさが抜けていなかった。ジョアン・パウロはベッドに横たわり、衣装箪笥の鏡に映る自分の婚礼写真を見ていた。起き上がることもできず、ジョアン・パウロは鬱々とした気持ちで自分を哀れんだ。彼の身体は麻痺していたのだ。


結婚式の前に、新郎の両親の家ではカタリノと友人たちが大きな声でしゃべったり飲み会の準備をしたりしながら、グラジオラスの花を失敬してきて上着のラペルのボタン穴や耳の後ろや、とにかく挿せるところに挿した。

大きな尻、太い脚とむくんだ足首のジョアン・パウロの姉のひとりが時間に気づいた。飛びあがって、みんなを急かして弟の背中を押し出した。

まだいいだろうと思いながらも男たちは玄関前で列を作って通りに出た。ロウソクを手に歩く祭列よりはいくぶんましかという程度の速さでのろのろと歩いた。女たちが見物に出てきて、家の壁にもたれたり窓枠に肘をついたりしながら、花婿とその客の一団がコロンのにおいをぷんぷんさせて澄ました顔で、突き刺さる視線も気づかぬふりをしながら歩いていくのを眺めていた。それにしても、野次馬の数が少ない。シコ・フラシスコの招待客リストがいかに長く、通りから人を奪って披露宴に連れこんだのかがわかるというものだった。

遠くにいた犬たちが、一行が近づいてくるのを見て道をあけた。

教区教会の扉はすでに開けてあった。分厚い壁と石造りの床の涼しさ、日陰、静寂に響く声を女たちはありがたがった。男たちはほとんどが外にいた。煙草や汗を拭くハンカチを手にしながらあれこれとしゃべっていた。当然、花婿と付き添い人はなかにはいった。到着を知らせるために聖具室に一歩はいったジョアン・パウロは、神父の息のにおいに気づいた。発酵した赤ワインが口からにおった。続いてやってきたカタリノとふたりで目にしたのは、祭服を着ようとして間違えた場所に頭を突っ込んであたふたしている神父の姿だった。

新郎の客たちは教会の三、四列分の座席を占め、賑やかにしゃべっていた。ジョアン・パウロは、落ち着かず興奮して耳すら遠くなっているような付き添い人のカタリノに何かを言いかけたが、そのとき遠くから聞こえる音が、どんどん近づいてきていることに気づいた。ばん、と教会の扉がひらいて一筋のまばゆい光が射しこんだかと思うと、大勢がなだれこんできた。群衆はやや高すぎる声でしゃべりながら席を取ろうと慌てつつも、もう座る場所はないだろうと半分あきらめているようにも見えた。この襲来は花嫁側の、つまりシコ・フランシスコの招待客たちで、ほとんどがガルヴェイアスの住民だった。ワンピースの下にガードルを着けた女たち、帽子を取って柔らかそうな生白い禿げ頭を丸出しにした男たち。さらに見慣れない顔の男たちもいたが、これはカフェのつまみの豆や落花生の生産者たちで、プロエンサ・ア・ノヴァやカルタショなどから来ていたのだった。予想どおり、全員が座れる席はなかった。ふいに立っていた者たちが道を開け、そのあいだから父と腕を組んだ花嫁が現れた。ふたりで歩く練習をだいぶしたとみえる。花嫁はヴェールでも隠し切れない笑みをこぼし、父親はいかめしい顔で足取りは重かった。

神父は式のあいだじゅう間延びした話し方をして、呂律が回らず舌の置きどころがわからなくてまごついているようだった。説教の続きを忘れ、ワインでむせ、聖堂番が背中を平手でたたいてやらねばならなかった。

鶏のスープ、パエリア、タラとジャガイモの卵炒め、仔牛と野菜のシチュー。シコ・フランシスコは金に糸目をつけず料理を用意させた。サンタレンにあるレストランを呼ぶことにこだわって、食器もナイフ、フォークも持ってこさせ、料理人からアルミの大鍋までその店のものを使わせた。

蝶ネクタイのウェイターたちはきびきびと動いて、まずは新郎新婦のテーブルに給仕をすると、速やかにほかのテーブルにも配膳していった。賑やかなしゃべり声も、誰かのスピーチ前にはコップや皿をフォークやスプーンで叩く客がいてしばらく鎮まることもあった。だが、話題によっては、騒ぎは一層大きくなって、みんなに伝染し、食器に跳ね返り、果てには会場中にひろがって全員の頭のなかでサイレンのように響いた。盆を手にした軽業師、ウェイターたちは、その大騒音の輪郭をたどるように立ち回って給仕を続けた。大騒音はどこかのカップルが立ち上がって口にキスし合うときだけは鎮まった。だが次の瞬間には、サッカー場で誰かがゴールを決めたときのようにまた囃し立てた。はじめの三、四回は新郎新婦も自分たちの役割をこなした。そのあとは、新郎新婦のテーブルに座る全員に順番が回ってきた。まずは新婦の付添の夫婦。ポンテ・デ・ソルから来たこの夫婦は、大昔にシコ・フランシスコに金を貸してくれた人たちだ。それから新郎の付添のカタリノとマダレナ。目立ちたがりのカタリノが濃厚なキスをしたものだから、祖母は慌てて目をそむけた。新郎の両親は唇を硬くして正面からごちんとぶつかった。甘いキスなどしたこともないこのふたりが口と口でくっついて離れる様子は見ていて痛々しかった。そして新婦の両親の番がきた。シコ・フランシスコは拒否したのだが、誰も後に退かず、何百という食器やコップが叩かれる騒音が耐えがたいほどになったので、とうとうドミンガスが立ち上がろうとしたところをシコ・フランシスコが腕を引っ張って座らせたものだから、一瞬しんとなった。それ以上囃すのはやめた者もいたが、しつこく続ける者もいたので、そのうちまた息を吹き返して大轟音の奔流は続いたが、それでもシコ・フランシスコは頑として動かず、そのうちに音はだんだんと小さくなり、小さくなりして、やがて消えてしまった。

食事のあいだにバンドが演奏を始めたが、音楽に気づいた者はほとんどいなかった。みんな、テーブルに割りこむ場所を見つけようと躍起になりながら皿にエビだのプリンだのを盛りつけることに一生懸命だったのだ。そう、セシリアとジョアン・パウロの披露宴にはエビのタワーが組まれていた。百匹を超すピンク色のはてなマークが保冷バッグから取り出されて、木製の枠に慎重に積み重ねてあった。カメラマンが呼ばれて、客がはいってくる前に祝宴の写真も撮影させられた。

ほかには、仔豚の丸焼きが少しずつ肋骨が外されて小さくなっていったり、さまざまなケーキ屋から取り寄せたあらゆる形のケーキがあって、一切れずつ切り分けるものも、クリーム状ですくいとるものもあったし、小さな食事用のパイも、大皿に盛られた若鶏の炭焼きはスパイシーなソースつきのものとなしのものとで選べたし、ハムやチーズを載せたパンが大盛の皿もあった。

パンに気づいたのは子どもたちだった。

エッグタルトにもミルフィーユにも見向きもしなかった子どもたちは、余計なものを取り除いて、ただパンだけを食べた。大人たちが気づいてパンの皿に群がるころには、子どもたちの腹はとっくにいっぱいになっていた。食事に添えてあるパンはガルヴェイアスで作ったのを買って来たものだ。ところが、サンドイッチはサンタレンから取り寄せたものだった。こちらのパンは硫黄の味がしないのだった。サンドイッチはみるみるうちになくなってしまった。

太陽が勢いをなくし、少しずつ色を柔らかくしはじめたのは六時を回った頃だった。その時間になると、バンドに合わせて踊るカップルも出てきた。女性と女性のペアだったり、男が踊れるのであれば男女のペアだったり。そうはいっても、男性陣のほとんどは外に出ていた。てらてらと赤く顔を染め、なみなみと酒がはいったグラスを手にして立っていた。いくつかある話の輪のなかでも、とりわけ大きな声で話しているのはダニエル神父だった。神父は、誰かにそそのかされる必要もなく、はめを外すのに手助けもいらなかった。そうはいっても、この日だけはめかしこんだ男たちは、神父と一緒にワインの大瓶を抱えていたり、ウィスキーのロックを手にしている仲間たちは、いまだとばかりに神父をからかった。神父はハナズオウの木の裏にちょいちょい回りこんでは、たいして隠れてもいないのに膀胱を空にした。それからすぐに戻ってきて、ふらつきながら次の一杯に手を伸ばすのだった。

酒が進むにつれてシャツの前をはだけさせ、胸元の金や銀の鎖をちらつかせているのはバイク乗りの若者たちで、みんなジョアン・パウロの客だった。キャブレターのことで言い合っているのだ。カタリノは、当然のことながら、いちばん熱くなっていた。

子どもたちは走り回っていた。新しい靴を埃だらけにし、ズボンからはみ出したシャツには食べものや、こっそり飲んだロゼワインの染みがついていた。スズメバチの巣を取り囲んで棒の先でついたりもして、そのうちにロドリゴが目のすぐ下を刺されてしまった。泣きはしなかったが、腫れ上がって目が小さくなってしまった。母は酢に浸したガーゼをあててやりながら、ずっと叱り飛ばしていた。それからの午後はずっと、ロドリゴはほかの男の子たちから英雄扱いをされた。

キャブレターについての言い合いは終わる気配がなかった。互いに頑として譲らず、決着をつけるかと挑み合いにまでなりかけた。一列に並んで走り合いをする寸前まではいったが、結局はやらなかった。何といっても、今日はジョアン・パウロの晴れの日なのだから。

クラッチを繋げ、一斉に加速した。右手首をひねると一本道の向こうまでにも届くほどの爆音が道路いっぱいに響き渡った。

出発地はセニョール・ダス・アルマス教会だった。出発の合図は、ここまで誰かの尻に乗せてもらってきた少年のひとりが腕を振って行なった。こいつをあとで迎えに行ってやろうと思いつく人間はいなかった。この少年はいつもとぼとぼとひとり歩いて帰るはめになるのだが、それはこのあとの話だ。さっと腕を振り上げ、この瞬間の主（あるじ）であるとき、口輪をはめて制御せねばならない飢えた獣のように焦れたバイクたちが並ぶこのとき、この少年の頭にはこのあとのことなどありはしなかった。

そのときは、一秒一秒が胸に撃ち込まれる弾丸だった。少年は腕を下ろし、爆音に囲まれ、タイヤがこすれて焼けるタール、舞い上がる煙で濁った空気、こめかみがぱちんと割れそうな轟音を身体で感じた。そして、轟きを、煙幕を、どんどん遠ざかっていくバイクの一群がぽかりと空いた寂しさに溶けていくさまを、立ちすくんで眺めていた。エンジンを通して、乗り手はみんな身体の下の軽やかな存在と、道路の凹凸を感じていた。スピードを上げ、一本道に到達するまでいくつかあるカーブではぐっと身体を傾け、時にバランスを崩しそうになりながら走った。直線道路が始まる標識まで来ると、身体を平らにする。傾いていたバイクを起こし、両足を上げると同時に胸をフューエルタンクに押しつけ、腹をシートにくっつけたそのさまは、尻にアクセルがついた矢が飛んでいくようだった。

直線道路のてっぺん、サン・ペドロの入口には数人の少年たちが固まって立っており、そこがゴールだった。遠くからでは、先頭がだれなのかはよくわからない。全員が必死に目を凝らしながら好き勝手なことを言っていた。ぴょんぴょん跳びはねながら熱くなってだれなのかを当てようとしたが、数秒のうちに結果がわかる。バイクの一群はひゅん、という音だけを残して通り過ぎていった。

ゴール地点こそが最高速度が出ているときだ。速度が緩むのは公園の近くまで来たときで、平らにしていた身体も起きて、ようやく停まるのは交差点のあたり、広場の門のあたりだ。

ゴール地点まで戻るとき、勝った者は得意満面だ。ヘルメットを上げて顔を見せている。負けたほうはのろのろと戻ってくる。勝ったほうにあれこれとからかわれるのも、ある程度まではがまんして聞かねばならない。これは、誰もが守らねばならぬルールなのだ。金が賭けてあれば、支払はこのときだ。ジョアン・パウロはこの狂騒には絶対に加わらなかった。どのバイクも彼の手を通り、部品ひとつひとつのことを、少なくとも持ち主と同じくらい熟知していた。だから、誰が勝つかはいつもわかっていた。

工場では、自分のバイクをもっと速くしてくれと誰もが頼みこんだ。こまごまと文句をつけてくるのもいた。フネストに至っては、マフラーもフィルターもないのにガソリンを通す新しい穴をドリルで開けてくれ、なぞと言ってきたりした。ジョアン・パウロはどれだけ懇願されても顔色ひとつ変えず、超然としていた。

ジョアン・パウロはバイクがいかに大事かわかっていた。ベナヴィラやアルコレゴのダンスパーティはものすごく重要だった。あの連中はアルテールの国道の地平線を越えてモラやエストレモスまで出かけていくのだ。バイクがなければ、どうやって夏の祭りに行けばよいのか。石切り場、コルク樫やトキワ樫の林、そういったところで身をすり減らして手に入れたバイクなのだ。仕事帰りに、ただピストンだのスパークプラグだのの話をしに工場に立ち寄る若者がたくさんいたが、彼らにとってそれは自由について話すことなのだ。ジョアン・パウロにはわかっていた。彼らが話題にしているスプロケットは実際のスプロケットではなくて、幻の部品なのだと。それぞれ違う、形もない未来の夢なのだと。

メカニックについて言い合いがあると、決着をつけるのはいつもジョアン・パウロだった。排気やエンジンの知識をひけらかして彼を言い負かそうとする者も、最後には尻尾を巻くしかなかった。どれほど小さな部品にも、バイクを組み立てた職人の粋がしっかりあることを彼は承知していた。ジョアン・パウロがほかの人間と決定的に違うのはそこだった。例えば、ときどき、彼は若者たちに、同じモデルの二台のバイクが同じ工場から出荷されたばかりでまだ走行ゼロキロメートルの時点でも、同じではないことを説いてみせようともした。どちらかのほうが、もう片方より走る。これは絶対だ。こんなふうに言い切られると、みんなは目がぼんやりして頭がこんがらがったような顔をした。そして、訊ねるのだ。

なんでそうなるんだ？

すると彼は答えた。

そうならないはずないだろ？

愛車ファメリアを自慢に思うカタリノには、ジョアン・パウロのファメルXF－一七（ポルトガル国産の50ccバイク）の理論が理解できた。ツェンダップの博士号所有者ではあったが、基本的な常識というものには欠けた男だった。

婚礼の夜、ジョアン・パウロとセシリアは、床に罠でも仕掛けてあるかのように、影がひとつ揺れてもびくっとしながら新居に足を踏み入れた。ドミンガスの許しを得て、前夜にカタリノが忍びこんで好き勝手をしていったことは知っていた。まったく笑えないいたずらを仕掛けて面白がるし、いくらなんでも危険すぎるということも冗談にしようとするのがカタリノだ。ドアにすら怯えながら寝室にはいった。シーツにグラニュー糖がたっぷり撒いてあった。シーツを換えながら、かすかではあるが、妙なにおいがすることにふたりとも気がついた。ナイト・テーブルの引き出しをあけると、明け方に風にのってやってくる硫黄のにおいよりもひどい、茶色い塊のにおいが広がった。腐った卵が二個あったのだ。そのあと、洗面所でセシリアが見つけたのは濃い色の口紅で鏡の真ん中に描かれた幼稚な男性器の絵だった。

ふう。ベッドに横になり、電気を消して、結局すべて首尾よく終わったと安堵した。この日いろいろな事がありすぎたせいで両目がふたりともずきずきと痛んだ。結婚したのだ。

ジョアン・パウロがセシリアの上に片脚を乗せようとしたそのとき、バキバキという音がしたかと思うと、突然、暗闇のなかで轟音を立ててベッドが崩壊した。

トレモリノスから送った絵葉書は新婚旅行から戻ってきて数日後に届いた。家族や親戚のほかに、自分たちにも送っておいたのだ。パラソル、砂浜、ブロンズ色に灼けたビキニ姿の女たちの写真の絵葉書だった。ジョアン・パウロは、ガルヴェイアスでは絶対に履かないようなサンダルと半ズボン姿で、ビールを頼むくらいにはスペイン語が話せる自分に自分で驚いた。あの十日間は、これからの人生は、オープンテラスでカフェ・コン・レチェを飲む朝食、プールの塩素のにおい、脚にはりつく砂になっていくのじゃないかというような心持ちになった。

ジョアキン・ジャネイロはどの絵葉書も気に入った。写真も格好いいと思ったし、避暑地の話も面白いと思った。ジョアン・パウロの両親には葉書を読んで聞かせてやった。それが、ジョアン・パウロとセシリアが夫婦宛てとして受け取った最初の郵便だった。ふたりの名前が隣合わせなのは不思議な感じがした。ジョアン・パウロとセシリアへ。結婚式の招待状のようだ。どこそこのだれだれとどこそこのだれだれは、もうひと組のどこそこのだれだれとどこそこのだれだれと共に、息子ジョアン・パウロと娘セシリアの結婚式にご招待申し上げます。それからふたりの名前が丸い飾り文字で印刷され、羽根ペンをインク壺に浸して一文字ずつ気取った仕草で書いたような仰々しい文章が続く。

八月は暑いものだ。だが、この酷暑は地獄のそれだった。せめてひと粒の雨をと大地は一月からこいねがっていた。ガルヴェイアスの住民は春じゅうずっと天気のことをぼやいていた。誰もが胸の内で思っていたことをカベッサが口にした。

俺たちが死ぬとすれば、コルティソの畑に堕ちたあのクソじゃなく、干ばつのせいだろうさ。

フォンテ・ダ・モウラの溜池の水量が減るにつれ、皿にそそがれるスープの量も減った。唾でさえ、口の中で乾いていくようだった。長老たちは舌を突き出し、鼻をかむハンカチで舌を拭いた。

そのまま六月がきた。雨など望めない月だ。コルクの採取が始まると、干ばつのことは忘れられた。夕方になって涼しくなりはじめる頃、男も女も農作業用のトレーラーから飛び降りた。どんと地面に降りると身体から土埃の雲が立ち昇る。みんなで坂道を降りた。空の弁当箱、灼けた顔、ずっしりと重くなった服。労働者たちが家に帰ると数分のうちに食料品店が賑やかになる。ルクレシアは硬い干鱈を鉈で切り、皮付きの豚肉の塊を大理石のカウンターの上で四角に分けた。秤で量ってみると重すぎても、常連客は、新しい五百エスクード札があるんだから払えるさ、気にすんなと声をかけた。こうした賑やかな午後にはバルトロメウも買い手を何年も待っていたような商品をさばくことができたりした。

それから、日の光も弱まると誰もかれも外に出て軒先に腰掛けた。男たちはサンダル履きで脛を伸ばし、シャツの前をはだけて白い肌着を見せていたり、上半身は裸だったりした。女たちはもう少しましな格好をしてはいたものの、それでも同じく涼風を楽しんだ。子どもたちも、夕食後、遅くなるまで外にいた。

ポンテ・デ・ソルの美容室で三年間の下積みを経験してからセシリアは自分の店をひらくことにした。三年間、毎日シャンプーをし、床を掃きながら時機を見計らっていたが、前から父親も援助を申し出てくれていたこともあって決意を固めたのだ。最後の日、身の回りの物を箱に収めおわると、ずっと指導をしてくれていた美容師がこらえ切れなくなった。ふたりで抱き合い、大泣きした。シャンプーやジェルや染料のにおいとともに過ごした三年間が思い出された。

新しい美容院は広場からも遠くなく、ふたり組の左官に頼んで古い家を改修してもらったものだった。セシリアは、鏡、椅子、バケツ、タオル一式、ドライヤー、ありとあらゆる物を自分で選んだ。最初の数週間は新装開店ということで大いに賑わった。男たちまでもが言い訳をこしらえては顔を出し、なかをじろじろと眺めていった。セシリアがこうして新しい生活へと舵を切ったとき、ジョアン・パウロが事故に遭ったのだ。

あの時間、腰を曲げた女たちとぼろぼろの男たちの一群はトラクターをすでに降りていた。一日中コルク樫に登って斧の切っ先で樹皮を剝ぎ、それをまとめて縄でくくって吊り降ろし、積み上げられた樹皮の山のてっぺんに放り上げていたのだ。樹皮は重いし、手袋をしないと手は傷だらけになる。日はまだ高かったが、ジョアン・パウロは工場を出た。昼食のときに今夜はスペアリブにするから、食べながら一緒に連続ドラマを観ようと妻に言われていたのだ。ひと風呂浴びて、清潔なシャツに着替え、髪に櫛を入れたかった。

仕事はいくらでもあった。新婚旅行から戻ってくると、不安げな顔をした若造たちが、調子の悪いバイクを転がして次々にやってきた。みんな、このまま夏が過ぎていったらどうしようと焦っていたのだ。カノの祭りに行かなくちゃ、という者もいれば、ソウセルやカーザ・ブランカに恋人がいるんだという者もおり、そうかと思うと、移民先から休暇でアルマダフェに帰郷中の姉妹の後を追いかけまわしている者もいた。

そんなこと、俺の知ったことかよ。

ジョアン・パウロは文句を言いながらも、こいつらを助けてやれるのは自分だけだと心得ていた。みんな、しおらしい顔でなんとかしてくれよと頼みこんできた。仕事は八月にはいり、ますます忙しくなった。油だらけの指の跡をつけた領収書が作業台の隅に無造作に積まれているように、仕事のほうも溜まる一方だった。

門扉には鍵をかけたうえに鎖も巻いた。工場の部品ひとつにでも手を触れようとする人間などいやしないとジョアン・パウロにはわかっていたが、ガチャガチャいう鍵の音になじんでいたのだ。修理の順番待ちのバイクや部品を外してあるバイクは塀にもたせかけ、道にずらりと並ばせておいた。

自分のバイクにまたがった。排気量は五〇cc、ほかのバイクとは違うずっしりと太い音が出るし、発進もよかった。ジョアン・パウロは一度もレースに出たことがない。ガルヴェイアスの仲間も、周辺地域のバイク乗りたちも、それはしかたないとわきまえていた。ジョアン・パウロは一目置かれる存在だったのだ。ヘルメットを被り、あごひもを締める。ヘルメットにはTurboと文字が書いてあった。ペダルを踏む。ほかのバイクは仰天した猫のような音を出すのに、彼のバイクは人殺しの熊が唸るような音を出した。

ジョアン・パウロはスピードを目いっぱい出してはいたが、特に急いでいるわけでもなく気持ちに余裕があった。スロットルをいっぱいに吹かすのは、ジョアン・パウロが野良仕事から戻る老人でも、子だくさんのカベッサでも、ランブレッタみたいなスクーターに乗る女でもないからだ。頭のなかはいたって平穏だった。ヘルメットのシールドを上げると、涼しくなりはじめた風を感じた。と、突然衝撃を感じて空中に放り出され、あ、飛んでいる、と思った。それだけだった。

セシリアと母の声。泣き喚いている。彼がそこにいないかのように、彼のことを話している。姿は見えないが、誰かをなくしたふたりの苦痛が感じられた。父は、貧相な老人の父は、泣いていた。混乱したまま、ジョアン・パウロの心は果てしなく続く夜に、恐怖に、沈んでいった。

ジョアン・パウロは死んではいなかった。だが、自分がどこにいるのかわからなかった。

目覚めると、口がからからに乾いていた。どこかのゆっくりとした場所の奥から出てくると、少しずつ色が現実味を帯びてきて、目玉を貫くように強烈な頭痛がした。だだっ広く、薄汚れた白い部屋には誰もいなかった。この部屋は死ではない、それはわかっていたが、悪夢ではあるかもしれなかった。新鮮な空気に慣れようとしているかのように、唾液を製造しようとしているかのように、口をもぐもぐと動かした。すると看護師の顔が近づいてきた。彼女はびっくりしていて、大きな頭で、目を見ひらいて、大きな声で意味をなさない音を出した。ジョアン・パウロの唇を指先で湿らせてくれた看護師がきて、さらにほかにもきた。彼女たちは同じく意味のない音を出していたが、抑揚はあった。世界を消毒するにおいがした。

家族、つまり妻と両親が翌日やってきた。いちばん良い服を着て、緊張しきって、言いたいことでいっぱいになって。まぶたを目の上にかぶせている、くたびれすぎたジョアン・パウロの耳にはいってこないこともたくさんあった。彼はリスボンにいるのだった。サンタ・マリア病院で十一日間昏睡状態だったという。

事故に遭ったのは、鉄のベッドに横たわり、白い寝間着と病院の名が入ったシーツ、薄い毛布にくるまれている彼だけではなかった。妻も両親も事故でひどく苦しんでいた。スペアリブを焼いている最中に玄関を激しくたたく音に驚きながら報せを受けたセシリアも事故の被害者だった。ホースで水を撒いて畑をきれいにしていた両親もまた、事故の被害者だった。だからこそ、彼らはそこに、ベッドの周りにいたのだ。緊迫し、目は血走り、身の置き所もなさそうで、どう感じればいいのかも迷っているようだった。命は助かったと喜びを爆発させるべきか、全身麻痺になってしまったと身もふたもなく悲しむべきか。

数日後、カタリノが見舞いにやってくると、何かが根底から変わったような、希望があるかのような空気が流れた。土曜日だった。セシリアは、話題は尽き果てたが沈黙だけは事欠かない様子でいた。病室は三人部屋で、ジョアン・パウロのほかには片腕のないカボ・ヴェルデ人がいて、見舞客のひとりも来ないまま日がな一日、天井か、空いたベッドかを見つめていた。

言葉の台風のカタリノは、ジョアン・パウロのそばまでやってくると一瞬顔をゆがませた。友の頬を思わず軽く撫でたが、男のくせにと照れたのか、火傷でもしたかのように手を引っ込めた。セシリアが決まり悪げに手洗いに立ったとたん、カタリノは、あのバイクはまだ直せると請け合った。しっかり修理して部品も工場から取り寄せれば、元通りになるだろう。嬉しそうに、一緒に直すことにしよう、と言い出した。コルクで黒ずんだ手で、あのバイクを直すためなら仕事も辞めると誓った。

腕を上げることができないのでジョアン・パウロはただ話を聴くだけだったが、ほんの一瞬、その言葉を信じてしまいそうになって、喉の奥が軽くせりあがった。

それから、セシリアがずっと言わずにいたことをカタリノはぽつぽつと話した。それでぼんやりとしかわからなかったことの輪郭がつかめ、筋がつながった。だが、セシリアが戻ってきたときにはすでに話題はほかに移っていて、カタリノはファメリアについて熱弁をふるっていた。ガルヴェイアスからリスボンまで約三時間の道のりでファメリアがどうだったか、途中アゼルヴァディニャで休み、あいつを冷やしてガソリンも入れてやり、自分はコーヒーを飲んだことなどをしゃべりまくった。


婚礼写真を見ないように目をつぶった。呼吸は静寂と混じり合い、静寂は時間と混じり合った。この水槽の内側にいると、舅の犬が吠えて合図をよこした。母の声とドミンガスの声が、裏庭の植物の上で踊っているようだ。どれだけ水を撒いても枯れてしまった花壇の上で。母の声とドミンガスの声が、暑くまばゆく、蝶たちも燃えるような羽でまっすぐは飛べないような九月の空中に飛び交っていた。部屋では、ジョアン・パウロの顔はしわの一本たりとも変化がなかった。変化させる力がないからだ。

ドアがあいた音がして、誰かに触れられたような、誰かに寄りかかられたような感じがした。母の身体がドアに下げられたリボンの暖簾をくぐる。レジ袋が台所のテーブルに置かれる音。そして母が彼を呼ぶ。邪魔をして悪いね、とでも言いたげに、あたかも彼が何かをやっているところを邪魔できるかのように、あたかも彼の無関心、彼の距離を邪魔しないでいるのが可能であるかのように。

目をあけた。すぐに、靄がかかり焦点が定まりはじめた彼の視界に母がはいってきて、元気のない子どもに話しかけるようにわざとらしく節をつけて話しかけてきた。作り笑顔の裏の母の苦悩をジョアン・パウロは思った。

教会の墓地から村の空を突き抜ける鐘の、太陽で熱く灼けた音を聞く者はいなかった。とりとめのない会話をあふれさせながら出入りする母の動きをジョアン・パウロは追わなかった。母に上掛けをはがされても驚きもしなかった。言葉はどれもひと続きのぼんやりした音でしかなく、くぐもったブザー音のようだった。母は彼の上半身を湿った布で拭いた。ジョアン・パウロは何も感じず、水の音と母の声との混じり合い方で何をしているか理解した。それから母は意思のない腕を持ち上げた。硬く、肘から曲がった両腕を、何かの物のように、息子の両腕を濡れた布で拭いた。

感覚はなくても、母が腰を持ち上げたのがわかった。母の力たるや尽きるところ知らずで、パンツを引き下ろした。病院であらゆるものをうしないながら、ジョアン・パウロが最初にうしなったのは羞恥心だった。これは死んだ肉体であり、意思のない重量であり、シャム双生児の片割れの遺体なのだ。これ以上ないほどに、母は丁寧に息子を洗った。

沈黙は敵とばかりに母はいつも何かつまらぬことをしゃべり続け、新しいタオルで彼を拭いた。洗ったパンツを穿かせてやり、寝具でくるんで、お人形さんのように寝かしてやった。出て行ったと思うとまた戻ってきた。出ては入り、出ては入りした。両手を使って、彼の脇の下を支えて頭を持ち上げた。よだれかけの代わりに、胸のあたりに布巾を広げた。それからスプーンで食事を与えはじめた。

ジョアン・パウロは、しぶしぶ唇を薄くあけた。スープに浸されたパンは彼の口をいっぱいにし、硫黄の哀しい味がした。

ブラジル人はみんなパン屋なんだろ。ガルヴェイアス訛りの人間であれば言いそうなことだ。イザベラはこういうもの知らずな言葉を聞くとかっとして、誰もわからないのを幸いに、罵り言葉をつぶやいた。こういう偏見に満ちた言葉を耳にすると肝臓がねじれる気分になる。ブラジル人はみんなパン屋だと決めつけてかかるなんて阿呆くさいにもほどがある。だったら、フェイジャン・トロペイロという郷土料理で育った生粋のミナス・ジェライス人のイザベラにしたらポルトガル女はみんな商売女だということになるではないか。ベロ・オリゾンテ（ブラジル、ミナス・ジェライス州の州都）でイザベラが知っていた唯一のポルトガル女は、免状を持った、プロの鑑ともいうべき商売女だったのだから。

ファティマかあさんのあの秘儀の右に出るものはいなかった。あれだけの深い叡智を身につけるには、研究と実験に生涯を捧げる覚悟でないといけない。郊外の掘立小屋で客を取っていた女の子たちは、ファティマかあさんがからからと高笑いしながら嬉しそうに話す内容を聞いてはショックを受けたものだ。歯が全部なくなっちゃったのは仕事のせいさ、と大真面目に言い切った。二〇年代の男たちのあれは今の男どもよりずっと太かったからね。

骨の髄までポルトガル人だと自称するファティマかあさんは、感傷的な気分になると故郷の男たちの細くて長いあれを懐かしんだ。祈りをつぶやくように低い声でファドを口ずさんでいたかと思うと、気を取り直すにはワインだと三杯あおったり、それより効き目があるのはこっちだと札束をふたつほどポケットにねじ込んである、あれが太い男たちの膝に抱かれにいったりするのだった。だが、あれはファティマかあさんの話であって、イザベラはポルトガル女がみんな商売女だなどと考えたことなどない。一国の女が全員尻軽だなんてあり得るはずがないし、理解に苦しむ。そういう考え方をパン屋についてもできないのだろうか。あんなことを言う人たちはテレビでブラジルのドラマを見たりしないのか。毎日、連続ドラマの時間になるとガルヴェイアスの通りには人っ子ひとりいなくなるではないか。ガブリエラ（ブラジルのドラマ『丁子と肉桂のガブリエラ』の主人公）がパン種をこねているところ、見たことある？　奴隷のイザウラ（ブラジルのドラマ『奴隷のイザウラ』の主人公）がパンの発酵で気をもんでいたこと、あるの？

　だけどドラマってのは作りものじゃねえか、と酔客にしたり顔で言われたイザベラの堪忍袋の緒がついに切れかかったところを、一緒に飲んでいたダニエル神父が、すでにご当人もだいぶ聞し召してはいたが、救いの手を差し伸べてくれた。

　いや待て。アマゾンっていうのはブラジルにあったんじゃないか。

　そこからインディオがみんなパン屋であるはずはないという結論を導き出した。ほかの男たちはしばし考えこみ、そのまま居眠りを始めるかと思いきや、急にそいつはそうだと神父に同意した。

　後日、イザベラが気分を害していることに気づいていた神父は、機を見計らってそっと彼女を店の隅に引っ張っていった。けたたましい音楽とチカチカする電飾に囲まれて、その耳にささやいた。イザベラは小さい耳をしていた。ブラジル人はみんなパン屋だと村のみんなが思いこむのは、あんたのパンがとびきりうまいからだよ、神父はそう言ってくれた。

　神父を見たイザベラの周囲から騒音が消えうせた。へべれけではあったけれど、自分を慰めようとしているこの男の優しさに心打たれた。

これは、当然ながら名のない物の前、パンが酸っぱくなる前の話だ。

あれから、台に打ち粉をふったり熱い窯の前で座ったりしながら、折に触れてイザベフはダニエル神父の言葉を思い出した。イザベラは自分のパンに誇りを持っていた。この誇りこそがイザベラを支えてきたのだ。何を言われようとめげなかった。ガルヴェイアスに来る前から、ファティマかあさんにも出会う前から、ずっとだ。心の奥にしまってあるこの気概は、物心がついた頃には粉だらけの父の膝に抱かれていた思い出から湧き出るものだった。父の名はウビラタン・デ・アルメイダ。サン・ジョアン・デルレイに生まれ育ち、ベロ・オリゾンテ市の中心を南に下ったスラム街アグロメラード・ダ・セラにヴィラ・マルソラという一角を造りあげた男だった。

九月、日が傾きはじめてもなお暑さが厳しい夕方、イザベラは墓地に向かって歩いていた。道の端を歩いてガソリンスタンドの前を通り、交番の手前までやってきた。すたすたと歩けるこの靴は、ポンテ・デ・ソルのバスターミナル前の薬屋で買い求めた黒い医療用矯正靴だ。高い踵の靴はうんざりするほど履いている。頭には麦わら帽子、腕には籠のその姿は、散歩にでも出るような出で立ちだ。ゆっくりと歩きながらも冴えた頭で、イザベラはどの国にもパン屋と娼婦は必要不可欠だということを考えていた。硬くて滋養のあるパンばかりでは誰も生きてはいけないのと同じように、はかなく抒情的な性愛だけで人は生きてはいかれない。肉体にはあちらもこちらも必要なのだ。それは国家とて同じことだ。

七月のこと、一日でいちばん暑い時刻に戸を叩いたティィナ・パルマダのことを、パンを買いにきたのかとイザベラは思った。ふたりはそのまま黙って向き合っていた。イザベラはティナがパンを入れる袋を差し出して注文するのを待ち、ティナはそこに行きさえすればそれでいいと思っていたので待った。互いに勘違いをしたまましばらく時がすぎ、ようやくふたりとも口をひらいた。

商魂たくましいイザベラは、手伝いが来てくれてどれだけ助かるかなどと、すぐには顔に出さなかった。その前の週にひとり辞めて、腕が二本とおっぱいがふたつ、足りなくなっていたのだ。源氏名ソランジェことロザリオは、モンタルジルの工夫(こうふ)と夜逃げしてしまっていた。

ロザリオのときよりソランジェのときのほうがずっと有能な娘だった。パンを作る腕はからきしだったが、そのぶん男の扱いのうまさで挽回した。男どもはしかにでもかかったように、あっという間に彼女に熱を上げた。そんな男たちのあいだでも、例の工夫は懐の温かさで頭ひとつ抜きん出ていたということだ。

そうした計算高さはイザベラにも理解できた。それにしたって、挨拶のひとつくらいあってもよかったろうと傷ついた。

仕事場をティナ・パルマダに説明しながらひと回りした。胸元をはだけ、風を送って汗を乾かしているパウラとフィローがパンこね機によりかかって煙草を吸っていた。ふたりは、目でティナを吸いこまんばかりにじろじろと観察した。この子の名前はあちこちで聞いていたし、その話はどれも少しずつ違っていたりもした。ふたりともにっこり微笑みかけた。この子の内気さも、若気の至りの中絶も、他人のこととは思えなかった。

四月の初め、ティナ・パルマダの腹が目立ってくると、イザベラの店のソファでですら、子どもの父親は誰かという憶測が飛び交ったものだ。ロウリニャン産のウィスキーで熱くなった男たちの口からは所帯持ちの男の名前が三つ四つあがったりした。

五月の祭りになっても、村はこの噂でもちきりだった。ところが、さらにそれを上回る大スキャンダルが起こった。すっかり腹の出たティナ・パルマダがメリーゴーラウンドを回していた男と逃げたのである。

気の毒な母親が恥をしのんで娘の行き先を訊ねに出向いたが、メリーゴーラウンドの女は切符売り場から出てもこないで、知りませんよとつれなく答えた。この女も、アルマンドとかいうこの男から迷惑をこうむったのだ。メリーゴーラウンドを放りっぱなしで逃げられて、くる病の息子とヘルニア持ちの亭主が全部片づけなくてはならない羽目になった。

歳は二十といくつかで、汚い歯をしたプリオル・ヴェーリョ生まれのアルマンドという男は、ロビアラック塗装会社のロゴが縫いこまれたキャップを被り、サンジョという国産のスニーカーを履いて、親指のつけねにはサイコロの目を模した五つの点のタトゥーがあった。

それから一か月半後にティナ・パルマダはメリーゴーラウンドから降りてきたのだが、何もわからずじまいだった。ただ、ティナの腹は平らになり、新しい服を着て髪の毛を脱色していた。それまでの時間はティナが瞳の奥の秘密としてしまいこみ、誰にも何も語らなかった。

だが、イザベラにはどうでもよいことだった。そういう話をほじくり返す気持ちはさらさらなかった。

七月のあの午後、みんなで店にはいった。午後のなまなましい日光に照らされると、満杯の灰皿や淀んだ煙草のにおいが露わになって、夜の店とは別の場所だった。ガラスのテーブルは傷だらけで汚れていた。ベンチにもソファにも埃が積もっていた。バーのカウンターは安っぽく、暗闇とチカチカ色が変わる照明が必需品だった。それから、ストレッチのズボンに包まれたでっぷりした尻と、柱のスピーカーから流れてきてあちこちをごまかしてくれる歌謡曲も必要だった。

家の仕組みを説明しつつ、イザベラには相手が理解しているのか確信がなかった。ティナ・パルマダは、パンの作り方を教えてもらっても、男を手玉に取るやり方を教えてもらっても、ずっといぶかしげな顔をしたままだった。だが、どれも時間とともに学んでいくだろう。

　夏にはいり仕事は増えていた。出稼ぎに出ている人たちが懐しい味を楽しみに帰郷してパンを食べる口が増えたし、コルク樫の収穫が終わって財布の底をくすぐる金もみんなにはあった。イザベラは、日曜を除いた毎朝、焼きたてのパンが並ぶよう、月曜を除いた毎晩、男たちが女の柔肌を楽しめるよう、矜持を持って店の女たちを指導した。

　ティナ・パルマダが加わり、店の女はふたたび四人になった。仕事はきつかった。どれだけ店が混み合ってきても、女たちは工夫して時間どおりに店を出たりはいったりして、あうんの呼吸でやりくりしてはパン種の発酵を監視し、必ず最高の焼き上がりのパンを作った。フィローがストリップをやる十分間、これが大事なのだった。フィローが脚を引きずるようにしてじわじわと舞台に姿を見せはじめると、それ、とばかりにほかの女たちは店を出てパン種に取りかかった。フィローがおっぱいを揺らし、尻を丸出しにするグランドフィナーレのあいだに、型に入れたパン種が載った重たいトレイが窯にどんどんいれられた。

　イザベラは硫黄のにおいを取り除こうとあらゆることを試みた。ひどく思い悩んで目の下には隈ができ、手紙で家族に愚痴を書き綴った。ミナスでは、姉のひとりでバイーアの男と結婚したジュシマラが宗教の指導者（パイ・ジ・サント）と親交があるとかで、あんたのところの厄を払うために礼拝所で祈ってもらったからね、と書いてきた。つまり、ミナス・ジェライスの州都ベロ・オリゾンテのノヴァ・シントラという町のガレージに、シャンゴー（アフリカ由来のブラジル秘教の精霊）を崇めるジェジェー系ウンバンダ教の信徒たちが集い、その夕はずっと打楽器を打ち鳴らし、歌ったり手を叩いたりして海の向こうのガルヴェイアスのパンから悪事が遠ざかるよう、祈ってくれたそうだ。さらにそのあと、パイ・ジ・サントからもらい受けた粗塩を姉が送ってきた。重さが五キロもあったので、ジョアキン・ジャネイロが車を出して手ずから運び入れてくれた。その塩を自分の肩にかけたり、パン屋の店内に撒いたり、パン種に混ぜたりもしてはみたが、変化はなかった。パンは変わらず、ひどい味のままだった。父のウビラタンはすでに亡く、自分の仕事を唯一継いだ娘の災難を知ることはなかった。父を思うと知らず知らず涙があふれてきて、どうかすると泣き出してしまいそうになる。するとイザベラは涙をごまかしてほかの女たちに自分の弱さを気取られまいとするのだった。

隣のアヴィスからきて、ガルヴェイアスと書いた標識の前を通り過ぎると、奇妙なほどに硫黄のにおいがきつくなった。イザベラもこの悪臭に慣れることは決してなく、においを嗅ぐといつも嫌なことばかりを思い出した。墓地はこの奥にあり、白い石塀に囲まれて糸杉や墓碑が並ぶ様子は小さな想像上の町のようだった。イザベラの歩調は変わらなかった。

前年に父の墓碑の写真が母から送られてきていた。父の名と父の年月日、いつ生まれていつ死んだ、と書いてあるその隣には同じ大きさの空欄の枠があった。そこはいつか隣に来る妻のために空けてあるのだ。この世界にもう父がいないと思い知るのはつらかった。父のあご鬚の感触が思い出されて胸が痛んだ。父の葬式が執り行なわれている様子を想像するのもつらかった。自分以外の家族みんながそろっていて、自分はまるで娘ではないかのよう、姉妹のひとりではないかのようだ。さらに墓碑の写真がいっそうイザベラを苦しめた。ママの場所がもうあるなんて。その未来はもうすぐそこだ。ここ数か月、いやな夢を見ては目が覚めた。母の報せを告げる短い電報が届く。ママガシンダ、丸。母に会いに帰りたかった。母に抱きしめられたかった。この自分が、いつまでもガルヴェイアスに縛りつけられているなんて想像できなかった。

あの人さえいなければ、とっくに発っていたのに。風俗店とパン屋を始めるのに費やした労苦など、たいして気にはならなかった。九年間パパイヤを一度も口にせず、九年間道いっぱいに広がる羊の群れを見て、九年間足場の悪い敷石の舗道に耐えてきた。人生とは出会いと別れ、そんなことはわかっている。給水所の水を飲むのはもううんざり。アレンテージョ地方の小鳥たちにも、横目でこっちを見ながらパンの釣り銭をごまかそうとする黒ずくめの老婆たちにも、もううんざり。五十センターボや十トスタンの硬貨で喉をつまらせりゃいい、あのばばあども。

あの人さえいなければ、とっくに発っていたのに。ああ、懐かしいアフォンソ・ペナの大通り。サヴァッシの店で冷えたビールを一杯、ぐっと飲むことができたなら。甘いにおいの煙を立てるフォルクスワーゲンのビートルたち。そんなことを考えているうちに記憶のなかでセルタネージャ（ブラジルのカントリー・ミュージック）の音楽が流れ出す。向こうは暑さもしっとりと甘く、ここみたいにからからに乾いて焼けた鉄を皮膚に押しつけるようなものじゃない。もっと濃い血が流れた暑さなのだ。

あの人さえいなければ、とっくに発っていたのに。イザベラは飛行機のタラップを上る瞬間を思い描いた。腕からはバッグをぶらさげよう、細かいところまであしようこうしようと計画を立てる。飛行機にはいるときには後ろは振り向かない。

墓地の門扉を押した。午後のこんな時間では、まだうだるような暑さだった。

両目をかっと見ひらいて、人差し指を指揮棒のように振り振り、彼女は言った。

誰にだって、運命の場所ってもんがあるのさ。誰の世界にも中心がある。あたしの場所はあんたのよりましだとか、そんなことは関係ないの。自分の場所ってのは、他人のそれと比べるようなものじゃない。自分だけの大事なもんだからね。どこにあるかなんて、自分にしかわからないの。みんなの目に見える物にはその形の上に見えない層がいくつも重なっているんだ。自分の場所をだれかに説明しようったって無駄だよ、わかっちゃもらえないからね。言葉はその真実の重みには耐えられない。そこははるか遠い昔からの肥えた土地、死のない未来へと続く小川の源流なのさ。

ファティマかあさんは、死ぬ前の数日間こんなことばかり話していた。看護師たちは、もう頭が混乱しているのだと決めつけてまともに耳を貸そうとしなかった。話をしないでいるときはじっと黙っていた。そうかと思うとやぶから棒に、だが筋がしっかり通った講釈を始めた。六十歳を過ぎてからの潤滑剤の使用について、歯なしフェラチオの有益性についてなど、そのたぐいの得意分野がテーマだ。

イザベラはいつでも耳を傾けた。まだ二十代の初めで、休みもなく働きづめだった。それでも、毎日少なくとも一時間はファティマかあさんのそばにいる時間を捻出した。細かい性描写、なまなましすぎる卑猥な話、脈絡のない断片的な語りを表情ひとつ変えずに傾聴しては記憶の引き出しにしまっておいた。いつか理解する日が来るだろうと思ったのだ。例えばこんな話だ。

遠くったって、なあんにも関係ないさね。あたしの場所はあそこなんだから。いつだってあたしのことをちゃんと待っていてくれるとわかってる。空気がおいしくて、みんな健康でにこにこしている。年齢のことなんて思い煩うこともない青春の味だよ。

相当がんばりはしたけれど、イザベラには全部は理解できなかった。それでも、そんなことは気にも留めず、この老女が選び取って使う言葉を味わい、この数十年というもの隠してきたのに、このところまた戻ってきたポルトガル訛りに聞きほれた。とはいえ、イザベラが毎日この病室にくるのはほかに目論見があってのことだった。

入院前、まだ頭もしっかりしていたおかみのファティマかあさんは、あらゆる点を考慮してイザベラこそが自分の後継者だと公言していた。イザベラをひいきにしたという証拠のひとつが、初めて会ったその日に持ち出してきた交換条件だ。あたしが死んだら、ポルトガルまで連れて帰って生まれた土地に埋葬されるまで見届けておくれ。そうしたら、あんたをあたしの唯一の後継者にしてあげる。

　イザベラは、そんなずっと先の話をしたって無駄よ、と穏やかに笑い飛ばしはしたものの、拒みはしなかった。つけまつ毛に真っ赤な口紅のファティマかあさんも、それ以上しつこくは言わなかった。当時すでに八十歳を超えていたかあさんだが、イザベラの眼にある光を見逃がさなかったのだ。

　老女が語るガルヴェイアスはあり得ないことだらけだった。

　広場はこっちの百倍くらいはあるんだよ。ベロ・オリゾンテのどこを探したってガルヴェイアスみたいに広大な広場はないさ。嘘だって？　ミナスの州を探しても、ブラジル中を探しても、ガルヴェイアスみたいな大きな広場があるとこはないよ。そりゃ大きいのさ、ほんとにね、ものすごく大きいのさ。

　イザベラは疑いもせずに聴いた。

　だけどね、ガルヴェイアスのほんとの宝ってのは、人さね。ああ、そうともさ、あたしの生まれ故郷はね、ほんとに心根のいい人ばかりだったよ。

　こういう話を聴くのは、たいてい売春宿に閑古鳥が鳴いている午後だった。クッションにもたれて何かに憑かれたようにしゃべるファティマかあさんは、自分の生まれ故郷の話をしながら幸福な悲しみに酔いしれているように見えた。そう、この言葉がぴったりだ、とイザベラは思った。この老女の肩をすぼませるのは、幸福な悲しみだ。空に奇跡のごとく浮かぶ雲の上に建てられた聖サトゥルニノ教会、水を飲みにやってくる者に合わせて冷たくなったり温かくなったりする水が流れる給水所、純金の土台に敷石が並べられた舗道、そんなガルヴェイアスの話にほかの女の子たちはまったく興味を示さなかった。ただひとり、新入りのイザベラだけが胸をいっぱいにしながら一心に耳を傾けていた。ほかの娘たちは聞き流し、石鹸だのオーデコロンだのの話に夢中だった。くすくす笑いながら好奇心をむきだしにして群がってくるのは、ファティマかあさんが太いソーセージの話をしているときだけだった。

かあさんは始終こういう話をしていた。こちらの注意を引くためにそんな話を繰り返すのかとイザベラも最初は思っていたが、すぐにそうではないと知った。当時、ベロ・オリゾンテの街には八十を超えた娼婦は三人しかいなかったが、ツケで遊べるところはファティマかあさんのところだけだった。売り掛けが全部記録してある帳面が一冊あったのだが、それがある日なくなってしまった。それでも、かあさんは一向に意に介さなかった。

まだ手であれをつかんでいるかのような身振りでかあさんは話した。いつでも、見えない棍棒を握って身振り手振りを加えて話をするのだ。経験豊富なことが自慢の種で、自分はありとあらゆる色と形と味を知っていると豪語した。そのうちのいくつかには強烈な印象があるらしく、思い出すうちについうっとりとした。時には夢中で話しているうちに、何年も前に切除した子宮があるはずの箇所がちくちくとしてくるのだった。

あたしを連れ帰ってくれたら、あんたに全部あげる。ふと意識が戻ると病室でファティマかあさんはささやいた。

かあさんが死ぬと、イザベラは約束を果たした。

ベロ・オリゾンテからリオ・デ・ジャネイロまでは、登り坂ではエンジンが止まるんじゃないかというトラックで旅をした。棺はたいそう軽く、女手でも担いだり降ろしたりがわけなくできたので、脇に抱えて移動した。それからトラックを乗り換えてサン・パウロ州のサントス港までたどり着き、ポルトガル行きの貨物船に乗り込んだ。棺はうやうやしく冷凍庫にしまいこまれ、ブラジルの牧場から直送のランプ肉の串刺しやその他のおつまみなどの冷凍品の横に鎮座していた。

責任者の義務として、イザベラはコックの願い事を叶えてやる代わりに、折に触れてかあさんの棺を見に行くことを許可するという交換条件を取りつけた。こうして、冷気の中でイザベラがかあさんの状態を確認しているあいだに、コックはその背後で仔犬のように小刻みに腰を振っていた。

二週間におよぶ航海を経て、新しい人生を約束するレイションイスの港にたどり着いた。船員たちはそろって目に涙をためてぐずぐずと別れを惜しんだ。こういう情けない男たちの姿に慣れっこのイザベラは、辛抱強くひとりずつもう一度抱きしめて挨拶した。

ポルトのカンパニャン駅からトーレ・ダス・ヴァルジェンス駅までは電車を二度乗り換えなければならなかった。リスボンまでまだあるというのにファティマかあさんはすでに解凍されてしまっていた。異臭のおかげで、コンパートメントは独占状態となった。車掌ですら切符に鋏を入れに来るのを拒んだ。電車の揺れに身を任せ、イザベラは夢も見ず眠りこけた。二等席でも、イザベラにとっては一等席も同然なのだった。

駅からガルヴェイアスまではタクシーで着いた。ずっと窓から顔を出してきょろきょろし通しだった。棺は後ろのトランクをあけて、ぐるぐる縛って止めつけた。

ダニエル神父はファティマかあさんの名前をよく知っていた。教区に毎年寄付を送ってくれていた篤志家で、彼女の寄付金だけでこれまでもミゼリコルディア教会、教区教会、その他のチャペルなどもろもろの修繕をまかなってきたのだ。たったの一時間半ほどで、なすべきことが手際よくなされた。ミサが唱えられ、弔鐘が鳴らされ、墓掘人は土の小山を作ってシャベルの先でトントンとならした。

約束どおり、五十年の時を経てファティマかあさんはガルヴェイアスに永遠に帰ってきたのだった。

墓地で、イザベラは大理石の墓碑を拭いていた。とにかく埃っぽい夏だった。バケツの水に浸して絞った雑巾で表面を撫でるだけではきれいにならなかった。この汚れはたわしでこすらなければ取れないだろう。それにしてもこの積もりに積もった汚れはひどい。九年が経って、やっぱり石材屋にごまかされたことはほぼ確実だと思った。この石は研磨が甘く、ざらざらしすぎていた。

当時のイザベラは忙しすぎて、こういう細かいところにまで目が行き届かなかったのだ。生のブラジル人を見るのは初めてという村人たちが目を丸くして見守るなか、イザベラはファティマかあさんの家族が所有していた家でパン屋と風俗店をひらくべく孤軍奮闘していたのである。

できることはした。名前も、年月日も間違えなかったし、ちゃんといい言葉も選んで彫ってもらった。「永遠に懐かしき人」。ブラジルと何通も手紙のやり取りをして写真を送ってもらったのだが、墓石に焼きつけるにはふさわしくないものばかりだった。写真がはいるはずの場所は半年間楕円形の枠だけがあった。どの写真でもファティマかあさんの顔には卑猥さが隠しようもなくにじみ出ていた。イザベラは気を入れて、とにかく全部の写真を検証した。その結果、楕円形の枠には「ファティマの聖母」の絵を入れることに決めたのだった。同じ名前があって助かった。神父も即座に同意した。

それはいい選択だ、イザベラさん。現世であれほど献身的な人生を送られたご婦人だ。ファティマさんの天への旅立ちは、聖母さまが清きまなざしで見守ってくださるに違いないよ。

おれの娘をコケにしやがって。今度はおれがほかの娘をコケにする番だ。

ティナ・パルマダの父親は、来店したときすでに酔っていた。ちゃらちゃらした見慣れぬ顔の若造たちも連れていた。音楽のボリュームは最大になっていたが、それでも若造たちのどんちゃん騒ぎの大声をかき消すことはできなかった。店にはいるや、ティナ・パルマダの父親は五千エスクードの札をカウンターに叩きつけて、ウィスキーをひと瓶くれと頼んだ。親父さん、やるねえ、と若造たちが囃し立てた。場慣れしていないティナ・パルマダの父親は、阿呆面でにやにやしていた。出かける前に風呂も浴びていたし、一張羅のシャツも着ていたが、ボタンは腹のところまではだけていた。日に灼けているのは顔から首と鎖骨までで、帽子のない禿げ頭は生白かった。その頭がいまは、店の照明に合わせて赤、青、紫になっていた。父親は時おり急に立ち上がって喚き出した。

おれの娘をコケにしやがって。今度はおれがほかの娘をコケにする番だ。

イザベラはティナ・パルマダにパン屋から出ないように伝えた。厚化粧とアクセサリーで飾り立てた甲斐もなく、その夜は、トイレに立つふりをして指導をしにきてくれる先輩たちの助けを借りてティナ・パルマダがパンを焼いた。

十二時を回ったころ、嫉妬に燃えたカタリノがむっつりと入店してきた。パルマダの親父がアクルシオで一杯ひっかけ、シコ・フランシスコの店でワインをしこたま飲んでから、エルヴィデイラの奴らを連れてこの店まで降りてきたことが耳にはいったのだ。

イザベラはカタリノの隣に座った。そして、グラスのなかで氷が溶けるまでそのままふたりでいた。カタリノは無言のまま尊大な目つきで向こうのテーブルの男たちをにらみ、きっかけを待ち構えている様子だった。男たちのひとりがパウラを引っ張って膝に乗せたときには立ち上がろうとしてグラスまで倒れたのだが、イザベラが腕を引いて止め、剃り残しのざらざらのひげを撫でてなんとかなだめた。

ときどき、このカタリノを扱うのはうんざりだと思うこともあった。翌日になれば、この酔客たちは宿酔（ふつかよい）になっていることだろう。カタリノが彼らよりも回復に時間がかかるのは間違いない。熱情を感情と混同してしまっているのだ。イザベラはカタリノの約束をあれもこれも全部信じているような顔をして聴いていた。そんなのは無理よと説いたところで無駄だとわかっていたし、二月の毎週火曜日、客が他にいないような夜には彼が置いていく金が必要だということもわかっていたからだ。それに、そう、イザベラはもっとずっとよくわかっていた。なにしろ彼よりは十一も多く歳を取っていたのだ。彼女はもう三十の扉をとっくに通り過ぎたというのに相手はまだ二十歳の頃の熱にしがみついていた。それに何より、彼女の背後には、何マイルとはるかに続く大海原があるのだし、説明なんてできっこない秘密があるのだから。

　イザベラが氷を取りに席を立ったとき、エルヴィデイラの男たちのひとりが彼女の尻を叩いた。固い岩のような手だった。次の日、糸杉の根元に水を捨てようと屈んだときにもまだ尻が痛んだほどだ。墓地の水道でバケツをすすいだときにも、まだ痛かった。

　カタリノを抑えるのは不可能だった。エルヴィデイラの男に身体ごと飛びかかっていった。

　パウラとフィローはただ叫ぶだけだった。怒りのすさまじさのせいか、それとも相手の男たちは酔いが回って動きが鈍かったせいか、カタリノはまたたく間に男たちを外に放り出した。通りの向こう側では、壁にぴたりとくっついたミャウが恐怖に震えながら一から十まで見ていた。カタリノが男たちを追い出した隙に、イザベラは本人も押し出してドアを閉め、鍵をかけた。柱から大音響で流れる音楽の静寂だけが残った。

　大理石に触れると、午後の気温も下がりはじめているのがわかった。もう店に戻らなくては。山のような仕事が待っている。でも、もう少しだけ。墓地をぶらついて涼風を感じていたかった。

前夜、騒動の直後にイザベラは音楽を消して女たちと煙草を吸った。気を鎮めるために真正のピンガをグラスに二杯、一気にあおった。それは又従兄（またいとこ）というのだろうか、母の叔父の孫とかいう男がブラジルから来るというので持ってきてもらい、わざわざリスボンまで受け取りに出向いた貴重な酒だった。どう気持ちを抑えたらよいかわかりかねているときに、鼾が聞こえてきた。

ソファとソファのあいだに倒れて、ティナ・パルマダの父親が泥のように眠っていた。

みんなで起こしにかかったが、まぶたは重く、無理やりあけさせても目玉は裏返っていた。なんとか起こしはしたものの、立っているのもやっとだった。ティナ・パルマダが脇の下から支えて、父親を揺すぶった。ドアに立ってイザベラは、よたよたと遠ざかっていく父と娘を見つめていた。遠くからでも、そして酔っ払い特有の回らぬ舌で叫ぶ声でも、なんと言っているのかは聞こえた。

おれの娘をコケにしやがって。おれの娘を。今度は。

そこであきらめたのか、静かになったが、また突然思い出したようだ。

おれの番だ。おれがやってやる。今度はおれだ。ほかの娘たちをコケにしてやる。

墓地で立ち止まり、目を閉じて両腕をだらりと落としたイザベラは、酔っ払いはもううんざりだと思っていた。知らない男の手につかまれるのもうんざり。カタリノにも、ミャウにも、変な味のパンにも、この日々にも、この土地にも。

あの人さえいなければ、とっくに発っていたのに。

スープがスーツケースのなかで漏れていた。これ以上ないほど注意して運んだし、バスのトランクに載せるときも運転手にはくどいほどに念を押して、ほかの鞄を上には載せないでくれと頼みもしたのに、スープは漏れていた。プラスチックの容器にはまだたっぷり残ってはいたけれど、縞模様のブラウスには汁と油の落ちない染みがついてしまった。今晩、これを着るのはあきらめるほかない。

無駄とは思いつつ、スープはいらないと何度も言ったのに。母はお構いなしに洋服とノートの隙間にオレンジを二キロ、大きなスポンジケーキを半分、トマトのリゾットと小鯵のフライ、ミガス、リブ肉、スープをそれぞれ容器に詰めて、さらに大家のジューさんのお土産にロールキャベツも詰めこんだ。ラケルは、リスボンのモライス・ソアレス通りの部屋で、ベッドの上に広げたスーツケースからそれらの包みを全部取り出して、勉強机に載せていった。漏れてしまったのはスープだけで、容器の隅からポタポタ落ちる汁を、ケーキを包んでいた紙でぬぐった。

ポンテ・デ・ソルとリスボン間を隔週ごとに往復するようになってから二年経っており、いまではすっかり慣れていた。だが、最初の学期はきつかった。モンタルジルを過ぎるころにはつい出てくるげっぷをこらえ、コルーシェでは目が回り、ヴィラ・フランカ・デ・シラでは目にはいってくる色がチカチカとした。ついにはバスの通路にもどしてしまい、終点に着くまで、カーブに差し掛かったり丘を越えたりするたびに自分の吐瀉物が前へ後ろへと流れていくという恥に耐えねばならないこともあった。

夏休み、七月と八月はリスボンの地を踏まずに八週間を耐えた。暑さを遮るために閉めた窓の後ろで、せっせと母を手伝った。休みのあいだに三度、隣人が扉を叩いてリスボンの友だちのグラッサという子がラケルと話したいって言っているよと、電話が来たことを教えてくれた。何度もお礼を言いながら、隣のクララ・ローラおばさんがつっかけを引きずって歩く後をついていった。おばさんはクロスがかかった丸机の上に鎮座している黒い電話をにらみながらソファに腰を下ろした。おばさんは電話が鳴るといつでもぎょっとしてしまうのだ、鉄製の目覚まし時計でもあるかのように。

グラッサはトマールから電話をかけてきていた。話は手短に済まさねばならず、あっという間の数分は、それでもふたりにとっては大事な時間だった。クララ・ローラおばさんの家族の写真、消されたテレビ、バルトロメウの店で買った陶製の人形たち、トマトとニンニクを炒めたにおいに囲まれながらも、ラケルの気持ちは親友の声を聞いて浮き立った。家に戻るときには鼻歌が出た。

こうしてダンスパーティの約束を取りつけたのだった。

なんだって金曜の夕方にもう行っちゃうの？　ここで週末を過ごしてから日曜の昼に出ればいいじゃないの。

母にはわかってもらえなかった。父は、いつものごとく何も言わなかった。ラケルは適当な理由をこじつけたが、嘘をつくのは気が進まないので繰り返しはしなかった。

ジューさんにもダンスパーティのことは教えていなかった。閉じた個室のドアの向こうから、テレビの音とジューさんが台所で動き回る音が聞こえてきた。ラケルはドアをあけた。板張りの廊下を歩くと客間のガラス棚に飾ってあるグラスまでもが揺れた。

ジューさんはロールキャベツを受け取っても、にこりともしなかった。家賃の条件などを確認するため、みんなで顔をそろえて座ったときから、毎回里帰りするたびに何かしら畑のものを土産に持ち帰っていた。失礼します、と断ってから冷蔵庫をあけると、ラケルが食べものをしまうことになっている一角には他の物が置いてあった。ジューさんは不機嫌な口調で整理する時間がなかったんでね、と言った。

容器を抱えて部屋に戻った。ラジオをつけた。ミガスの容器を開けて、二、三口、食べてみた。ラードと唐辛子とともに硫黄の味がした。ラケルはむせて、容器に蓋をした。

もっと大きな鏡がほしかった。こんな、手のひらにおさまるような丸鏡では間に合わない。精一杯腕を伸ばしても、顔の半分しか映らなかった。縞模様のブラウスのかわりに着た緑のブラウスはプリーツ入りの青いパンツによく似合っていた。はやりの赤いベルトを上から巻いた。髪はピンで二つに分け、指で巻き毛を整えた。化粧に時間はかからなかった。

それから、ランプがうやうやしく灯り、携帯ラジオから流れる外国の音楽を聴きながら、ひらいてあるスーツケースの上に屈み込んだ。そっと、白い綿でくるんである物を取り出した。丸まった綿を机の上でほぐして指先で鎖をつまみ出した。

アナ・ラケル。

金鎖を握りしめると、厳しく咎める母の声が聞こえるようだった。そうやっていちいち首を突っ込んでくるので、こちらも話したくなくなるのだ。使わずにいたら、宝の持ち腐れではないか。

大伯父さんだって、使ってほしがっているに決まっている。優しい大伯父さんは現実的な人だもの。実家の居間で久しぶりに会ったとき、すぐにわかった。一月のあの日にこの金鎖をもらったのだった。大伯父さんの笑みは優しくて、何もかも打ち明けたい気持ちにさせられた。ジョゼ・コルダト大伯父さんはジューさんよりもよほど歳を取っていたが、見た目はずっと若かった。機会さえあれば、この鎖をリスボンに持っていきたいと大伯父さんにはあっさり話せたことだろう。大伯父さんは、それがいい、そうしなさい、と言ってくれたはずだ。大伯父さんにだったらパーティの話だってできる、と思った。

だが、大伯父さんも生きていたということだ。ガルヴェイアスのほとんどの老人たちとは違って、大伯父さんには生きる意志があったのだ。台所の真ん中で、母が家具の裏で誰かが聞き耳を立てているのを用心するかのような小声で、大伯父さんは色ぼけしてしまった、どんな馬鹿をやっているのかも自覚がない、と腹立たし気に文句を言っていた。ラケルは同意するつもりはないので黙っていた。

大伯父さんと祖父とが仲直りができたのはほんとうによかった。テレビドラマの最終回みたいではないか。ラケルはこの話をするときには、この再会をいっそう重々しく感動的にするために、少しばかり脚色を加え、篠突く雨と何十年もの別離をことさら強調した。まず、最初の場面では次の場面を予感させるべく、音のない細かな描写をする。もしかしたら。もしかしたら。それから、クライマックスを迎えるのだ。あふれる言葉、沈黙、じっと見つめあう瞳と瞳、高らかなバックミュージックは次第にフェードアウトしていく。

そして祖父は、いつもいつも祖母と世の中に怒ってばかりいた祖父は、葬式では兄の隣ですっかり弱々しくなってしまった。墓掘人も手伝ってくれた人たちも、この雨で墓穴が崩れるのを心配したり、現実に生きている人たちはさっさと式を済ませたがったりしたけれど、祖父は心ここにあらずで、棺から目を離さず、誰かが差し掛けてくれている傘の下、暗い背中で隣の兄にもたれかかっていた。ふたりは子どもに戻っていた。

　ラケルも祖母を思い出した。抱っこしてくれたこと、季節の移ろいとともに暮らし、明るくてせっかちな人だったこと。埋葬が終わると、みんなは祖母をあそこに置き去りにするつもりなのかとラケルは驚いた。

　母と、身体に合わないぶかぶかの服を着て弱々しくなった祖父はふたりの老婆と一緒に大伯父さんの車に乗せてもらって村に帰った。車道の端を歩きながら、ラケルと父親はどちらも口をきかなかった。雨の季節で、犬たちはうなだれてびしょ濡れになりながら歩き、鼻孔を刺すにおいが畑と通りの上を漂い、くたびれたような声がいくらか聞こえてきて、光はほとんどなかった。ふたりの歩調に合わせて、弔鐘が響き、最後の嘆きがこだまするようだった。

　ガルヴェイアスは己（おの）が民を感じるのだ。彼らに世界を与え、歳を重ねていく道筋を作ってやる。そしてある日、彼らを自分の内に迎え入れる。母の胎内に戻ってくる子どもたちのように。ガルヴェイアスは己が民をつねに庇護してくれる。

　ラケルは金鎖を、ブラウスの上から胸に当ててみた。小さい鏡にすら反射するその光に驚嘆した。ようやく準備ができた。

　廊下から台所に声をかけて、ジューさんに今夜は帰らないことを説明しようとした。グラッサの家で勉強をするから、と。当然、わかってはもらえなかった。大家は食器を拭く布巾で手をぬぐいながら廊下に出てきた。帰らない？　ちゃんと説明をしてもらわないと。ジューさんは目をぎょろりとさせた。なぜそんなにめかしこんでいるの？

　お母さんはこのことを承知しているの？

　家を出た。ああだこうだと説明をしているうちにヘアスタイルが崩れてしまう。ジューさんは納得していないだろうが、いまはそのことは考えたくなかった。もううんざり。指の関節で扉を軽くコツコツと叩き、試験の前夜、まだ十二時を回ってもいないのに消灯してちょうだいと言いに来る、それもうんざり。シャワーを浴びていると、時間が長すぎると思えば途中でもガスの元栓を何も言わずに閉めてしまう。

シャワーなぞ、五分浴びればじゅうぶんでしょ。

したたり落ちる冷たい水をぬぐいながら、ラケルは歯のあいだから大家を罵った。

何か言った?

いいえ、何も言ってませんよ、このくたばりぞこないのくそばばあ。


シレ広場に向かいながら、この時間のリスボンをラケルは楽しんだ。舗道に乗り上げて停めてある車をよけ、思いがけず大胆なことをしてしまったという思いも脇によけ、この夜の始まりを味わった。点滅するヘッドライト、車のマフラーから出てくる、温かく毒のある甘いにおい。

今日みたいなことがあると、両親は、特に母は、自分のことを理解してはくれないのだという思いが胸を刺した。つい、昔の恨みつらみが思い出されて、こんな子どもっぽいことを大げさに考えてしまう。

例えば、初めてジューさんの家を下見に行ったとき、部屋に窓がないのはいやだと言っても母は聞く耳を持たなかった。

そのほうが勉強に集中できるじゃないの。

四方を壁と湿気と時間に囲まれて、その後ラケルは何度も母の無理解を思い出しては孤独を感じた。

こんなこともあった。高校生のとき、学期最終日、休暇にはいる前日、みんなでディスコに行ってもいいかと母に訊ねると、いつもこういう答えだった。

クリスマス休暇のときね。

イースター休みのときにしなさい。

そしてイースターが近づくと、こう言う。

夏休みでいいじゃないの。

夏がくると、最後の最後の日に言ったのだ。

来年ね。

十二年生、最高学年の最終日には、こう答えた。

そういうのは大学生になってからにすればいいの。はいれれば、だけどね。

はいれれば？　この人は娘を信頼していないんだ、そのときの思いはずっと胸にくすぶっていた。どの学科でも、いつだって一番の成績を取ってきたのに。

フネストは、そういう学校のパーティには彼女なしで顔を出さざるをえなかった。

教師たちは最後の出席を取って課題を黒板に書いた。「高校生との別れ」。ほかには誰もいない教室で、ラケルはひとりで自分の席で課題に取り組んだ。誰も来やしない学年最後の授業にやってきて、実際に先生に別れを告げたラケルを見て教師のほうが驚いていた。それから、ラケルはバス停まで行って、座って待った。

時刻表より三十秒ほど早く、ガルヴェイアスの男の子たちや女の子たちが乗っているバスが着いた。みんな汗をかき、ディスコの興奮で顔を赤らめ、煙草のにおいをぷんぷんさせて、酔っぱらったふりをしている者も数人いた。この時期になると、後部座席に陣取ってバスの走行中抱き合ったりキスしたりするカップルも二、三組できているのだった。

中距離バスが車庫から出てくると、どこかに停めてあったバイクにフネストが飛び乗り、バスを追いはじめたものだった。ただ轟音でみんなの注意を引くためだけにアクセルをふかしたりもした。ラケルはどきどきした。ポンテ・デ・ソルからガルヴェイアスに着くまで、フネストは少なくとも三回か四回はバスを追い抜かした。エルヴィデイラの直線道路では間違いなく抜いたし、標識がある直線道路でも。そのたびにバスの男子たちがやんややんやの大騒ぎだった。フネストは、バスを抜くと、とたんにスピードを落としてみんなの視線を集め、それからまたスロットルを全開にした。バスが終点のガルヴェイアスに着くと、ヘルメットを脱いだ彼が、もう何時間も前からそこにいたかのように涼しい顔をして待っているのだった。

ラケルはディスコの隅でフネストが女の子たちといちゃついていることを知っていた。それでも、誰かから告げ口を聞かされるのは気分がよくないものだった。それに、彼がほぼ毎週末、男友だちと出かけるダンスパーティには女の子たちがいることも知っていた。けれど、そういう女の子たちは風のように不確かな存在なのだ。彼が必ず自分のところに戻ってくるということは、揺るぎない事実だ。

ガルヴェイアスより、高校のあるポンテ・デ・ソルでのほうが心置きなく一緒にいられた。喧嘩をしていない日には、校門に彼が現れて校内が騒然とすることもあった。フネストはぴかぴかのバイクにまたがり、ヘルメットを脱ぐや髪を整え、いつでもぴしりと決めていた。すると、大勢の視線の的となりながら彼女が近づいていく。ふたりはほんの二言三言しか交わさず、そのまま休憩時間を一緒に過ごした。

この数か月間、休暇や週末で帰郷すると彼の母親と彼女の大伯父の不適切な関係の噂でもちきりだった。ロマンチックで楽観的なラケルは、この話に感じ入っていた。フネストは激怒して、この話題にはひと言も触れてほしくない様子だった。

だが、ふたりの関係は九年生の途中から、違う理由によってすでに微妙に揺れていたのだ。フランス語が休講になってポンテ・デ・ソルの公園で会っていたりすると、なぜかラケルの母は帰宅した娘を不機嫌な顔で迎えるのだった。

ガルヴェイアスでは一度キスをした。たった一度のことだったのに、あろうことかそこをミャウの母、マリア・アスンタに見られてしまった。ふたりはアジニャガ・ド・エスパニョルのオリーブの木の下にいた。ラケルはおつかいの途中で、オレンジのはいった買い物袋を足元に置いていた。マリア・アスンタは息子を捜していてふたりを見つけ、彼らをのぞき見しながら自慰行為をしていた息子のことも見つけたのだった。

十七歳。ラケルは床を見つめながら母が言うべきことを言うのを黙って聞いていた。母は真剣だった。

みんな、あなたには期待しているのよ、アナ・ラケル。

要するにこういうことだ。相手は年齢が離れすぎているうえに、学もなければ金もなく、まともな仕事もしていない。

幸いなことに、説教のあいだ、母は彼の名前を一度も口にしなかった。ジャシント、ジャシント、名前はジャシントよ、と誰かが彼をフネストと呼ぶたびにラケルは何度でも言い返した。腹を立て、本人にすら詰め寄った。

その名前は好きじゃないって何度言えばいいの。フネスト（不吉な）ってどういう意味か知ってる？　不吉な人って呼ばれたいの？

リスボンは影のひとつひとつに謎を隠し持っていた。五時を過ぎると暗くなる冬を除いて、ラケルは日が落ちてからは外を出歩かないようにしていた。都会とつきあうにはそれなりの用心が必要だ。つい身を固くして歩いていたが、他の女性とすれ違うと、勇気も出た。

切符を買って改札を通った。九月は定期券を買うまでもない。十時も近く、地下鉄の駅にはほとんど人影はなかった。

休暇中、ラケルが懐かしいと思ったのは地下鉄だった。鉄製の車輪をきしませて走る市電に乗りたいとは思わないのに、鈍い照明の下でコンクリートと油のにおいを嗅ぎながらこんなふうに電車を待つことが、なぜだか懐かしかったのだ。リスボンに来て勉強をしはじめたころは歴史を専攻するつもりだった。卒業したらすぐに高校で教えるのだと思っていた。ブリーフケースを抱えていかにも先生らしい服装をし、今日はテストを返す日なのかと聞きたがる生徒に囲まれている自分を思い描いていた。免許を取り、じゅうぶんなお金が貯まれば中古の小さい車を買って、ガルヴェイアスからポンテ・デ・ソルへ、ポンテ・デ・ソルからガルヴェイアスへ、往復する毎日になるだろうと思っていた。だが、時間が経つにつれてリスボンがその姿を現してきて、他にも選択肢はあるとラケルは考えはじめていた。

いきなり、ブレーキが壊れているのかというような走り方で電車がホームにはいってくると、なんのアナウンスもなく止まった。ドアがひらいてラケルが乗りこむやいなや、大きな音を立てて乱暴に閉まった。座席はほとんど空いていた。座席に背筋を伸ばして腰かけたとたん、こちらをじっと見てくる男に気づいた。顔を窓に向けた。地下道の黒い壁がすごい速度で過ぎていくさまは、おそろしい煉獄のようだった。窓ガラスに映る男のぎらぎらした目はこちらを見据えたままだった。

口髭の下で煙草に火をつけて、ラケルに向けて盛大に煙を吐いた。

ラケルが立ち上がると、男も立ち上がった。電車を降りるとラケルはすぐに足を速め、ついには走り出していた。ヒールがぐらついた。男が同じ速度でついてくるのがわかって、気味悪かった。

約束通り、グラッサはチケット売り場の横で待っていた。ふたりの若い男と話しているところにラケルが息を切らせて飛びこんできたのでびっくりしていた。後をついてきた男はなにげなく向こうに行ってしまった。ほっとしたのと恥ずかしいのとで、ラケルはにこっと笑った。

男の子たちはロウレンソとヴィトルといって、工学科の学生だった。この人たちも来るとはグラッサから聞いていなかった。

気持ちのいい夜だよね、月も星も出ているし、と男の子のひとり、ヴィトルが言った。隣を歩きながらこちらを観察して、会話のとっかかりを探しているらしかった。会場まで距離はあったが、パーティの音は聞こえてきた。

五十エスクードと引き換えに、スタンプが押してあって隅をちぎった四角い紙きれをもらった。これでドリンク一杯と引き換えられるから、なくさないようにしなければ。ヴィトルが入場券を買わせてくれと言ってきたが、ラケルは頑として断った。

まだ早いのね、とグラッサがつぶやいた。人が少ない。それでもラケルは学食の変わりようにすっかり驚いていた。こんなふうに飾り立てられた学食を見るのは初めてだったのだ。照明を落として、テーブルは片づけられており、天井には色とりどりのランプがぶら下がっているコードが渡してあったし、音楽が大音量でかかっていた。最高学年の学生たちが、普段は学食のおばさんたちが魚のフライやポテトサラダなどを給仕するカウンターで飲み物を作っていた。

ラケルは毎日学食で昼食を取っていた。魚のオーブン焼きやターキー・バーガーがここのコックの十八番だということも知っていた。前日のうちに買っていつも財布にしまっておく食券を握りしめて列に並びながら、今日はこれらのどちらかだといいなと思うのだ。

グラッサに会ったのもここだった。どちらもトレイを前に、他の同級生たちと一緒に座っていた。どこから来たのという質問のやり取りが交わされる時期のことで、ガルヴェイアスから、と言っても、みんなは聞こえなかったかのようにぽかんとしていた。それで、ポンテ・デ・ソルの地名を出してはみたが、自分が外国語を話しているような気分になった。最後にポルタレグレの名前を出してようやっと、ああ、聞いたことがある、という反応を得ることができた。肩を落として、ラケルはアルミのスープ皿からジャガイモとキャベツのスープをせっせと口に運んだ。ポルタレグレには三度しか行ったことがないんだけど、と思いながら。

男の子たちはビールを取りに行った。その隙に、ラケルはどこで彼らと知り合ったの、とグラッサに問いただそうとしたのだが、音楽がうるさくてうまく伝えられずにいるうちに、ビールを二杯ずつもった彼らが戻ってきてしまった。ヴィトルがラケルにビールを渡そうとしたので、ラケルは断ったのだが、グラッサがすでに乾杯と言いながらグラスを持ち上げたので、受け取らないわけにはいかなくなった。

一時間もすると会場はぎゅうぎゅう詰めになった。混み合うなかで踊る者もいれば、涼しい夜とおしゃべりを求める者たちは外に出た。グラッサと男の子は、ラケルはすでにその子の名前を忘れていたが、なかで踊っていた。ラケルとヴィトルは外に出て、笑い合っていた。

自分の居場所はここなのだ。ヴィトルの話にはほとんど賛同できた。ヴィトルはいろいろな面白い論を展開してみせてくれ、ラケルは全身を耳にして聴いていた。学食から聞こえてきたロックが突然切られ、スローな曲が始まって、ムードある雰囲気にがらりと変わった。照明が落とされた。

多くがダンスフロアから降りた。

ヴィトルが誘うと、ラケルは返事もしなかった。ふたりは手を繋いで学食にはいっていった。抱き合いながらゆっくりと円を描き、目には見えぬステップ、目は閉じて。徐々に、ほかのカップルも周りに増えてきた。ラケルの髪の毛が汗をかいた彼の顔に張りついている。見せびらかすようにそれはそのままにして、ふたりは一本の塔になったかのように離れられないまま地球の自転に合わせた。

ふたりの他には何も存在しなかった。

どれくらい時間が経ったのかもわからないが、音楽がまた賑やかになるとふたりは身を離して深いため息をついた。また外に出た。世界の色が変わっていた。突然、気恥ずかしくなって話がしにくくなった。グラッサともうひとりの男の子がやってきて、詰まりがちな会話を埋めてくれた。ラケルはハンカチで額をぬぐい、胸に手を置いた。

そして叫んだ。

わけがわからず、みんなラケルを見た。周りにいた全員が見た。ラケルは震えながら、まだ金鎖があるかもしれないという希望を捨てていないかのようにパニック状態で胸と首を両手でさぐりつづけた。

グラッサはラケルを救おうとして、周りを空けてちょうだいと頼んだのだが、ラケルはそんなことは望んではいなかった。男の子たちはあわてて学食に戻り、何度も突き飛ばされながら四つん這いになってライターをつけて床を捜し回った。

曲の合間に、ネックレスの紛失がアナウンスされた。だが、声が割れて何を言っているのか誰にも伝わらなかった。失神寸前になりながら、ラケルはパーティが終わるまで待たなければならなかった。グラスの水で唇を湿らせながら、座りこんで女友だちに世話を焼かれ、おろおろする男の子たちを脇に、パーティの後に照明がつくのを待った。

床には、踏みしだかれたゴミ、煙草の吸殻、瓶の破片、割れたコップが散らばっていた。埃で調味された薄い泥の層、道路の土くれ、こぼれたビールの小さな池もあった。キーホルダーがふたつ、硬貨が数枚、ペン、割れたサングラス、ヘアピン、プラスチックのイアリング、それからパイプらしきものが見つかった。

ラケルはそれでも捜しつづけた。金鎖が落ちてはいないかと隅という隅を見て、何もない場所に何かを見つけたような気になってはっとしたりした。床の掃き掃除が終わるまで待ってごみの山を全部かきわけた。そのうちに、落胆が無気力という痛々しい仮面に変わっていった。曾祖母の金鎖、何にも代えられない時間で作られ金よりも価値がある、それがリスボンのどこかに隠れている、暴力と不安に脅え、たったひとりで永遠に迷子になってしまった。

マリア・アスンタは三日間泣きつづけた。低い腰かけに座り、ボウルに覆いかぶさるようにしてジャガイモの皮をむきながら肩を震わせ、ウサギの水を替えたり野菜をちぎったりしながら泣き、泣きながら眠りにつけば夜中じゅうしゃくりあげて涙が頬をつたい落ちて枕を湿らせ、泣きながら目覚めると顔を洗うあいだすら泣きやまず、きれいな水で顔にへばりついた塩をすすぎ、泣きながら食べるものだからパンの皮を嚙むのにも苦労して、コーヒーカップを口にして何度もむせた。

そんな母を、ミャウはわけもわからず真剣な面持ちで見ていた。何やら真面目な話をする人たちを見るときと同じ顔だ。傷心が自分にも伝染したように、遠くから母を見た。

母ちゃん。ねえ、母ちゃん。

不安になると近づいていって、こうすれば母の顔も気持ちも変わるとでも思うのか、腕を引っぱった。しかし、母はいっそう激しく泣くだけだった。流した涙の量は相当なものだ。マリア・アスンタは人生ずっと泣きつづけてきた気がしていた。

何もかもが色あせて白っぽく見えた、長く青白いあの朝をマリア・アスンタは思い出していた。買い物籠をさげて広場からの帰り道、アイダの家に立ち寄って軒先でカベッッサ家への愚痴を聞いたり、噂話や心配事などを告げ合ったりした。朝の太陽が家の影を突き抜け、裏庭を照らしていた。

そこには母犬に舐められて濡れた三、四匹の仔犬が目をつぶり口をあけていた。気の優しいアイダは、この子たちを可愛がってくれる人はいないかと探していたのだ。マリア・アスンタは何と言ったらいいのかわからなかった。あれから七年、あの朝を思い出すと、あの母犬の瞳を、遠慮がちで深い瞳を、大いなる自然の力をまた目の前で見ているかのように感じるのだった。

ミャウ、つまりカルロス・マヌエルは七歳になる前から、騒ぎばかりを起こす子だった。テレビの上にある写真はその頃に撮ったものだ。本物そっくりのプラスチックの花が咲く枝の後ろのローマ様式の柱に寄りかかり、髪を横分けに撫でつけて、写真屋の冗談に大笑いして目が小さくなっている。この写真はポンテ・デ・ソルの十月の祭りで撮ったものだ。息子の笑い声までがおさまっているようで、マリア・アスンタはこの写真が気に入っていた。

うちにやってきた仔犬は、まるで玩具だった。ミャウは後ろ脚だろうがどこだろうが平気でつかんだ。仔犬の骨は柔らかいから折れることはないと知っていたし、仔犬も唸りながら歯が生えそろった口で嚙みついたりして、ちゃんと自分を守る方法を心得ていたので、マリア・アスンタはそんな息子にも気のぬけた叱り方しかしなかった。仔犬に手のひらを嚙まれると、ミャウは笑って犬をくすぐった。犬と息子が気を許し合う姿に母としての悦びに満たされたものだ。それに、息子が犬と午後を家で過ごしてくれれば、ほっとする時間ができた。

慣れるまでは苦労した。息子は七歳になったばかり、そんな子がほかの子と一緒になって坂道を下りていく。鞄を背負って、はしゃぎながら飛び出していくと、決して振り返らなかった。息子の姿が見えなくなるまで見送ると、ほんの一瞬、自分の心臓も胸の中で見えなくなったような気持ちがしたものだ。それから家事に戻るか、たいていは裏庭のたらいにつけてある汚れた服の山の洗濯にとりかかるかした。数年たった同じような朝、マリア・アスンタのかたわらには洗濯物をこすったりすすいだりするリズムを聞きながら居眠りする犬の姿があるのだった。

息子はきっと行儀よくしている、楽しく遊んでいる、と思いたかったが、つい悪いほうへ悪いほうへと考えてしまい、いつもびくびくしていた。男の子たちの声が通りに響きはじめて裏庭の門が開く音が聞こえるとようやく胸がゆるみ、また息ができた。

息子は何を訊ねても答えはなく、いつもそわそわしていた。ノートをめくると殴り書きと線しかない。十二月、教師に呼ばれ、カルロス・マヌエルはうちの学校に通うには無理があると言われた。目をまっすぐ見ながら、その女教師は、ここでは息子さんのような子どもの面倒を見る条件が整っていないのです、と言った。

その朝、マリア・アスンタは息子の手を引いて家に戻った。鞄を背負ったカルロス・マヌエルは、なぜ今日は早く家に帰るのかわかっていなかった。誰にも何も言われていないのに。それから息子が学校に戻ることは二度となかった。

九歳、十歳になると、息子を家に縛りつけておくことはできなくなった。それでも、家の外で息子を見ていてくれる人たちがいることを知っていた。何か悪さをしそうになれば注意し、息子を見守ってくれた。一方で、意地悪をする人たちがいることも知っていた。

慣れるまでは苦労したが、ほかにどうしようもなかった。息子はどんどん成長していき、少年になり青年になった。下働きの仕事をさせてもみたが、逃げ出した。練り粉のバケツを取りに行ってこいと言われたままなかなか戻らないので、捜しに行ったら逃げていたという。日曜日には息子を風呂に入れ、毎朝服を着せて朝食を作ってやり、出かけていくのを見送った。昼食に戻ることもあれば、戻らないこともあった。オレンジやイチジクの季節にはめいっぱい食べてきて、腹を下した。そうでなければ、母は息子が何を口にしているのか知りようがなかった。夜には戻ってくるのがせめてもの救いだ。服の汚れや皮膚のひっかき傷で、その日に何があったかを推し測った。

この七年間、息子は何時間も犬を撫でて過ごすことがあった。息子が近くに来ると、犬はごろりと寝転がって腹を見せた。あおむけになって四本脚を宙に突き出したまま、白目をむいてうっとりしていることもあった。

犬は犬で、自分の時間を大事にしていた。昼食の少し前になるといつも外に出ていく。戻りを心配する必要はない。犬がカルロス・マヌエルを捜しに行き、迎えに行ったのだと想像するのがマリア・アスンタは好きだった。そんなふうに考える理由はひとつもない。息子と犬が一緒に帰ってくることなどめったになかったのだが、自分の慰めになるようなことを考える必要があったのだ。たとえば、新しい先生が来て、息子を学校に迎えてくれるかもしれないと数か月のあいだ想像してみたりした。二十年以上たった今でも、ほんのひと言でもいいから、息子が文字を覚えてくれたらいいと思っていた。カルロス・マヌエル、と自分の名前だけでも書けるようになったら。同じような幻想で、クリスマスが近づくと、夫が扉を叩くんじゃないかという口には出せない希望を甦らせるのだった。こんなにも時間がたってしまうと、夫に対しては良いも悪いも何の感情も残ってはいなかったのだが、ただただ休みたかったし、この重すぎる責任とたくさんの問いを分かち合ってくれる人がほしかった。このままでは、死ぬこともできない。

どんな相棒でも、ひとりっきりよりはましだ。

長い散歩を楽しんだ犬は午後になると戻ってきて、日に晒されたシーツの石鹼の匂いに包まれながら長々と昼寝をした。床に鼻先をつけて眠っていても、その姿は人間じみて存在感があった。夕方になると起きだしてきて、乾いた洗濯物を配達して回る女主人について歩く。マリア・アスンタは報酬をもらって何か話題があればそのまましばらく立ち話をした。犬も、女主人とまったく同じように小銭を数え、噂話に耳を傾けているように見えた。夕食の準備をしながらも、マリア・アスンタは犬と一緒に玉ねぎを切って、ニンニクをつぶしているような気になっていた。朝早くからずっとこんなふうだった。マリア・アスンタは犬も自分も朝は同じ時間に目覚めていると信じていたし、ふたりきりのときには頭に浮かぶことをなんでも話して聞かせた。

夕食の後には、騒々しいテレビの前に陣取って、優しい手つきで犬の毛をかき分けてノミを探した。すると犬は、すべてを見通しているような目で女主人をじっと見つめる。そんなときは愚痴をこぼさせてもらった。犬はわかってくれているようで、本当は犬の姿に変えられて口のきけない人間なんじゃないかという目をしていた。最初のうちは、夕食の後は外に出ないように息子に言って聞かせようとしたのだ。風俗店の戸口の前にいる息子を迎えに行き、そこで何時間も一緒に立って、出入りする客にも扉口にいる女たちにも謝った。外出禁止を試みたことも、少しだけある。入口に鍵をかけ、厳しい口調で外出を禁じると、息子は物を壊して母を小突くので、ほどなくして戸をあけてやるほかなかった。

そうした夜には、胸を痛めながら息子が幼かったときのことを思い出した。他の人たちが息子を見ることは見るけれど、顔については遠慮して何も言わなかったこと、息子を見ながら、普通の赤ちゃんだと思いたがった自分、ちっちゃな手でつかめるように息子に向かって指を差し出していた自分。古びた沈黙の中で記憶をたぐりよせれば、あの頃の優しい気持ちをとにかく一瞬だけでも思い出せた。この時だけは影が溶けてなくなったように思えた。同じように、アイダに犬舎に連れて行かれ、一匹いらないかと言われた朝のことも思い出す。あの小さな雌犬にすっかり心を奪われたこと、もっと後になって、名前を考えながら犬と息子が遊んでいるのを見ていたこと、そして思いつきを声に出したことを思い出した。

カサンドラ。そうだ、カサンドラがいい。

何かが気になって外に出たのだが、後から思うと、あれは見えざる手、聞こえざる声に引っ張られたのかもしれない。カサンドラが縞模様の影の下で門扉の壁にもたれ、息を喘がせていた。いつもならば伸び上って前脚で取っ手を引っかけ、自分で門扉をあけるのに、とマリア・アスンタはいぶかしんだ。

大儀そうに、寒いのかめまいがするのか、カサンドラは震えながら女主人の足の横を通り、その足には目もくれず、裏庭を横切って水入れが置いてある隅にまっすぐ向かい、目を開いたまま、途切れることなく数分間水を飲み続けた。マリア・アスンタはわけがわからず、その様子を見つめながら頭のなかで思いつく原因を色々と並べていた。暑気あたりかもしれない。一月から雨が降らず、ガルヴェイアスはこの数か月、終わりのない夏を耐えていた。息子のことも心配になってきた。どこをほっつき歩いているんだろう。

まだカサンドラは水を飲むのをやめない。喉の渇きが止まらないのか、速度を落とさず水をなめつづける。水がほとんどなくなると、鼻先をつっと横にそらし、静かに嘔吐すると白い液体がほとばしり出た。

マリア・アスンタはやるべきと思うことをやった。まずは、頭の上に手を掲げ、自分と犬に日陰を作った。この頃にはどこでもかしこでも硫黄のにおいがしていた。よしよし。そう言えば犬も落ちつくだろうし、もう治ったと思いこみたくて、よしよし、と言った。すると、カサンドラのまぶたに死の重みが宿っていることに気づいた。犬はなんとかまぶたを開いて死を押しのけ、女主人をもう一度見ると、錆ついたようなしゃがれた音を立てて呼吸をするのだが、いちいちが最後の息のようだ。苦しげに息を吸うとくすんだ毛がゆっくりと逆立った。

そしてけいれんを一度起こし、犬は死んだ。目を固く閉じ、歯を食いしばり、深い痛みに耐えて、そして死んだ。

マリア・アスンタはその瞬間を手のひらに感じた。手のひらで死に触れたのだった。

頭を殴られでもしたように、くずおれた。だが、いつまでもそうしていられない、やらねばならぬことが山ほどあった。なんとか周りの色をかき集めて立ち直らねばならない。打ちのめされるような重みを感じながら、大きな袋を取りに行き、死に触れたその手で、カサンドラの身体を入れた。それを背にのせて運び、手には鍬も持った。

ようやく頭が動いたのは、アジニャガ・ド・エスパニョルから、傷つき汗まみれで戻ってきてからだった。かすれた言葉が唇からもれた。

あたしの犬に毒を盛りやがった。

裏庭に戻っても、息子はまだ帰っていなかった。いつもの午後がそこにある。マリア・アスンタは水入れを見て、餌入れを見て、まだ寝ていた跡が残るカサンドラがいつもいた場所を見た。


三日間泣きつづけ、抗いもしなかった。

息子は母を見て、これから母は泣いてばかりなのだと突然悟った。生まれて初めて、母を恐れた。その間はあまり外出もせず、慰めようとはしたが、母に変化はなかった。食卓に座り、目の前に昼食を置いてもらっても、ミャウは母をずっと目で追いつづけ、ずいぶんたってからようやく食べることを思い出すのだった。乾いた頬をした母をなんとか見つけようとしていた。ミャウにしたら、母が泣いていないところさえ目撃すれば、それで問題は解決したということになるのだ。

だが、マリア・アスンタは心の内の扉をひらいてあった。古い傷は洗い流さねばならない。あれは必要な涙だったのだ。

この間、洗濯物の山は二の次になった。遅れの理由を知った女たちもいた。服の洗濯を急がない女たちは期日を延ばしてくれたが、服を戻してもらう必要があったり気持ちが冷たかったりする女たちは、服を返してもらいにやって来て、気の毒がったり苛立ちを見せたりした。

三日目、マリア・アスンタは気持ちを入れ替えて目を覚ました。

ぼんやりと目やにを剝がしながらミャウは乾いた舌をコーヒーですすぎ、酸っぱいパンの味を泥の味でごまかし、パンとコーヒーを混ぜて歯茎になすりつけた。母が静かなこと、乾いた頰の硬い顔に驚きはしたものの、ほっとしていつもの毎日が戻ってきたことを喜んだ。

マリア・アスンタは助けてもらおうとは思っていなかった。落ちこんでも、自分は乗り越えるだろうとわかっていたのだ。意を決して、なまった腕をまた動かすのはこれが初めてではない。自分はここにいないような、ほかの意思が彼女の身体を使って一連の動きをしているような感じだ。これから自分がどういう道をたどり、どうなっていくのかわかってはいたが、だからといって心が軽くなりはしなかった。ただ、やるべきことをやり、終わらせるのだ。

ミャウが着替えもせずにこっそり出ていった。久しく外出していなかったのだ。

裏庭で淡々と仕事をするマリア・アスンタは、澄んだ朝に目もくれず、レモンの木で楽しげに歌う鳥たちにも気づかなかった。ウサギの世話をしながら、鶏たちを放してやった。鶏たちは虫を探し、小石をついばみ、何よりも自由を味わっていた。それから、汚れた水を捨てて、水入れをブラシで洗い、きれいな水でいっぱいにした。洗濯用のたらいを三つ取りにいって、大物から始めることにした。

袖をたくし上げて肘まで水につっこみ、服の厚みを測った。麻痺したような感覚のなか、こういう感触にどこか慰められるものがあった。

肩越しに、カサンドラがいつも寝ていた隅にふと目が行った。ぶち模様、大きさ、形も色もはっきり見えた。洗濯物のことなど頭から吹き飛んで、がばっと振り返りその顔をまっすぐ見た。

寝床から出ることもなく、自分をじっと見つめる女主人にも気づかない様子で、犬はいつもの体勢で寝ていた。マリア・アスンタは、また洗濯に戻った。信じられなかったし、いくらそう願っていたとはいえ、幻を見るわけにいかない。スカートを一枚水に浸し、石鹼をつけてこする。そしてぱっと振り返ってみたが、犬は動じることなく寝ころんでいた。

そろりそろりと近づき、犬の前にかがみこんだ。そこで犬はようやく頭を上げた。犬と人間が、それぞれの驚きをもって見つめ合った。

まさかそんな、と思いつつも、いま何かをせねばという気持ちにはなれなかった。この歳にもなれば用心すべきことは心得ている。たらいに向き直って仕事を続けた。数日分の洗濯物がたまっているのだ。時々、カサンドラがいるあたりになにげなく顔を向けたりもするのだが、やはり犬はそこにいた。そうかと思うと、水のなかで手を止めて、水音が静まって犬の軽い寝息が聞こえるまで前かがみのまま待ったりもした。

そろそろ昼時というころ、いつものように犬は立ち上がって出て行った。門は自分で開けた。マリア・アスンタは走り出て、犬がつんと澄ました様子でアメンドエイラ通りを下りていく後姿を見送った。姿が見えなくなると、これでいいのだと自分に言い聞かせた。こんな小さな奇跡だって、ありがたすぎるほどだ、と。

それでも、心の奥底ではわずかな期待を捨てきれずにいた。

頭の中でわんわんと騒ぎ立てる問いを振り払ってはまた振り払い、ようやっとシーツを一枚洗ったところで、門がひらく音がした。振り向くのが恐ろしい。

カサンドラだった。散歩から戻ってきた犬は、笑っているような顔をしていた。

正午をだいぶ回ってからミャウが戻り、硫黄臭いのも気にせずパンにかぶりついた。他の男の子たちと違い、ミャウは母に叱られない限りパンの内側を食べようとしなかった。息子にはカサンドラが見えないようだと気づいたのはそのときだった。夜が近づき、そろそろ夕食という時刻に、洗濯物を返して報酬をもらいに近所を回ったときも、誰も犬に気づかない。それどころか、他の犬たちですら、カサンドラのにおいも体温も感じないらしく素通りした。

自分だけの時間割にのっとってミャウが戻り、夕食を食べ、また出ていった。息子なりの考えでは、何もかもが普段どおりに戻ったのだ。

食卓も、いつも通り合成樹脂のつるりとした手ざわりで、台所も蛍光灯のなまなましい明るさを取り戻し、炒め物のにおいがして、テレビのコマーシャルからは賑やかで楽しげな音が聞こえてくる。

マリア・アスンタと犬はその夜、見つめ合っていた。長いこと見つめ合いながら、お互いがどれほど大事な存在かとしみじみと感じていたのだった。

悪いのは月だ。空も野も夜に覆われすぎていた。かぼそい弓形の線よりはいくぶん太いだけ、だのにこの責任から逃れてこのまま消えてしまいたいとでもいうように、まだ月は欠けていく。星たちは世界を照らして浮き彫りにし、闇に黒々とした丘を描いて何か他の生命体が住んでいそうな逆さの世界を提示していた。それにしてもその星たちの頼りない光は、ひからびて埃だらけで地面に打ちしおれ、闇に取りこまれて黒いヤグルマギクには届かず、そよ風に千々に吹かれさやさやと静寂の音を立てる、色をうしなった雑草にも届かなかった。

フネストの犬は若くて身軽、しかも健脚なので、走ってついてくるのもわけはなかった。それでもフネストは犬を甘やかしてバイクに乗せてやった。右手でハンドルを握ってゆるやかなスピードを保ち、左手はオイルタンクと膝のあいだに巣の形を作っていた。着いた時にはまだ午後の光が残っていた。夕食は済ませてあった。

セボーロは日中、コルク樹皮の束の小山の番をしながら四頭の雌山羊の面倒も見ていた。山羊たちがそこらの小石を嚙んだりするのを眺めて暇をつぶしたり、とりあえずこの酷暑をやり過ごす相手にしたりしていた。フネストはセボーロに下世話な話を少しして阿呆面で笑ったりした。どちらも急ぎの用事はなかったが、セボーロは明るいうちに山に帰りたがった。それで、フネストと犬は、セボーロがいまにも壊れそうなおんぼろのバイクにまたがって、山羊たちと小汚い飼い犬とを従えてのろのろと遠ざかっていくのをぼんやりと見送った。

どうぞお座りくださいといわんばかりの形をした石にフネストは腰を落ちつけた。コルク樹皮の小山があるほうをちらと見て、考えて、一本煙草に火をつけて、鼻をほじり、次に歯をほじり、身体を掻いた。樹皮はちょっと離れた下のほうに積んである。誰かがくそ真面目に測定してみれば、おそらく二百メートルはあっただろう。コルク樹皮の作業が始まった六月頃から、この仕事においてはフネストの先輩にあたるセボーロが、見張りをするにはここが絶好だと言い切った。ここならば高さがあるので、どこからでもコルクに近づこうとする輩がいれば丸見えだ。近すぎると、かえって視野が狭くなる。

悪いのは硫黄のにおいだ。ここ、アソマダの正面にある丘の向こうにはコルティソの原っぱがあった。硫黄のにおいが空気を汚染し、遠くの輪郭をぼやかしていた。この疫病は目も傷めた。どうしても目をつぶるか、少なくとも瞬きをせずにはいられない。物の形が飛び跳ねて見えることもあり、昼も夜も風景の輪郭が揺れるのだった。見えているものがその通りではないこともあって、においが目を塞いでいるのじゃないかと思えた。そのうえ、硫黄のにおいは呼吸器にも掻き傷を作った。周知のことだが、呼吸はすべて血液に影響を及ぼし、それはまた人間の頭脳にも直結する。これは解剖学的事実だ。

車のライトがカーブを描いてコルク樹皮の小山の輪郭を浮かび上がらせ、その光線が野原にも延びてきて、樹皮を剝がされたコルク樫の下に停めたバイクのミラーにも反射した。犬が起き上がって吠え、自分自身の怒りにむせた。相手に犬の声が聞こえなかったのは車中にいたからか、距離があったからか、それとも道路を外れて轍を乗り越えねばならないエンジンの唸りのせいだったのか。フネストも警戒して立ち上がった。

たまに、あの樹皮の総額はどれくらいかと勘定してみたりもした。そういう考えはやめとけ、とセボーロには言われた。なんでだよ？　なんにせよ、何かを考えちゃいけないという理由がフネストには理解できなかった。いつだって、考えたいことを考えてきたのだ。少なくともコルクは確実に三百トンはあった。

高々と積みあがったこの樹皮の塀は、畏怖の念を彼の内に灯した。収穫も佳境にはいりトラックがやってくると荷台は手際よく満載にされた。荷台にロープが投げ渡され、三人の男が一斉に引く。最後に特殊な結び目で結ぶとトラックは車道に送りこまれた。堆(うずたか)く積まれた樹皮を揺らしながら、カーブに差し掛かると傾いて、トラックは慌てずゆっくりと北部の工場に到着するだろう。それを疑う者はいなかった。

一部始終をフネストは物陰から見物していた。自分も手を貸そうとは思わなかったが、それでも見ているのは面白かった。犯罪的とすら言える猛暑がのしかかるなか、まだ自分の当直時間まではたっぷり間があるというのに、ほうぼうにあるマタ・フィゲイラ先生の地所からコルク樹皮を積んだトラクターが集合し、男たちがその上にまたがる様子を見るために、林までわざわざバイクを走らせてくることもあった。樹皮はここで全部集めて仕分けられる。あそこにある小山には地所すべてのコルクが集められているのだ。トラックが次々にやってきては山をごっそりと崩していくのだが、すぐにトラクターが一台、また一台とやってきて新たに積んでいく。トラックが崩せば、トラクターが積む。マタ・フィゲイラ先生は毎年コルクを生産していた。そのコルク樫の林は地平線の彼方にまで広がって、一本一本の幹に白いペンキを含んだ筆で数字が書かれている。これらの数字は樹皮を剝がした年であり、これに単純に九を足せばもう一度樹皮を採取することができる、ということになる。

カービン銃は厳粛な説明とともに手渡された。セボーロはひと言も口をきかず、取り扱い方の模範を示す、動く人形みたいだった。無骨で面白みのない男だ。本人も自分でそう言っていた。おれは冗談は好きじゃない。

フネストは手順も扱い方もひとつずつ思い出そうとした。銃を撃った経験なぞ、これまでにほんの数回、エアガンを貸してもらったときくらいだが、それだって狙ったのはスズメを二、三羽くらいのもので当たりもしなかったくせに、集中して構える様子は堂に入っていた。

自分を雇うのに後ろ向きだった管理人のセボーロに、どうだと言ってやりたかった。あの険のある物言いの裏には口には出さない理由があるのだろうと思っていた。これまでいろいろな野良仕事をやったフネストだが、結局どれもものにならないと思われていたはずなのに、彼を番人にしてはどうかと、テレスがじきじきにセボーロに声をかけてきたのだ。管理人は当然いい顔をしなかった。テレスがセボーロに頼んだ。その前にはマタ・フィゲイラ先生がテレスに、さらにその前にはセニョール・ジョゼ・コルダトがマタ・フィゲイラ先生に、それより前にはフネストの母がセニョール・ジョゼ・コルダトに頼んでいたのだ。

セボーロはフネストの顔も見ないで注意事項を教えた。自分で自分に繰り返しているかのように、カービン銃の構え方、撃鉄の起こし方と下ろし方、撃ち方を説明した。セボーロは表情のないマネキンのように武器を扱い、説明通りに全部やって見せた。

脅迫めいた口調で、セボーロはフネストをただ凝視してこう言った。

てめえの面倒はてめえで見ろよ。

この言葉はつまり、誰も責任を負うつもりはないということだった。免許のない人間が銃を持ってうろついていることは誰も知らないことになっている、ということだ。てめえの面倒はてめえで見ろ。

前の夜にも、セボーロからはこれとまったく同じ言葉を聞かされていた。セボーロから受けた初めての忠告のひとつがこれだった。同時に、コルク泥棒はこんなのよりよほどすごい銃を持っているのだという話もされた。詳細はフネストの想像で補ったものではあるが、アルヴィン・ラポーゾという、この仕事に就いて二、三年経っていた男が、給料は良かったのに、エルヴィデイラのごろつきたちに夜中に出くわしたことで辞めてしまったのだという。

フネストはくたびれるまでカービン銃をいじってみた。重みを確かめ、夜中のうちに三、四発撃ってみて跳ね返る感触を味わい、無聊を慰めた。引き金を引いてだいぶ経っても、野原の上にひろがる銃声のこだまを聞き分けることができた。明け方、最初の男たちがやってきて、すぐに続いてセボーロが山羊を連れてやってくると、フネストはカービン銃を肩から下げたまま、長いこと人間に会っていなかったかのような喜びようで走り寄ったのだった。

六月が過ぎ、七月、八月、そして九月も半ばを過ぎると、だいぶ慣れてきた。炎暑もしだいに落ち着いて大地はゆるやかに冷めてきていた。コルクの山は夜の内部に横たわる身体、黒い幾何学、何トンもの密集した厳かさだった。フネストは、コオロギが紡ぐ広い野原の表面に静粛を呼びかけた。

悪いのは恐怖だ。

車のライトがついた。目を眩ませる光だ。犬が歯をむき出しにして吠え立てた。フネストは立ち上がったが、思考が聞こえなくなり心臓が胸を叩いていた。ライトは消えたがエンジンはかかったままだった。犬は猛りくるっていたが、車のエンジンが切られると、不当にも突然この夜に置いてきぼりをくったようにびくっとした。

あの瞬間はなんだったのか。フネストは自分を囲み、満たしたあの混乱がなんだったのかと謎を解こうとしたものだ。あれは焼けるような混乱だった。犬は吠えやまず、もはや誰にも止められないほどだった。車はコルクの山の脇に停まったままだった。影のなかの影をようやっと見分けて、フネストは車内にいるのは二名、と確信した。運転手はドアをあけて外に出て、周囲を見回した。犬は吠えていた。フネストは、おい、とひと言を発した。運転手は、おそらく聞き分けられなかったのだろう、まだ不安げに周囲を見ていた。フネストはもう一度叫んだ。おい。運転手は太い声で訊いてきた。そこにいるのは誰だ。フネストはその声が気に入らなかった、訊き方も気に入らなかった、この混乱も気に入らなかった、こんなものを欲していたわけではないし、こんなものを期待していたわけでもないし、こんなことは正しくないと思った。この瞬間を終わりにしなければ。カービン銃の銃床を肩に載せ、片目をつぶって二度撃った。犬は彼を理解した。一発目を撃ったとき、運転手はすでに車に戻っていた。二発目ではすでに真っ黒な土煙のなかに滑りこんでいった。

上下に激しく揺れながら、車道に到達するまでアクセルは踏みっぱなしだったようだ。数秒後には車の姿は跡形もなく消え、その痕跡もおぼろになっていった。犬の血の巡りがゆるやかになっていった。火薬のにおいが残った。夜が戻ってきた。

甘い音楽もむっつりとした不機嫌を救うことはできなかった。このカセットテープは彼女が乗りこんできてからかけたものだ。彼女を喜ばせたかったのだ。ふだんは、助手席のコンパートメントのなかの、誰もいじらないプラスチックケースにしまいこんであった。

村を通り抜けるために隠れなければいけないのはイザベラには屈辱だったし、身体を小さくふたつ折りにすると洋服も自尊心もしわくちゃになった。一週間おきの月曜日、ペドロ・マタ・フィゲイラ、ペドロぼっちゃんは風俗店の入口で彼女を拾った。誰かに彼女の姿を見られたところでどういうこともないと思っていたが、父から忠告を受けたようにわざと見せびらかすのはよくないだろうと思った。そういうことをすると、噂話に火がついてとんでもないところに飛び火する。

舗装されていない道にはいるとすぐにタイヤの音が変わって気持ちがほぐれた。ペドロはひと息ついて、片腕を彼女の肩に回したので、イザベラはもう身を起こしてもいいのだと知った。ラメイラの地所までくると車はスピードを次第にゆるめて停まった。イザベラが指で髪の毛を整え、見えない塵を服からはらっているあいだ、彼はその視線をとらえようとした。だが、そう簡単にはいかなかった。イザベラは彼が指先で脚をくすぐっても無視し、手を握ろうとしてもふりほどいた。ここに停まっているのは仲直りをするためだとわかっていたし、和解がなされない限りはどこにも行かないこともわかっていたが、自分の怒りには正当な理由があり、きちんと向き合ってもらってもいいはずだということもわかっていた。結局、この袋小路から抜け出すため、それに何よりペドロぼっちゃんという人は心の赴くままに行動する人であったから、イザベラは結局は手を握ることをゆるし、傷ついたまなざしを彼の視線と合わせることもゆるし、彼のとがらせた唇が寄ってくるのも受け入れたのだった。

ギアを上げると車はなめらかに加速して闇を穿つ光の筒のなかに進入していった。ゆっくり進むとタイヤの下で地面がパチパチと音を立てた。穴がないか気をつけながら石や岩石に乗り上げぬよう、探るように進んだ。ペドロはハンドルを回し、ウィンドウを下げてひらいた窓に肘をかけた。硫黄のにおいが車内に淀んだ。

イザベラは話がしたかった。悦に入って車道を見ている彼の態度が癇に障った。ちがう、これでは全然だめだ。自分は既婚の王子に恋している二十歳の小娘ではない、そこまでおめでたくはない。

冷淡でいれば、色々と見える。世界が始まったときから決まりきっている。既婚の男はほしいものがあれば、まずは妻をけなすことから始める。家であまりうまくいっていなくてね。一緒に住んではいるが、ぼくらのあいだにはもう何もない。離婚寸前なんだ。それから、男たちに近づいて、少々与えて、少々もらって、そんなことをしているうちに妻の元から去ると約束していた時期はとうに過ぎ、そうはいっても時間が必要なんだと言いはじめる。ちょうどよい時機を見計らっているんだよ。あの報せがあるのではと哀れな彼女は苦悩する。ぼくを信じて、あと少しの辛抱だから。それから時間はまた過ぎていく。子どもたちが、家が、義理の両親が、それから、それから。そしてある日、報せが届く。さよなら、悪いのはきみじゃない、ぼくだ。たいした報せだ。

だがペドロは一度も妻のことを悪く言わなかったし、別れると約束したこともなかった。イザベラはそういう、吐き気を催すほど陳腐な、悲しいテレビドラマからちょっと借りてきたような、千回も繰り返されてきたような言葉を彼の口からは聞いたことがなかった。それがよくなかったのかもしれない。そういう嘘を聞いておくべきだったのかもしれない。敏感でいると色々と見落としてしまう。結局、自分は既婚の王子に恋した二十歳の小娘、ただのおめでたい女だったんだろう。

イザベラにとって、どこの土地の名前も、店で混じり合う男たちの声でしかなかった。その話をしていると、男たちはイザベラのこともほかの女たちのこともお構いなく盛り上がるので、女たちはその隙に背の高いグラスから偽のウォッカや偽のジントニックにレモンだけは本物を輪切りにして入れてぐいぐい飲んだ。このあたりの道は何度も通ったことがある。いつもペドロの車で、いつも夜に。ずっと向こうのほうまで続く野原の端は闇のなかにあった。居眠りをして、この野原に自分がたったひとりになってしまったという嫌な夢を見て、ぐったりしながら目覚めて現実に戻れてほっとしたりした。ここならば、なんでもないふりをしながら指を伸ばして、ハンドルを握る彼の腕を握ることもできた。

車道を外れても、ふたりは黙ったままだった。饒舌なカセットはどの言葉も正確に発していた。イザベラはどの曲の歌詞も暗記していた。何もなくても頭のなかで歌を聴くことができた。急勾配の小さな山を次々に登ったり降りたりしているかのように、車は難儀しながら進んでいった。イザベラは、すました顔を崩さないように気をつけていた。ペドロは怒って彼女につかみかかるだろうが、そういういつもの流れに迷いこむ前に話をしたかった。

車はコルク樹皮が堆く積みあがった小山のほうに向かっていった。ここは世の中から身を隠す避難所なのだとイザベラにはわかっていた。ペドロは車を停め、ライトを消して暗闇を据え、それからやっとキーを回してエンジンを切り音楽も消した。遠くで犬が吠えていた。彼がドアをあけたときには、向こうもこちらもまだひと言も発しておらず、ただ待っていた。彼が闇を透かしてにらんでいると、犬の唸り声の合間に人の声がした。おい。彼はまだにらんでいたが、黒いなかに黒い輪郭を持つ木々の形すら見分けることもできなかった。するとまたひと声、おい、と聞こえた。彼は聞いた。そこにいるのは誰だ。返事を待っていると、銃声が二発轟き、一発は彼の腹をすれすれにかすめていった。ペドロが車にはいると、イザベラがくずおれていた。キーを回すとカセットの音楽がさっき止めたところから始まったが、音がうるさすぎた。車が飛び跳ねて地面にぶつかるのも構わず加速すると、ペドロと同じく仰天した野生の動物のように、マシンがパニックを起こした。

アクセルを踏み、空気が足りないとでもいうように、じゅうぶんな空気がないとでもいうように、呼吸がどうしようもなく荒くなった。車道に戻り、いくつものカーブを越えてから、イザベラの名を呼んで意思のないその身体を揺すると、顎は胸まで落ちて邪魔なほどに髪の毛が垂れていた。手が濡れたのを感じた。粘ついた黒い血で指が汚れた。

頭にはありとあらゆる行き先が浮かんだが、ペドロ・マタ・フィゲイラはそのうちの一か所を選んだ。

フネストは夜明けまであと少しというときまで、何も知らずにいた。土地のことは知っていたし、コオロギも、寝ている犬のことも、ときどき火をつける煙草、ひと切れのパン、上着のポケットに入れてきたチョリソーのかけらのことも知っていた。闇から光への濃淡を読み解くうちに、太陽が円い姿を見せる時間を、分まで正確に当てられるようになっていた。それで、バイクの鈍いエンジン音がだんだん大きくなってきて、その後から警察のジープがやってくることに気づいたときには、あと少しで日が昇ると知っていた。立ち上がった姿勢のまま、銃を隠すことも、両手を隠すこともしなかった。ジープがここにたどり着くまでの時間も予測できるかのようにその動きを目で追った。

排気管のゆっくりとした燃焼、通った後に舞い立つ土埃の高さ、ライトの光が始まったばかりの明るさを突き抜けるさま。ジープがコルク樹皮の小山の前で停まると、フネストは唇を動かして犬を制した。これ以上は必要ないと見た犬は、飼い主の沈黙に自分も従うことにした。夜露には不向きのブーツを履いた巡査部長とソウザ巡査が、土に足を滑らせ、影に躓きながら苦労しいしい丘を登ってきた。

逃亡の危険はないとして、派出所では巡査が人差し指でひと文字ずつタイプを打つ机の隣に座らされたフネストは、ペドロぼっちゃんが息絶えたブラジル女を救急病院に運びこんだことを知った。そこの修道女たちが派出所に電話をしたのだ。調書に記載をしている巡査部長が自分自身に聞かせるように読み上げた。通報を受理し、当派出所職員が出動、午前五時四十五分に現場に到着した。現場で発見された容疑者は、氏名はジャシント何某、身分証明書番号はこれこれ、ガルヴェイアス居住、無免許にて武器を携帯していたためそれを押収した。聴取に対し、容疑者は容疑の否認を一切しなかった。

ここに署名を。

身体が痺れてフネストは手に力がはいらなかった。

母の呻き声が聞こえてきたのは日もだいぶ高くなってからだった。面会を許された母親とは、会話にはならなかった。何かを言おうとすると、母の顔も口も崩れてしまうのだ。どんなことを言えばいいのかもわからなかった。そろそろ裁判所に向かわねばならないという巡査の言葉は刃となり、追い打ちをかけるようにフネストの母を貫いた。それまでは姿も見せず沈黙していたセニョール・ジョゼ・コルダトが母を支え、あの子の移送は自分の車でさせてもらえないでしょうかと昔気質の丁寧な口調で訊ねた。その礼儀正しさに気をよくはしたものの、巡査部長の答えはつれなかった。

残念ですが、それは承諾できません。今回はあまりに重い事件なので。

セニョール・ジョゼ・コルダトは頷いてジュリア・フネスタの腕を取り、派出所の入口に押しかけた野次馬にじろじろと見られながら彼女に手を貸して車に乗せてやった。その直後にどよめきが起こり、フネストとソウザが現れてジープの後部座席に乗りこんだ。ジープと車は一列に並んでひどくゆっくりとポンテ・デ・ソルへと向かっていった。

水が顔を直撃した。シャワーを浴びているあいだは、ペドロぼっちゃんはひとりでいられた。彼の人生は崩壊した。目を閉じると、忌まわしい光景が次々に浮かんだ。イザベラが店の前から車に乗ろうとしているところ、それからふたりが知り合ってもう何年も経っているなと思ったこと、そして彼女がいつものようにブラジル風に、素敵じゃない（トゥード・ジョイア）と口にするのを聞いたこと、それから彼女の息の味、息の温もり、厚い化粧に塗りこめられていても見わけられた、めったに見せない微笑み。光景はまだ続く。死んだイザベラ、死んだイザベラ、死んだイザベラ、救急病院の入口で腕に感じた彼女の重み。あれが彼女に触れた最後となった。

馬鹿なことを。

父の声で彼の黙想は切り裂かれた。

シャワーの下にいれば、あの侮蔑に耐える必要はなかった。父の声は、一刻も早く書斎のドアを閉めたい、のしかかる失望を早く肩から降ろしたいという願いの鉛のような影だった。書斎には妻の鼻にかかった泣き声も届かないし、居間や廊下で妻に出くわしてなよなよした調子でくだらない質問を投げかけられることもなく、別の顔を装って答えることもしないですんだ。書斎にいれば、窓ガラスの向こうに映る息子の姿を避けられた。中庭にひとりでいる九歳の少年、蔦に覆われた塀を前に、遊んでくれる友だちのいない子ども。

ニュースは瞬く間にガルヴェイアスを通り抜け、幾年も塗り重ねた漆喰の厚い壁も通り抜けた。祖母があらゆる言葉を駆使してマダレナに事の顚末を話すのがカタリノに聞こえた。パジャマとスリッパ姿のカタリノの妻は驚いて手のひらで口を覆った。自分でニュースを伝えているくせに、自分自身の話に老女も同じようにもう一度驚いていた。ガルヴェイアスにとってはあまりにも大きな話だった。娼婦が撃ち殺されて、その娼婦にマタ・フィゲイラ先生のところの御曹司がたぶらかされていて、フネスタの息子が牢獄に送られているだなんて。大事件だ。

カタリノが全身を耳にして聞き入っていることも、その内側で吐き気がのたうっていることも、女たちはまったく気にしていなかった。ただ、裏庭に続くドアにかかるリボンの暖簾をカタリノが突然くぐって出たことには気づいた。

　その耳に声が届くようにと声をわざとらしく震わせて、決して大きくなることはない孫息子に向かって祖母は訊いた。

　どこに行くつもりだい、ヌノ・フィリペ？

　カタリノはガレージにはいると門扉をあけて、待ち構えていたファメリアにキーを差し込み、走った。どこに行くつもりもない。行くところなどなかった。ガルヴェイアスをひと回りするだけだ。


　ときどき輸送車のエンジン音が安定し、一定の速度で走っているのかと錯覚しそうになると、なんの説明もなく急ブレーキがかかってがくんと揺れた。後部にひとりで、窓もなくベルトもせず、フネストは膝から落ちそうになったり、反対側に転がり落ちそうになったり、尻もちをつきかけたりした。そうかと思うと、ふわりと宙に浮いたようでどきりとすると、途端に狭い座席に叩きつけられたりもした。

　裁判所の出口には母がいて、輸送車に乗りこむところまでついてきた。涙とよだれでべたべたになった母にポンテ・デ・ソルの警官たちは何も言いはしなかったがフネストのほうが思春期の若者のように気まずくなり、だがそのときふいに、この朝に、現実的な冴え冴えとした明るさに、はっと気づいた。混乱した母は飛びついてきて息子にしがみつき、息子のほうは、母の身体を感じ、そのなまぬるい涙とキスの唾液で顔が濡れ、襲われでもしたようにきまりが悪くなった。それでフネストはさっさと輸送車に乗りこんでしまったのだが、車内から振り返ると、日にさらされて泣く母と、その背後に寄り添う無関係のくせに沈痛な表情を浮かべた赤の他人、肌には染みが浮き出ている老人のセニョール・ジョゼ・コルダトが、ひらいた車のドアの四角い枠に囲まれた絵のようで、それが脳裏に残って胸が痛んだ。警官がドアを閉め、世界を閉め、我をうしなった母の叫びが聞こえて、胸が痛んだ。

この前に、ガルヴェイアスの巡査たちに付き添われてここに着き、階段を上って裁判所の建物にはいったフネストを大理石の静けさがざわつかせていた。では、これで引き渡しということで。本人などいないかのように誰もが彼のことを話し、待合室でフネストと待機していた警官は、廊下に続くひらいたドアにもたれて掃除婦に声をかけたり、誰かが通りかかれば重々しい声で挨拶をしたりした。ここには日常があった。

今回もまた、腕をつかまれて歩かされても、自分がどこに行くのか知らなかった。裁判官と書記の若い女がいる部屋にはいった。事件について訊ねられたことに答え、たいていの場合は、はいと答えて容疑を認めながら、フネストは丁寧にワックスで磨きこまれた古い木材のにおいをかいだ。同時に自分が野良着のままここに立たされ、聴取を受けていることが恥ずかしくなってきた。靴下はゴムが伸び、ズボンは泥で汚れ、シャツは汗臭く、古い上着はボタンが取れていた。長いこと待たされたわりには、裁判官の前に立った時間はだいぶ短かった。母と輸送車が外で待っていた。

登り坂に差し掛かってぐらりと揺れ、輸送車はぶんぶんと唸り声を立てた。単調な道のりに慣れてくると、フネストは自分のバイクが樫の木の下に置きっぱなしになっていることを思い出した。きっと誰かが家まで乗って帰ってくれるだろう。キーは差したままだった。持ち主が誰なのか、気づいてくれるように願った。少なくとも、夜の帳からバイクを守ってくれた樫の木が太陽からも守ってくれているはずだ。この時間であれば、間違いなく犬は家に戻っているだろう。彼のことをいつまでも待っていることだろう。

ラケル、ラケルのことを思い出した。うきうきした声で電話で報せるラケルの母の姿が頭に浮かんだ。取り乱すラケルのことも。そのとき隣にいて、きちんと説明できないことがもどかしかった。できるだけ早く手紙を書こう。牢屋から手紙は出せるのだろうか。自分が知らないことのいちいちが、吐き気を催させた。

エルヴァスまでの道は果てしなかった。いまどのあたりにいるのかはわからなかったが、前部座席の警官たちの姿は見えて、何か些細なことで声を荒らげているのが走行音のあいまから聞こえてきた。不眠が目の奥で焼けて脳内にぽつりと白熱灯をともし、フネストはめまいとともに慄然とした。昨日までは、安全で、確かなところに居場所があったというのに、あの瞬間にこれからの何もかもが崩れ去ってしまった。息を止めた。今後の人生まるごとのためにとっておいた空間が、いまは巨大な未知の何かに占拠されてしまった。

自分がいま、ここにいるということを信じたくなかった。いつもだったら、この時間には眠っている。台所で母が立てる物音、アルミの鍋がカチャカチャとぶつかり合う音、ラジオから流れる音楽はファド、そうした音が眠りながらも全部聞こえていて、何時なのかはわからぬが教会の鐘が鳴り、窓の外では小鳥がさえずっている。くさい息を吐きながら台所にいくと、母があたふたと昼食を用意してくれる。スープと揚げた魚だ。そんなふうに午後はだらだらと続くのだ。もう暑さに怯える子どもではないので、ちょっとバイクをいじったり磨いたりして、シコ・フランシスコのカフェまでひとっ走りする。ビールを一杯ひっかけて、ベンフィカ（ポルトガルのサッカーチーム）がどうしたと議論する。セニョール・ジョゼ・コルダトの家に出かける前に母が作っておいてくれた夕食を温めなおすこともせず、早い時間に済ませる。

それなのに、彼はここにいるのだった。車道の穴に揺られ、座席から落ちては座りなおしを繰り返して。

あのブラジル女のことは知っていた。あの店には五、六度行ったことがある。興味はなかったのだが、仲間に引っ張られて、まごまごと夜を過ごしたのだ。あのブラジル女に飲み物の代金を払ったことがある。柔らかな話し方だった。ブラジル訛りで微笑んで、ノースリーブのシャツの下であまり大きくない胸が揺れていた。中身のない会話の内容をもう一度思い出すことはできなかったが、気軽に楽しくふたりで座っていたのは覚えていた。いつか殺し殺されるのだなんて、想像するはずもなかった。

あのとき、将来この女に弾を撃ち込んで殺すことになるのだと誰かに言われたとしても、信じはしなかっただろう。

将来とは、あり得ないことばかりが待ち受けているものなのだ。

ガルヴェイアスでは彼の話でもちきりだろうと想像できた。郵便配達夫は郵便物を配りながら、事件のあらゆるバージョンを集めていくだろう。シコ・フランシスコのカフェでトランプに興じながら男たちも話すだろう。畑で働く男たちは、蟬の声に囲まれながら、セボーロが番をする樹皮の小山の前で前夜の痕跡を捜すだろう。市場の隅では女たちが、籠にいれたメロンやサラダに使う熟れたトマトを抱えたまま話しているだろう。サン・ペドロ公園の老人たちは殺しの原因を突き止めようとするだろう。エルネストの床屋では、暇な男たちが集まって、ひげを剃るでも髪を切るでもないくせに空いた椅子を囲んで噂に興じることだろう。アジニャガ・ド・エスパニョルのサッカー場に遊びに出かける前に、子どもたちは何があったのかを知ろうと頑張っているだろう。そして、年長の子どもたちが年下に説明をしてやるのだろう。

ブリキの棺桶のような輸送車に閉じこめられてはいても、ひと筋の光もはいってこなくても、フネストはどのあたりを走っているのか、並行して走るタイヤの音、壁に反響してくぐもるエンジン音を聞いて見当をつけられることもあった。それでエルヴァスに着いたときもわかったのだが、もはやなんの期待もなかった。

車が停まった。

あまりにも強烈な日差しが両目にまっすぐにはいってきた。警官たちに腕を取られて立つと、白熱の日の光が彼を取り囲んだ。門の前で少しだけ待たされた。彼を受け入れる警官たちにとっては、今回の件もそう大ごとではなさそうだ。こんな話には飽き飽きしている、どんな終わりを迎えるのかもわかりきっているとでもいう風情で、ポンテ・デ・ソルから彼を連れてきた警官たちの話を聴いていた。動きもせず口もきかないフネストは、書類に文字を書きいれる使い古しのペンよりも価値のない存在だった。

ここに署名を。

それから、彼が署名した書類をひったくった。何をするにしても、常に悪意があり乱暴だった。ある部屋に連れて行かれるとポケットもひっくり返して所持品をすべて没収され、フネストが持つものはその身体と誤った思考のみと確認できるまで調べられた。

そこはにおいが違っていた。影の色も違った。それでも、極細の線も見えるほど細かいところまで、それこそ塵の粒まで、すべてがはっきりと見えた。フネストは壁の向こうから聞こえてくる音に怯えた。身体が震えてきた。恐怖をいっぺんに渇いた喉で飲み込んだ気分だった。哀れに思った警官が態度を軟化することにしたようで、彼を連れてふたりで通路に出た。警官が携える鍵のひとつで出入り口をあけると、長々しく複雑な錠前の音が響き、鋼製の大きな部品が互いにかみ合った大きな金属音とともに扉がひらき、また同じような長い音を立てて閉められた。それから次の通路に進んだ。警官はまた違う出入り口を別の鍵であけ、時間をかけて錠前がひらく音を立てたと思うと、また同じようにそれを回して騒がしく閉めた。鍵がかけられるたび、自分の内側に鍵がかけられているとフネストは思った。

突然に、ガルヴェイアスと世界は存在しなくなった。突然に、何もかもなかったことにはできなくなった。

もどかしげに、体当たりでドアをあけた。震える指で鍵を回し、全身の力を込めて肩をドアにぶつけた。大股で歩く足の下でパチンと音を立てたのは何だったのか気にも留めずに廊下をどんどん進んでいった。台所にはいると椅子を引っ張って座面に積んである紙類を前腕ではらいのけた。椅子を踏み台にし、さらに流し台の上に半分だけ足がのるスペースを見つけて上った。食器棚にしがみつくと、その上に積もった黒い埃に腕を伸ばして瓶を手に取った。

葬式は終わりがないように思えた。ダニエル神父は式を手短に済ませるつもりでいた。彼の説教に耳を貸す者はいなかったが、店の女たち、パウラとフィローが棺の上に身を投げ出そうとする騒ぎがあったりして、散会までだいぶ時間がかかってしまったのだ。これまではどこの葬式にも欠かさず参列してきたという未亡人たちも、今度ばかりは出るもんかと息巻いていたのだが、どうしたことか、全員がその時間に偶然にもあちらこちらでそれぞれの家の墓を掃除しに来ており、ひとつも見逃すまいとぐっと首を伸ばしていた。

墓掘人とその助手、店の女たち以外の参列者はわずかだった。悲しみに沈む男たちが近隣の村々から数名きていたが、そのなかにはカタリノもいた。哀れな男たちはそれぞれがイザベラの心の特別な場所にいたのは自分だったはずだという幻想を抱いていた。マタ・フィゲイラ家は代理人をよこしてきた。テレスだ。涙にくれてはいたものの、まだ話ができるほどには自制心を保っていたパウラとフィローは、マタ・フィゲイラ家の態度は立派だと感動し、言葉をつくして誉めそやした。ヒールの高い靴を履いてつま先立ちで歩くこのふたりの女が聖ペドロ教会から墓地まで行くのはひと騒動だった。一歩踏みだしてはよろめいて、足をくじきそうになると、なぜかそこには男たちの誰かしらがいてさっと腕を貸してくれるのだった。

教会では、ティナ・パルマダとミャウが棺に横たわるイザベラを前に、ふたりきりでひと晩を過ごした。パウラとフィローは、故人はきっとそう望んだはずだからと、その夜もパンを作っていた。真夜中の二時か三時頃だったろうか、カタリノの妻のマダレナがやってきた。消え入りそうな声でこんばんは、と言い、棺に近づいてイザベラを長い時間じっと見つめ、そっと手で触れて出ていった。ティナ・パルマダもミャウも何も妙に思わなかったし、彼女が訪れたことは誰にも言わなかった。

棺に土をかぶせ終わると、墓掘人が三つ四つの花束を置いた。そこにはイザベラの家族からの花はなかった。時差も違えば季節も違う遠い国に、まだ報せは届いていなかったのだ。まさにこの時、何も知らない彼らは、もはやイザベラが決して戻ることのない土地でアイスキャンディーでも舐めていたかもしれない。

結局、イザベラはガルヴェイアスの墓地に永遠に留まることとなったのだった。

そのときのダニエル神父はといえば、参列者の悲しみが強い日差しで焼かれるさまを眺めながら一刻も早くここを去りたいと思っていた。だが、ミサを数ページすっとばし、低い声音で我らの父よとつぶやき終わり、さあ帰ろうというところで誰かに腕をつかまれた。テレスだった。

素面（しらふ）で家を出たことで、これまでにも何度も痛い目にあってきたというのに。それなのに、この朝は、なんとなく、唇を湿らすことなく一日を過ごせるかもしれないと思ってしまった。そんなふうだから、聖ペドロ教会の脇ですでに待っていた男たちには上機嫌で挨拶ができた。ところが墓地へと向かう途中、棺を載せた荷台を先導して歩いているうちに目がチカチカしはじめた。真新しい墓穴を前にして、最後に棺を開けたときにも、頭にはたったひとつのことしかなかった。あたかも歯が歯茎を突き破るかのよう、体内の血液が自分自身に懇願しているかのようだった。そこを、さあ帰ろうと思っていたところを、錯乱状態の神父の腕を一本の手がつかんだのだ。テレスだった。

この時、この場においては、言葉を交わさざるをえない。ええ、気の毒ですな。ええ、嘆かわしいことですよ。ええ、それが人生というものです。ようやく本題にはいったのはそれからだった。マタ・フィゲイラ先生が、聖サトゥルニノ教会でトウモロコシ粉の甘粥のミサをふるまいたいと言っている、とテレスは言った。農地管理人たちがみんな不安がって、帽子を手に握りしめ、聖サトゥルニノ教会でミサをしてトウモロコシ粉の甘粥をふるまってほしいと先生のところまで頼みにきたのだと言う。当然、先生に直談判はせずにまずはテレスのところにやってきたので、彼が先生に伝えたのだ。先生は考える間もなく、即座に了承した。

九か月間、一滴の雨も降らないなど、神の誤りである。四月にはそよと風が吹いて湿り気を感じた者もあったが、結局何もなかった。五月には農地管理人のひとりが飛行機雲を雨雲と見誤った。雲ひとつない空を見上げて、彼はもうすぐ雨が降ると言い張った。だが、何もなかった。ミサをあげ、トウモロコシ粉の甘粥をふるまうという寛大さを見れば、主の記憶が喚起されるかもしれない。もしかしたら、神はガルヴェイアスのことをお忘れになっているのではなかろうか。

神父の頭はたったひとつのことで占められていたので、そういう異端的な考えに即答はしなかった。ただもう、急いでいたのだ。テレスは、神父とは違う焦りから、ガルヴェイアスのトウモロコシ粉の甘粥のミサという伝統をみなに見せるのはいまが絶好の時ではないですか、と言いつのった。

テレスの口調は、純朴な農民たちの動揺を伝えていた。

あまりに過酷な干ばつの時にはガルヴェイアスの地主たちが聖サトゥルニノ教会でトウモロコシの粉で作った粥を村人全員にふるまうのが習わしだった。テレスによれば、村人たちが家に着くころにはもう雨雲が出はじめて、その後ほんとうに雨が降ったことが何度もあると管理人たちが証言したのだそうだ。

神父は驚きを顔に出さないようにしながらすべて承知したと言って帰り道を急ごうとしたのに、テレスは日程と時間を決めたがった。明後日の土曜日でなく、その次の土曜日に、ということで話が決まった。話の決着がついて握手を交わす頃には、墓地はすでにほかに人影がなくがらんとしていた。神父はただただ逃げたかったのに、まだテレスに腕をつかまれたままだった。

帰り道も定かでなく、こめかみがどくどくと打っていることも、マンテイガ通りで靴が滑ることも気づかなかった。コップも使わずに瓶の口から直接がぶがぶ飲んだ。イナシアおばさんのスープの残りがこびりついている皿などが山と重なる流し台にもたれ、立ったまま飲んだ。赤ワインを瓶の半分ほども飲んで、ようやく深々と息をついた。

恥ずかしさのあまり、イナシアおばさんに暇を出してから十年以上も経つというのに、いまだに家内にある瓶は隠していた。自分自身から隠していたのだ。

イナシアが玄関の戸を叩くと、神父はできるだけ細くあけた隙間からするりと抜け出てきて、肉の煮込みがはいった鍋や、蓋つきの壺に入れられたスープ、クリスマス用の茹でたタラなどを受け取ると、内部を覗かれないように身体で隠した。イナシアおばさんには覗きこむつもりなどなく、とうに興味をうしなっているのに、神父のほうが用心には用心とばかりにそんなことをしていた。

ダニエル神父とはまるで違う前任の神父の時代には、イナシアおばさんはまだ若く、イナシア嬢さんと呼ばれていたものだ。母に神父さまのところで働くようにと言われたとき、イナシアは二十歳にもなっていなかった。当時はサン・ジョアンに住んでいて、毎日徒歩で通い、夜明けから夜まで働いた。マデイラ神父は感じのよい人で、イナシアより三十歳は年が上で、物腰が柔らかく父性を感じさせる人だった。それでも口さがない人たちはいるもので、いやらしい噂を立てられてずいぶんと涙を流したりもした。それで縁談が持ちあがった時には飛びついたのに、さあ恋人ができたと思ったらその内気な求婚者は徴兵されてしまい、そのまま帰ってこなかった。イナシアは結局未婚のままだったが、特に不便はなかった。その頃になると、救急病院にいる修道女たちとすっかり打ち解けて聖書の勉強会にも出たりしていたのだ。ミサで讃美歌を歌うときには率先して声を上げ、みなを先導したものだ。

両親が亡くなって――神よ、ふたりを休ませたまえ――教会の前庭に面した小さな家に移った。降誕前夜のミサに出て、四旬節には魚を揚げて、十字架の道行きに参加して、を幾度も繰り返した。ある日、ダニエル神父がやってきた。前の神父と同じように感じはよかったが、彼女より三十歳も若くてイナシアおばさん、と呼ばれた。神父の交替で、イナシアは一気に歳を取ってしまった。

神父の肘の脇にある大皿入りの肉はイナシアおばさんのオーブンで焼かれたものだ。二、三か月がたって、手も触れないでいるうちにふわふわした黴にすっかり覆われていた。その大皿のまわりにも、調理台のどこにも、テーブルの上にも、流し台のなかにも、床の上にも、汚れた食器と腐った食べものがあり、郵便で届く教会会報が誰にも読まれることなく散らばっていた。ダニエル神父はもはや冷蔵庫をあけることもなくなり、冷蔵庫はただ台所でブウンという悲しい機械独特の泣き声をときどき立てるだけだった。そのなかに何があるかと想像することをダニエル神父はずいぶん前にやめてしまっていた。

視界に瓶は一本もない。中身のはいった瓶はみんな家のいつもの場所に隠してあり、空き瓶は流し台の下に保管してあった。たまにそこから引き出された瓶は、籠に入れられて上に布を被せられ、アルメイダの居酒屋から戻ってくるときにはまた隠し場所にしまわれるのだ。道中、神父は瓶がガチャガチャと音を立てないように一生懸命だったが、通りすがりに挨拶する人はみんな、籠に何があるのかわかっていた。

ようやく緊張が解けたダニエル神父のとろりとした目に、すぐ脇の黴だらけの肉の皿は映らなかった。もうお構いなく、とこの皿を受け取るときにイナシアおばさんにはそう言ったのだ。それはいつもの台詞で、できることなら食べものを持ってくるのをやめてほしいのだった。この気まずい関係のせいで、ガルヴェイアスでもしかすると見つけられたかもしれない楽しさもすべて台無しになったと神父は思っていた。ひと口ふた口、いつも形ばかりは口にしたが、残りは腐るがままほうっておいた。頭がはっきりとする日がたまにあれば、今日こそは断固とした態度をとるのだと心に決めて、老女の鍋、皿、蓋つきボウルを次々にごしごし洗った。それらを返しに行くと、もうこれ以上はお構いなくという、すでに何度も繰り返したお願いを毅然とした態度でしたり、腰を低くして頼んだりもした。だが、イナシアおばさんは新しいやり方を学ぶ年齢はとうに超えていて、しばらくするとまた戸口に現れて、豆とパスタの煮込みの鍋、鯵のエスカベーシェ、さらには年金を受け取ったばかりだったりすると、羊肉のオーブン焼きを持ってきた。

何を見ている？

振り向いて、この問いをキリストの小像にぶつけた。神父の目はぎょろつき、両頰は熱を帯び、乾いた舌がだらりと垂れていた。神父と、神父を取り囲むすべてとのあいだにはぼやけた距離があった。その靄に、鈍い色あいのなかでキリスト像はその姿をはっきりと見せていた。石膏でできた身体、胸の前にさらした心臓、心臓から放たれる光、長い髪、完璧な形の光輪、哀れみに満ちた青い目。これを見たこのときの神父は、たいそう気を悪くした。そこで、もう一度訊いた。

何を見ている?

踏んづけた紙を引きずったまま像に近づいた。台を両手で持つと、身体をしならせて勢いをつけ、それを抱え上げた。壁側に向かせようと思ったのだ。裁くような視線に耐えられなかったのだ。像を胸に抱え上げると、二歩後ろによろめいてしまった。なんとか体勢を持ちなおそうとしたのだが、床がゆがんで傾いていて、像は急に重みを増したようで、あえなく両手から滑り落ちた。床に当たって像は大きな乾いた音を立てた。足の上に落ちなかったのは幸いだった。

ゆっくり、ゆっくり、屈み込んだ。像の肩を、滑らかな上着を引っぱり上げてみた。頭の片側、片眉の上あたりの額がつぶれていた。顔の半分が粉々になりながらも、像はまだこちらをじっと見ていた。

それはそのままにしておくことにした。またワインの瓶に戻ると、抱え上げてラッパ飲みした。遠雷のごとく胃が鳴った。思い切り力をこめて息を吐いたが、息をするのもくたびれるのは、きっと空気が濃度を増して、生ぬるくなったせいだろうと思った。穴のあいた風船を膨らませようとするかのようにふうふうと息を吐いた。すると、瓶の口が、緑色の厚いガラスが唇に触れるのを感じ、ワインがそこを通っていくのを感じた。この瓶をほかの空き瓶と一緒に流し台の下に置いた。潰れてしまった「イエス・キリストとその聖心」の小さな像の残骸をおそるおそるまたいで廊下から玄関に行き、外に出た。アクルシオの店に行くつもりだった。もう、恥ずかしくはなかった。

鐘の音が教会の前庭に満ちていた。その音は村中にひろがり、日光の下で遠くまでいくと次第にかすかになっていった。サン・ジョアンでも、デヴェーザでも、鐘の響きは古い記憶のようで、ここにはもういない人たちが交わしていた遠い昔の会話のように聞こえた。鐘の音は、教会の前庭にあった別の思いの場所を奪い、別の考えの出入りを禁じた。

ダニエル神父は寝ていたソファからなかなか頭を上げようとしなかった。しかし鐘の音は非難がましく鳴りつづけた。この日は日曜日で、鐘の音はミサの始まりを告げているのだった。時間に几帳面な聖堂番を恨めしく思いながら起き上がった。あそこまでやかましく鳴らさずともよいものを。あのうるさいばあさんどもを呼びつけようとしているのか？　前のベンチをいつも陣取るやかましいガキどもだって呼ばれなくても来るともさ。修道女たちに来いと命じられているんだから。ミサに来なかったら教会主催の遠足でナザレに連れて行ってもらえないからな。

しかし、洗面所で水を両手ですくって顔を濡らしているうちに、気分が変わってきた。あらためて目が覚めてみると、すべてが気楽に思えた。水が彼を若返らせたのだ。若かりし頃の日曜のようだと思った、神学校の祭りがある日のような。入念に顔を洗い、タオルで拭いた。乱れたまつ毛のまま白い水垢がこびりついた鏡を覗きこみ、自分自身にたくさんの誓いを立てた。家を出る前にはつい隠し場所に足が向きそうになり、誓いはまた今度からにしようという誘惑に十回は負けそうになった。アルコール漬けで何年も過ごしているダニエル神父にはおなじみの衝動なのだが、このとき胸に抱いていた決意はそれにも負けないほど固かったのだ。

教会の前庭は硫黄のにおいがした。神父が笑顔でいるので、すれ違う老女たちが一様に驚いた顔をした。神父は聖具室にはいり祭服に着替えた。軽く両目を押しながらこすり、手を離すと目の前に聖堂番が立っていたので仰天してしまった。聖堂番のテノリオは、すなおで真面目なよくできた若者で、ミサのある日にはまめまめしく手伝ってくれた。彼がひとりで教会をあけ、ぜんぶ準備するのだ。神父は感極まり、この若者の手を握った。テノリオは、唐突な神父の優しさにうろたえるだけだった。

シスター・ルジアが弾くオルガンが、水が寄せるように聖堂にこだましていた。白く細い指は、しっかり訓練されていた。神父が祭壇の中央までやってきたので、音楽は終わりの章へと移り数秒の内にやんだ。いつものごとく、オルガンに聴きほれていた老女たちが終わりに気づくとあからさまに嫌な顔をして、鳴りやんだところで険しい顔で咳払いした。

祭壇の準備はテノリオが全部整えてくれていた。ロウソクが灯り、説教壇には聖書がある。正確なページでミサ典書がひらいてあるのは、神父が説教をど忘れしたときの用心だ。前にもそういうことがあったのだ。

少しずつざわめきが引いていき、神父は十字を切った。主イエス・キリストの恵み、神の愛、精霊の交わりが皆さんとともに。一音一音を明瞭に発音し朗々と祈りを唱えはじめると、このままいけるという確信がうまれた。合唱のような参列者たちの応えがその自信を後押ししてくれた。告白の言葉を口にすると、身体も軽くなった。これわがあやまちなり、わが大いなるあやまちなり。ミャウがはいってきたのはそのときだった。

祭壇の上から、身体を縮めて洗礼盤の陰に隠れようとはしていても丸見えのミャウが見えた。ミャウが叫び出すと全員が後ろを振り向いたが、ダニエル神父はミサを中断しなかった。

主よ、あわれみたまえ。主よ、あわれみたまえ。

キリストよ、あわれみたまえ。キリストよ、あわれみたまえ。

主よ、あわれみたまえ。主よ、あわれみたまえ。

無邪気なミャウには悪気がないということも、今頃、彼をそそのかした者たちが広場で笑っているのだろうということもわかっていて、それでも自分を責めずにはいられなかった。体内で自責の念がずしりと重くなった。ほかの神父であったら、こんな不敬をはたらこうなど、誰も思わないだろう。

オルガンからドの音が重々しく流れ出て、その場の空気が変わった。讃美歌の合唱が始まると、テノリオがあわてて飛び出してきて、できるだけそれとなく、だが結局はばたばたと、ミャウを外に押し出した。テノリオが祭壇に戻ってくる頃には、神父はすでに激しい吐き気と闘っていた。

ステンドグラスを通って落ちる光は、黄色っぽく変色していた。急に黄疸の症状が出たかのようなダニエル神父は、必死に思考に没入し邪念を切り離そうとしていた。ワイン、ワインの香り、ワインの味、ワインの泡が目を刺した。

主はみなさんとともに。主はわたしたちとともに。

心を上げましょう。わたしたちの心は神のなかに。

主なる神に感謝をしましょう。感謝はわたしたちのつとめであり、救済です。

上げられた神父の心は早鐘を打ちはじめ、どんどんふくらんで喉までせり上がってきた。自分が口をつぐむ番になると、できるだけ鼻腔に空気を取りこもうとしたのだが、これだけ静かだとドクンドクンというこの鼓動が会衆にも聞こえているのではないかと不安になった。

いつもどおり、神父は即興で説教を行なった。パニックと必死に闘い、口のなかはからからで、ただ意志の力のみによって話した。自分自身に説くように語りかけた。

誰ひとり聴く者はいなかったが、それは美しい説教だった。

前列左側の男の子たちは手遊びをしていた。同じく前列右側にいる女の子たちは目配せをしあっていた。法螺話にはもう飽きた老女たちは説教に身を入れて聴くのをとうの昔にやめていた。

そして聖杯だ。両手が焼け、皮膚が焼け、全身が焼けているダニエル神父は聖杯を掲げ、ワインは唇に触れるまでにとどめた。テノリオがいぶかしい顔をしたが、何も言わなかった。

聖体拝領が始まると、老女たちはベンチから跳ね起きた。ひとりひとり順番に口をあけて舌を突き出してきた。あまりにも薄く、あまりにも唾液だらけで、凝固した乳のような白いコケで覆われた舌。

キリストの身体。アーメン。

ミサの閉祭が近づくにつれ、ダニエル神父の吐き気も落ち着いてきた。心臓はゆったりとしたリズムを取り戻し、呼吸は深くなり、汗は皮膚の上で乾いていった。

次の土曜日にトウモロコシ粉の甘粥のミサが、マタ・フィゲイラ先生の主催で聖サトゥルニノ教会にて執り行なわれることを告示した。とっくに知られていたことだったので、会衆に驚きはなかった。教区のお知らせは教会より前に居酒屋に届くからね、とひとりの老女がふざけてつぶやくと、イナシアが厳しい顔を向けて黙らせた。

主はみなさんとともに。主はわたしたちとともに。

子どもたちだけでなく老女たちもそわそわしはじめていたが、席を立つには許しを待たねばならない。ようやくため息とともに許しが出た。

行きましょう、主の平和のうちに。主がともにあらんことを。

会衆はばらばらと散っていった。一番よい服を着て、週一度の入浴を済ませ、それぞれの生活に、それぞれの幻想に戻っていった。神父が振り向くと、テノリオの姿はすでに祭壇にはなかった。口に泥の味を感じながらのろのろと聖具室まで行き着くと、テノリオはちょうど帰るところだった。

ダニエル神父は祭服を脱いだが、机の上に脱ぎっぱなしで放り投げて聖堂に戻った。シスター・

ルジアがオルガンの椅子に腰かけたまま、神父を待っていた。懺悔がしたいのですが、と声をかけてきたが、神父には返事をする力もなく、今日はとても無理だと身振りのみで断った。修道女はそれを理解し、慎ましく黙ったまま出て行った。

大理石の上を歩く神父の足音。教会の扉に閂をかけ、最後尾のベンチに腰掛けて目を閉じ、両手を合わせ、その午後はずっと、繰り返し繰り返し、震えながら痛悔の祈りを唱えつづけた。

あと数メートルというところまで来ると、墓地の門扉がばたばたと揺れはじめた。ペンキ塗りの鉄が揺れ、ジグザグ模様を描いて鉄が揺れ、こんなにいい加減な形でいるのはもうごめんだと、こんな形はもう壊してしまいたいと、もう消えてしまいたいと訴えて、不在と不確実性を世界に撒き散らしていた。先頭に立って歩く神父はその光景に胸打たれたが、すぐさまその黙示録的な考えにぞっとした。自分の足に躓いたが、転びはしなかった。

神父が墓地の門をはいっても、葬列の最後尾を歩く人はまだ村を出てもいなかった。ガルヴェイアスの住民全員が葬列に加わっていたからだ。アヴィスの車道まで届くほど長い葬列に姿がないのは聖堂番だけだったが、彼もまた人びとの歩みに合わせて鐘を打つことで参列しているのだった。

その前夜、まさにこの胸をふさぐ鐘の音を神父は耳にした。聖具室に腰かけて、仕事の手を止めて机に肘を乗せて無骨で役立たずの両手を合わせると、身の内にある黒々とした沈黙に鐘の音がひとつひとつ響いた。

その直前、神父は献金箱を机の上にひっくり返していたのだ。硬貨を積み上げて青緑色の円筒を作りながら、ここの住民には慈悲の心というものが欠けているとひとりでぼやいていた。五トスタン、十トスタンの硬貨はたくさんあり、二十五トスタン硬貨も同じくたくさんあったのだが、五エスクードの硬貨はほんの数枚、そしてサクラとして入れておいた二十エスクード札が一枚。神父はその札をしげしげと眺めた。証明写真のようなガゴ・コウティーニョ海軍士官の顔にはしわが寄り、緑色で、幾人もの汚れた手でもみくちゃにされていた。まさにそのとき、テノリオが部屋に飛び込んできて、報せを伝えるやいなや鐘を鳴らすためにふたたび飛び出していった。心重く耳を澄ませるダニエル神父の耳に、悲しみの音が繰り返し聞こえてきた。

墓地の門から続々と人が押し寄せてきたので、通路も隣り合う墓の周りも満員になった。そろそろ正午という時刻で、日は高くなり暑さが厳しかった。糸杉の木々は硫黄のにおいに耐えつつ直立不動の姿勢を保ち、無関心を装っていた。

聖ペドロ教会にはいってようやくダニエル神父は少年が誰なのかを知った。それまでは、偉大な神秘の重さ、なぜという物悲しい問い、傷口の痛みを感じてはいたものの、子どもの名前と顔が一致したのは教会に着いてからだった。ガルヴェイアスに着任してからの神父の歳月は子どもの死で区切られていた。この子らの死は、刺さった杭のようにそびえ立っていた。これより重要なことはなかった。ガルヴェイアスでの日々を振り返り、自らの人生を振り返ると、子どもたちの死は蜃気楼の合間に立つ石柱だった。この苦痛を前にして、神の道は計り知れないなどと誰に対しても言えなかった。そんな心ない陳腐な言葉を吐ける肚が、神父にはなかった。この苦痛を前にすると、世界は意味をうしなった。子どもの死は、神の容赦なさの印だった。

血色をうしない鉛色のむくんだ顔で棺におさまっていたのは、みんなが名を口にしていたあのロドリゴだった。この子の初めての聖体拝領式を覚えていたし、その後も幾度となくガルヴェイアスの通りでも教会の前庭でも姿を見かけていた。もうすぐ四年生に進級し、もうすぐ十歳になるはずだった。無我夢中で遊ぶこの子の子ども時代は、フォンテ・ダ・モウラの溜池で引っ張りあげられたところで終わってしまった。永遠にもうすぐ四年生、もうすぐ十歳のままで。細かなところまでは覚えていなかったが、この前の日曜日に教会の前列左側にこの子が生きて座っていたのを神父は知っていた。この子はあそこにいた、ほかの子となんら変わらず、この先何が起こるかも知らず。

空の墓穴の脇で待つあいだに神父は隠し持っていた小さなブランデーの瓶を取り出し、構わず飲んだ。手の甲で口をぬぐうと、瓶をまたしまった。脚が重く、ひざまずいてしまいたい誘惑と必死で戦っていた。両脚に力がはいらないのだった。墓地は人であふれ、墓碑の合間も人で埋まっていた。遠くにいても、ぼやけた視力でも、ダニエル神父には未亡人たち、シコ・フランシスコのカフェでいつもはトランプをしている男たち、シコ・フランシスコ本人、お供に囲まれたマタ・フィゲイラ先生の姿が見えたし、浅黒い肌のジョアキン・ジャネイロが海外戦没者の区画でエステヴェスの墓碑にもたれて立っているのも見えた。

教会の前で、大人のような服を着た男の子たちが数人で荷台から棺を降ろした。持ち手をしっかり握り、墓穴まで運ぶ担架に棺を載せた。故人の母親も父親も魂が抜けたようだった。母親の叫び声が、呻き声が、この呪わしき世界の天へとまっすぐ昇って行った。父親の泣き顔は見るに堪えなかった。人前で泣くようにはできていない硬い頬の上を涙はつたたって流れ落ちた。

祭服の下のズボンのポケットから神父はまた瓶を取り出した。恥も外聞も忘れ一気に飲み干した。ひらいたままの口から火を噴くように喉の奥からため息をついた。

遠くで鐘が鳴りつづけていた。墓地いっぱいに人がいた。生者たちと死者たちのガルヴェイアス。どちらも、生きている者も死んだ者も、祈りを唱和せねばと思っているかのようだった。あとは神父の言葉を待つだけだ。穏やかで明瞭な言葉がいつもであればもう始まっているはずだった。だが、神父はあわててその場から走り出て、墓碑のひとつの陰に隠れて群衆を待たせていた。棺を墓穴に置いたまま、両親を暗黒の悲嘆のなかに残したまま、この時間すべてを中途で放ったままで。人びとの厳かな沈黙に響いていたのは、絶え間ない鐘の音と、嘔吐する神父の苦し気なあえぎ声だった。

そして誰もが名のない物のことを思い出した。

犬たちは別だ。犬たちが忘れたことはなかったからだ。最初の爆発から、毒に侵された最初の夜明けから、黙っていても、吠えたり唸ったりしていても、あるいは夜中の遠吠えのときも、犬たちは常に名のない物を心に置いていた。毎秒ごとに、犬たちは名のない物の攻撃を目に受け傷ついていた。そんな犬たちに気づいた人間は誰もいなかったが、それは秘密を打ち明ける言葉を犬たちが持たないからでも、犬たちへの注意が人の側に足りないからでもなかった。こうした行き違いはそれぞれが持つ感覚の違いゆえに起こるのだ。人間は、たとえどれほどの善人であろうと、かほど巨大な真実を受け止め理解できる力を持ち合わせていないのだ。

それでも、理解がなくとも、生き続けたのだ。


その午後、ガルヴェイアスには最初の合図が届いた。

あと数日で九月も終わるというときだった。暑さの勢いも衰えつつあったとはいえ、空気はまだ夏の午後三時、四時の記憶を伝えていた。聖サトゥルニノ教会では、この地獄の釜にいるような時刻から、パウラ・サンタの指導のもと、女たちがトウモロコシ粉の甘粥を作っていた。

念のため手伝いを申し出た数人の男たちはみな拒否された。その前に、女たちが鍋だの杓子だのその他の道具を運び込むあいだ、教会の周囲の空き地を整えていたのがその男たちだった。男たちは枯れたエニシダを切り払い、小石を拾っては傾斜地の下に放り投げ、土埃が立たないように水を撒いた。薪の準備もできてそろそろ準備完了となると、そこから先の火の世話はエドムンドの独壇場だった。ここに来る前にエドムンドは着火用の松ぼっくりをひとつひとつ吟味して袋に詰めてきたのだ。火をつけるのは彼であってしかるべきだろう。エドムンドの妻もそう言った。

　硫黄のにおいは村の上を越えてこの丘まで到達しており、威力は衰えないまま教会の壁も樫の木の樹冠も汚染していた。それでも、そうした謎にも構わず、作業は進み完了した。聖堂の内部を掃除して自分の庭から摘んできた花で飾る女たちもいた。もったいないと思われつつも貴重な水をもらって何とか生き延びてきた花たちが、ここで日の目を見たのだった。

　パウラ・サンタは甘粥のそばから片時も離れなかった。そこにあるものは食材から調理器具からあらゆるものがマタ・フィゲイラ先生の厨房から運び込まれたものなのだ。ここには先生も奥さまもいないので、パウラ・サンタが我が物顔をしているのだった。小麦粉の袋、オリーブ油の大瓶の使われ方に目を光らせていたパウラ・サンタは、杓子の持ち方までをも指導しかねない勢いだった。

　最初の鍋が竈（かまど）に置かれたのと、村の母親たちが子どもたちを家から出したのとは同時だった。村中のあちこちから、みんなが同じ方向にむかっていた。子どもたちを可能な限り家に留め置いた母親たちは、それこそ逸る気持ちの流れを止める堰のようだった。めいめいがプラスチックの皿とスプーンを持参していた。わくわくと待つ子どものなかにはカベッサ家の兄弟もいた。年下の子どもたちは食器を携えていたが、上の子たちは仕方なく手ぶらできていた。弟や妹の皿を使い回すしかないのだ。

　巨大な鍋は、厚いアルミの寸胴鍋だった。しぶとく居残る午後の暑さと入り混じった火の熱にも構わず寄ってきて鍋を見ている女たちもいた。パウラ・サンタはきびきびと動き、こんな大鍋の甘粥は毎日作っているといった顔でオリーブ油を注ぎ足していた。温めていると、最初の子どもたちがやってきた。

教区教会が呼び出しの鐘を鳴らした。ガルヴェイアスの住民はみな外に出た。通りは人でいっぱいになった。老人たちの足は遅かったが、いろいろな人がさまざまな速さで歩いていたので、気にする者はいなかった。それぞれが皿とスプーンを手にしていたが、どれもみんな違う皿とスプーンだった。

神父も家を出たが、すでにふさわしい祭服を身に着けていた。イナシアが待っていて、神父に付き添って歩いたが、神父の胸元についている染みには気づかぬふりをした。ふたりは陽気な人の波について歩き、みんなと会話を交わし、まあまあ面白い話に笑い声を立てたりもした。そうして広場に着くと、シコ・フランシスコがカフェを閉めているところで、バレッテが隣でしおれた目つきで立っていた。

そのまま国道まで降りると、車など通るはずもないと、誰もが右も左も見ないで渡った。みんなには気持ちを同じくした力があった。その午後のガルヴェイアスではどこの通りでもバイク乗りたちはいらいらと待つしかなかった。バイクの邪魔になっているなど気づきもせず、みんなは幻想に心を躍らせながら歩きつづけた。

カタリノは、ほかの仲間の手を借りてジョアン・パウロを連れてきていた。本人はいやがって、できる限りの抵抗を試みたのだが、それも長くは続かなかった。ジョアン・パウロの家族に許可を得て、カタリノは担架を用意した。友人たちの肩に担がれて未舗装の道を通り、大勢の人のあいだを抜けて、小道を登り丘の頂上までやってきた。ジョアン・パウロは特別に教会内にいることを許された。

観衆の興味が向けられていることに気づいたパウラ・サンタは粉の混ぜ方に一家言あるところを見せて、オリーブ油と混ぜて粘りを出すには杓子をどれくらいの速さでかき混ぜるのか、粉の量はどれくらいで油の温度はどれくらいかなどの講釈をした。とにかく気をつけるのはダマができないようにすることね、と、そんな可能性を口にするのもおそろしいとばかりに、ダマ、と言った後には口を叩いて本当にならないように予防しておくのも忘れなかった。あるときが来ると、エドムンドははっと腕時計で時間を確認し、妻にも断らずに車に乗りこんで主人を迎えに行った。ウィンドウを下げて左腕で合図をしてはクラクションを鳴らして人の波を割って進んでいく様子は、道を占領している羊の群れを驚かして脇にどかせるやり方とそっくりだった。

神父が到着したのは、パウラ・サンタがふたつめの大鍋にまさにとりかかったときだった。ずっとかき混ぜていた腕が痛んだが、その作業は誰にも譲らず、滝のような汗をかいていた。

ミャウも一番乗りのひとりだった。教会を囲む人の数が増えるにつれてミャウの興奮の度合いも高まっていった。忍耐力と頭脳のある人間がいれば、関数で興奮度を計算できそうなくらいだ。ミャウは一時もじっとせず、太りすぎた蝶のようにあっちにふらふら、こっちにふらふらして、丈の足りないシャツからたるんだ腹を見せ、舌をべろりと出していた。

教会の前の小さな石塀には、これ以上の尻が入る隙間は一センチたりともない状態だった。ジュスティノ爺は兄と隣り合わせに左側に座り、ガルヴェイアスの村に背を向けて人の動きを見ていた。セニョール・ジョゼ・コルダトはフネスタを探していた。遠くにその姿を見たような気がしたのだが、目を細めてよく見ると違う女だった。

子どもも老人も気が急いていた。自分がありつく前に甘粥が終わってしまうのではないかと心配だったのだ。ペドロぼっちゃんとその妻と息子は教会のなかにいて神父と会話し、寝たきりで天井を見つめているジョアン・パウロのことは無視した。エドムンドが先生と奥さまを連れて到着すると、みんなのしゃべり声が低くなった。

聖サトゥルニノ教会のなかには、神父とマタ・フィゲイラ家の人びと、寝たきりのジョアン・パウロ、学校の先生と巡査部長がいた。教会の前には、つま先立ちした人たちの小さな一群がいて、神父が話すことの半分くらいを聞いていた。そのほかのガルヴェイアスの住民はその辺に散らばって、皿とスプーンを握りしめていた。

教会は見晴らしがよい場所にあった。この小山のてっぺんにいると、世界の広さを実感することができた。デヴェーザの方角を見ると地平線はアヴィスまで届き、その先にはエストレモスがあるはずだったし、さらにその先には世界が広がっているはずだった。サン・ペドロの方角を見ると、リベイラ・ダス・ヴィーニャスがあるはずで、その向こうにはポンテ・デ・ソルとそちら側の残りの世界が広がっていた。

神父が話すあいだ、硫黄のにおいが空気を刺激していた。涼しいそよ風も吹いてはいたが、その涼風さえも硫黄のにおいの内にあり、硫黄のにおいで作られていたので、風がにおいを吹き散らしてくれることはなかった。それどころか、そよ風をすり減らしていたのは硫黄のほうで、風に重みをつけたので、そのうちに風の流れは止まってしまった。

日照り続きの天候の回復を祈り、説教はまた意志の力の話に戻った。意志の神々しい力について。神父の言葉は深遠な解釈を伝えていたのだが、教会内部にいるものはそれぞれ違うことを考えていたし、外にいるものは内容を理解できるほどには話をきちんと聴いていなかった。

ミサが終わったと、誰も気づかず一瞬の間があった。蟬が鳴いていた。すると、みんなは顔を見合わせると、雑木林で足を躓かせながらもトウモロコシ粉の甘粥をめがけて突進してきた。と、みんな、見えない壁に突き当たった。

トウモロコシの粉はマタ・フィゲイラ先生の製粉所で、労働時間内に先生がちゃんと賃金も払って挽かせたものだった。そのトウモロコシも先生が対価を払って、水やりもさせ手間暇かけて育てられたものだ。その根が耕された土地は、先生の名前で不動産として登記され、書類には凝った書体の先生の署名がある。であるからして、みんなは待たなければならなかった。

マタ・フィゲイラ先生は夫人と腕を組んで階段を下り、いかにも何気なく巡査部長と話を続けていた。それでは、と神父が先に口をつけるのを待った。お先にどうぞ。いやいや、そちらこそ。何をおっしゃる、どうぞどうぞ。そんなわけにはいきませんよ、さあ、お先にお願いしますよ。そう言いながら一団が大鍋まで行くと、パウラ・サンタが甘粥のはいった皿とスプーンとナプキンを持って待ち構えていた。みんなが目を見ひらいて見守るなかで、マタ・フィゲイラ先生は手にしたスプーンを軽くふうふうと吹いてから、口の奥に沈めた。

先生の顔が渋くゆがんだ。パウラ・サンタは慌ててはちみつを大量に足した。それから奥さま、ぼっちゃん、一行のみなに勧めた。誰もが礼儀正しく、黙々と食べた。

ようやくみんなにトウモロコシ粉の甘粥を配りはじめようとしたそのときセン・メードが大声をあげながらやってきた。その口をふさぐことはできなかった。この世の終わりかというほど慌てふためき、アデリナ・タマンコはどこだと騒いだ。うちのかみさんが産気づいたんだ。三本の歯しかないアデリナ・タマンコは、皿を差し出した格好で、ただでさえしわくちゃの顔にますますしわを寄せて、曲がった背中をますます丸めた。だが、こうなっては仕方あるまい、若い母親を助けに行かねば。

すぐに、これこそ待ち望まれた豊作の吉兆と見た者が、もうこれは間違いないと言った。賑やかに大騒ぎしながら、みんなはひと皿に杓子でふたすくいぶんの甘粥を順番についでもらった。年長者はがまんしてなんとか食べたが、涙がぽろぽろとこぼれてきた。子どもたちは親に脅されながらいやいや食べた。ミャウはみんなが食べているので食べた。

フィローはティナ・パルマダの耳に生石灰の味がするよねと囁いたが、フィローが生石灰を食べたことがあるかどうかは疑わしかった。このふたりは、ほかにすることもないのでパンを作りつづけていたのだが、この甘粥はパンと同じ味がすると思った。酸っぱい硫黄の味。だが、こっちのほうがずっと硫黄がきつくて飲みこむのに苦労した。

ジョアン・パウロは口をあけて、母がたっぷりとスプーンにのせて運んでくれるものを食べた。口からひと筋でもこぼれ落ちようものなら、母はそれを丁寧にすくって息子の口に戻してやった。

歯が欠けそうだと思った者がいた。口蓋がただれてしまうと思う者、ねばついた有刺鉄線を飲みくだして喉に掻き傷ができたみたいだと感じる者もいた。それでも、みんな最後のひと匙まで食べた。

これが最初の合図だった。その意味を解した者はいなかった。

次の明け方から午前にかけて、第二の合図がガルヴェイアスに届いた。

聖サトゥルニノ教会の周囲の土地は前夜の騒ぎですっかり荒らされていた。地面には数百の足跡が残っていた。早朝のこの時刻だと、冷気は小さな足跡に留まったままでいるかもしれないと思えた。近づきつつある、あるかなしかの淡い光の陰が、空き地を灰色や黒で描いて、半分土に埋まり半分顔を出している小石たちをくっきりと見せていた。

犬たちまでもが眠っていた。梢で眠る小鳥たちは硬くて丸い物体に姿を変えていた。コオロギたちは突然やってきた冬から身を隠した。パンツ一枚で寝ている暑がりの男たちが上掛けを引っ張ってくるまる季節が来たのだ。ガルヴェイアスはこの涼しさとこの暗さをできるだけ味わっていた。

それは突然の、弾丸による襲撃のようだった。マヌエル・カミロは脇腹の激痛で目が覚めた。手を当ててぎゅっと抑え、虫垂炎だろうかと考えた。妻が布団のなかで身動きした。耳は聞こえなくても、夫の異変に気づいてくれたのだろうか。目をつぶったまま、暗闇のなかで身振りで構うなと伝えた。だが、妻のゼファは、そんな的外れの会話には気づきもしなかった。彼女自身もさしこみに襲われていて、腹に刃物が突き刺さったような、錆びついた鉄が刺さったような痛みにもがいていたのだ。

シスター・ルジアはまったく同じ時刻に、床に膝をついて朝の祈りを捧げようとしているところだった。ナイトキャップと寝間着のまま倒れこみ、胎児のように丸まってこのまま死ぬのだと覚悟した。なんとか目をあけて、この世で最後に目にするのはこれなのかと、質素な部屋、整理のゆきとどいた数少ない簡素な置物を見ていた。

カベッサ家の子どもたちは、長年汗を吸い垢をなすりつけられ黄ばんだシーツの上でてんでばらばらの方向で寝転がり、声も出せずに身をよじっていた。奥深くまで刺しこまれた傷が、さらに身体の奥へ奥へと彼らを引きずりこもうとしていた。もし叫び声を出せたとしてもどうしようもなかっただろう。

ガルヴェイアスの住民はひとり残らずこの腹痛に襲われた。大半の人間がトウモロコシの甘粥を思い出した。苦痛を顔に出さぬことに慣れているマタ・フィゲイラ夫人はなんとかトイレまでたどり着いて座ることができた。出すものを出してほっとしたのもつかのま、それでも一向に良くなっていないことに気づいた。この激痛に施す術はなさそうだった。

みんな違う場所で同じ状態にあった。ジョアナ・バレッテは枕にしがみついていた。パウラはパン屋の床で粉まみれになって転がっていた。ガルヴェイアスのみんなが、どうすることもできないと感じていた。激痛は好き勝手に暴れ回っていた。

容姿も、背丈も、年齢も、ポケットにある金の多さも、男女の別も何も関係なく、痛みはみんなを等しく打ちのめした。それなのに、この硫黄くさい吐息を、この忌まわしい状況を、それぞれが違う形で理解していた。何かが自分の身体から出て行こうとしているような、皮膚の内側から何かが刃を突き刺しているような、身の内に潜んでいた獣がついに爪を突き立て腹を破くことに決めたようだと感じた者もいた。こう感じた者たちが腹に手を当てるのは、苦痛をなだめるためというよりは獣がまだ中にいるのを確かめるためだった。苦痛が目の裏の色と直結している者もいた。どこも真っ赤、真っ黒、真紫になった。目に映る物、目にはいる物を、その盲目が焼きつくした。また他の者たちは、激痛で楊枝がポキリと折れるように自分たちの身体もふたつに割れるのではないかと思った。

ジョアン・パウロは妻の隣で横たわり、腹部に感覚を取り戻していた。引きちぎられるような痛みに苛まれていたのだ。痛みにもだえながらずっと、また身体が動くようになったというあの夢、あの悪夢を見ているのだと思った。すぐにでもきっと、自分は身体もない、腹もない頭部だけなのだという失望を新たにして目が覚めるのだと思っていた。

日もすっかり昇ったころ、痛みが数分で引いていった。とげとげしさが消えやわらいできて、完全に痛みがなくなり皮膚から離れていくと、ガルヴェイアスの住民たちは深々と息をした。

これが第二の合図だったが、その意味を解した者はいなかった。

そして誰もがまた深く息を吸った。新鮮な空気がほしかったのだ。

この日曜日には、ミサは行なわれなかった。みんながみんな、欠席したのは自分だけだろうと思っていた。シスター・ルジア、聖堂番、日曜学校の生徒たち、老女たちも、そして神父でさえも。みんな、ミサは自分なしで行なわれたのだろうと思っていた。

このときのことを話そうとするガルヴェイアスの住民はひとりもいなかった。何があったのか、誰も語らなかった。あんな痛みを味わったのは自分の他にはいないだろうとみんな信じこんでいた。激しい痛みは個人的なものになるのだ。


その午後、ガルヴェイアスは第三の合図を受け取った。

広場に出ている男たちはもたれたり、バイクを立てかけておく壁がほしいところだと思っていた。シコ・フランシスコのカフェでは、テーブルに突っ伏した男たちのあいだをハエが飛び回り黒い線を描いていた。停滞した空気にテレビの音だけは元気に響いていた。

空に雨の気配はなかった。この日の光は屋根瓦を焼き、乾いた大地をさらに乾かした後でようやく鎮まりつつあった。硫黄のにおいが暑さとぎらつく太陽に取って代わり、大きな顔をして村をうろついていた。前日のまさにこの時間に子供たちは聖サトゥルニノ教会に向かって歩きはじめていたのだが、それはとうに過去のものとなり、もはや忘れられはじめていた。

セン・メードは家を飛び出し三歩でオウテイロ通りに着くと大声で騒ぎはじめた。顔を輝かせて広場にやってくると、平日の服は休ませて日曜日の晴れ着を着た男たちの視線を一身に集めながらシコ・フランシスコのカフェにはいり、みんなに聞こえるようにカウンターを手のひらでバン、と嬉しそうに叩いた。

ここのみんなにワインを。

その声は笑っていた。

カフェに居合わせた男たちは椅子から立ち上がった。通りにいた男たちは駆け足で階段を上って目をきょろきょろさせながら店にはいってきた。エルネストの床屋にいた男たちも続いてはいってきたが、ここの空気には慣れていないようだった。

シコ・フランシスコはシャツの袖をたくしあげ、濡れたコップをカウンターいっぱいに並べ、ワインの大瓶から次々に注いでいった。

そのころ、女たちは列をつくってセン・メードの家の玄関をくぐっていた。彼が家を出ていくと、待っていましたとばかりに、いや事実待っていたのだが、最初の数人がいそいそとはいっていった。みんなは前夜遅くに生まれたばかりの女の子を見に来たのだ。だが、その子を見て、あまりの驚きに誰も部屋を出たくなくなってしまった。

セン・メードのとどまるところを知らぬ興奮は周囲にもうつっていった。いつもは寝ぼけたような他の男たちにまでもその熱気が伝染した。そうして騒ぎは次第に広がっていった。

子どもたちもお祭り騒ぎに感づいて寄ってきた。

誰かが何かを言おうとしてもセン・メードの声にかき消された。セン・メードの声は男たちひとりひとりの内に響いた。生まれたばかりの娘を誉めちぎり、完璧以上の子、誰もが認めるはずのとてつもなく美しい子なんだと言い張った。

ワインもおごってもらったし、祝いの場でもあることだし、新しく父親になったばかりの男の甘い言葉に、男たちもいちいち頷いてやるのだった。だが、娘を見にきてくれとたきつけられても、それはさすがに断った。出産直後の女が寝ている部屋にはいるなど気が進まなかった。母親は大仕事を終えてぐったりしているだろうし、いつ泣き出すかしれない爆弾みたいなちっこい生きものを見に行ってどうするのだ。だが、若い父親はしつこかった。確かにシコ・フランシスコのところでつまむ落花生では物足りないところではあった。足を動かせば床に散らばった殻がパチパチと音を立てた。そっちへ行けば何かのご相伴にはあずかれるかもしれないという下心もあって、ぞろぞろと向かうことにした。

セン・メードの玄関の前には、大小さまざまの犬がばらばらといた。

家にはいり、影に近づいていった。帽子を脱いで手にもった男たちと、幾人かの子どもたちもいた。台所は女たちでいっぱいで、部屋の入口は人がはいるのもやっとだった。押しあいへしあいしながら男と女がすれ違うのはきまりが悪かった。

枕元のランプが窓のない部屋の室内をそっと照らしていた。センヘ・メードの妻は赤んぼうに乳をやり終わったところだったが、すでに胸元は整えてあった。娘を父親に差し出すと、こちらはもう懐かしくてたまらなかったとでもいうように受け取った。赤んぼうを見せられても、男たちはすぐには気づかなかった。ちいちゃな指と口をした、ふつうの子どもだ。父親に押しつけられるようにして子どもを抱いた男が、この子のにおいに気がついた。

これが第三の合図だった。

女たちはすでに気づいていた。びっくり顔の男たちに、言葉には出さず視線だけで、そうでしょう、と女たちは伝えていた。

広場にいた人たちがこのニュースを聞いて赤んぼうのにおいを嗅ぎにやってきた。教区教会の鐘が鳴らされてから一時間もたたぬうちにこの報せはデヴェーザの一番端の家、ケイマードの一番遠い家まで届き、ガルヴェイアスの住人がこぞって仕事を中断し、この現象に立ち会おうとつめかけた。

　セン・メードの玄関に押しかけた人の群れは、そのまま広場に移動してごった返した。奇跡のことならなんでも知っているはずのダニエル神父も、これは前代未聞だと言った。巡査部長ですら、ほかの人たちと一緒になって驚いていた。学識あるマタ・フィゲイラ先生は赤んぼうのにおいを嗅ぐなり黙り込んでしまい、ひと言を待っていた周囲の者をがっかりさせた。

　みんなににおいを嗅がれた女の子は母親の腕で眠りについた。この子は産まれたばかりの赤んぼうのにおいがした。硫黄のにおいがしなかったのだ。

　すると、みんなは自分の皮膚にへばりついたにおいがいきなり恥ずかしくなってきた。ひとりひとりが、身の置き所のない居心地の悪さを覚えた。急に目が見えるようになったよう、いきなり知恵がついたようで、すっかり慣れ切ったこの疫病に気づかなくなっていたことに気味悪くなった。自分自身のことも気味悪かった。昨日までの自分にどうしていたんだと言っているかのような、それも言葉が通じない別の誰かに話しかけているような気持ちがした。

　そして、もうごめんだと思った。自分のにおいのことも忘れてしまうなんて、信じられなかった。来る日も来る日も、もう何か月も、嘘を繰り返してきたことが信じがたかった。このまま嘘を受け入れつづけたら、そのうちそれを信じるようになり、そしてそれを信じるようになったら、あっという間に自分自身が嘘となってしまうだろう。

　死にはさまざまな形がある。

　においをうしなう。名前をうしなう。まだ肉体も、その影も自分のものとしながらも命をうしなう。においをうしなう。名前をうしなう。まだ時間もあり、瞳に力はありながらも命をうしなう。

　誰もが、名のない物のことを思い出した。誰もが、それぞれの一歩を踏み出した。完璧な同時性を持つ世界のようにみんなが一斉にというわけではない。決意を固めた瞬間はそれぞれ違い、それからそれぞれが一歩を出して通りの小石を踏み、それからまた次の一歩を出し、左足を出し、右足を出し、必要な行動を順ぐりに取ったのだ。どの足も大きさは違ったが、どの足も大事な足だった。そしてみんな、二歩、三歩、四歩、その次、それからその次、やがて何歩目だったか数え切れなくなった。

名のない物は変わらずに謎を抱えたままだった。きっと、一度もそれを手放すことはなかったのだろう。だが、すでに通りは名のない物に向かって歩き出している人たちで埋まっていた。

ガルヴェイアスは死ぬわけにはいかない。

この通りで幼児時代を卒業した子どもたち、村の集会所のダンスパーティで恋が芽生えた恋人たち、八月の夕暮れどきに軒先に座っている老人たちが昔交わした約束、このベンチに座って子どもたちを育てた母たち、広場での噂話、汗とこの土地の埃に重ねた歳月、墓碑に焼きつけられた写真、教会の鐘が告げる時間、それらすべてのために、死に対して、死に対して、死に対して、人びとはあの道を歩いていた。

動きを止めたまま、宇宙はガルヴェイアスを見つめていた。

訳者あとがき

ガルヴェイアスも、あらゆる惑星も、同時に存在してはいても、まったく違う本質をそれぞれ持っているのだから、混同されることはなかった。ガルヴェイアスはガルヴェイアスであり、宇宙のその他は宇宙のその他なのである。（本文より）

ポルトガルの作家、ジョゼ・ルイス・ペイショットの『ガルヴェイアスの犬』（原題は"Galveias"）をお届けする。ペイショットの長編第五作であり、初の邦訳となる。

ガルヴェイアスとは、ポルトガルのアレンテージョ地方の内陸部に実在する、人口千人あまりの村である。アレンテージョ地方は、夏は乾いた太陽が容赦なく照りつける酷暑、冬は極寒、と自然条件の厳しい土地だ。ポルトガルの穀倉地帯であるこのアレンテージョの人々の暮らしは昔からおおむね貧しく、厳しかった。

この小村、ガルヴェイアスの外れの原っぱに、一九八四年一月の真夜中、宇宙から何かが墜ちてくる。得体のしれないそれは強い硫黄臭を放ち、やがてそのにおいは村を覆いつくして小麦の味をも変えてしまう。豪雨のあとに続く干ばつ、蔓延する異臭。不穏な空気に押されて何かの蓋がひらいたかのごとく、つつがなく暮らしていた村の住民たちの隠された姿が次第にあらわになっていく。

五十年以上仲たがいをしたままの老兄弟、子だくさんの主婦、住民の噂に精通している郵便配達夫、若者たちの兄貴分のようなバイクの修理工、着任したばかりの若い女性教師、酒浸りの心優しい神父。都会から遠く離れた田舎暮らしでも、単純な毎日を繰り返しているようでも、ひとりひとりの深淵を覗いてみれば、そこにはそれぞれの唯一無二の物語があり、波立つ嵐、孤独と悲哀がある。

本作では、一九八四年の一月と同年の九月の二部に分かれてガルヴェイアスの内外で起きたさまざまな出来事が綴られる。一月の部で語られるのはすべて村の内部での話で、そうしてわれわれはガルヴェイアスという土地を隅々まで案内される。九月の部では、アフリカのギニアビサウ、リスボン、ブラジルを舞台にした話もあり、急に世界が広がったような感覚も覚えるが、やはりどれも本質的に深くガルヴェイアスと結びついている。

本作に登場するものは、人物はもとより、犬、山、公園、広場、通り、すべての名前が登場するたびにいちいち告げられる。「(犬が) つぎつぎと吠える声をたどればガルヴェイアスの地図が描けそう」だと本文中にあるが、こまごまとした場所の名前をたどれば、われわれにもガルヴェイアスの地図が描けそうなほどだ。

実は、作者ペイショットの故郷がこのガルヴェイアスなのである。一九七四年にここで生まれて高校卒業までを過ごし、現在も母親が暮らしている。そう、この作品に出てくるのは、どこもすべて作者自身が幼いころからなじんでいる場所なのだ。なかには、実在の人物や実話をヒントにして描かれた話もあるという。と言っても、作者自身が目にしたというより、母などから伝え聞いた話が多いそうだ。

ペイショットは、これまでもこの村を舞台にした作品を数編書いている。ただし、アレンテージョ的な要素を詰め込んで暗喩してはいるが場所の特定はしていない。あらゆるものに名前をつけて具体化させた小説を書きたいと考えたとき、題名は“Galveias”にするとすぐ決まった、と二〇一四年にソル紙（ポルトガル）のインタビューで語っている。物語はあとからついてきた。地名を特定して実在の名称を詳述し土地特有の色味を濃くした物語は、かえって普遍性をもたらすはずだ、と思ったのだそうだ。

はたして、作者の思惑は当たったのではないだろうか。日本から見れば西の果て、イベリア半島の隅っこにある遠いポルトガルという国、さらにその辺鄙な田舎の物語だというのに、そこに生きる人たちは、どこかわたしたちに似てはいないか。

ところが、そうした感慨や共感は硫黄のにおいに阻まれる。ページをめくる指にもうつるのではないかと気がかりになりそうなほどの強烈な異臭。どこにでもありそうなガルヴェイアスの村には、どこにもない宇宙からの落下物があり、すべてを毒す硫黄臭がある。そして、雨は、なぜだかガルヴェイアスに降ることをやめてしまった。過去作でも異界のものとの共生、境界の曖昧な世界を一貫して描いてきたペイショットは、本作で自らの故郷に異物を居座らせた。

しかし、それでも読後感は暗くない。宇宙に狙い定められた場所であるガルヴェイアスは、今後どういう道を選ぶのか。「黙示的」と評されもする本作は、あらたな世界の始まりを示唆しているかのようでもある。過疎化が進む故郷を思い、「このままの状態が続けばガルヴェイアスは消失するだろう、だが、そうはならないと信じたい、ガルヴェイアスには未来があると信じたい」と語ったペイショットにとって、その「ガルヴェイアス」とは、自分の故郷に限らず、変わりつつあり失われつつあるすべての小さな場所、誰かの故郷のことを指しているはずである。

さて、この小村ガルヴェイアスが生んだ作家、ジョゼ・ルイス・ペイショットについて簡単に紹介したい。二十歳で父を亡くし、その経験を中編“Morreste-me”と題して発表し、二〇〇〇年に作家デビュー。この父の死は、その後の作品のテーマに大きな影響を残し、複雑な親子関係、閉鎖的な田舎の村、そして死が、ほとんどの作品においてモチーフとなっている。同年に刊行した長編第一作“Nenhum Olhar”も、巨人が跋扈(ばっこ)し、悪魔や賢人などが何食わぬ顔で普通の住民たちと共存する、とある寒村（今となっては、そこはガルヴェイアスなのだろうとわかるのだが）を舞台にした父と息子の物語である。この作品は、若手作家の登竜門とされるジョゼ・サラマーゴ文芸賞を獲得した。若手が対象とはいえ、デビュー直後の二十七歳での受賞はポルトガルでも話題となり、鮮烈な印象を残した。このとき、サラマーゴは「恐るべき新人が現われた」と称賛している。そして、このノーベル賞作家の言葉どおり、ペイショットはいまやポルトガル語圏文学界を牽引する作家のひとりと目されている。過去の長編はいずれも多くの外国語に翻訳されて賞を受賞しており、本作『ガルヴェイアスの犬』は、ポルトガル語圏のマン・ブッカー賞と称される「オセアノス賞」（二〇一六年度）を受賞した。第一作“Nenhum Olhar”に並び、今後は本作がペイショットの代表作として挙げられていくであろうことは間違いがない。小説のほかに、児童書、詩、戯曲、作詞も手掛けるポルトガルでは珍しい専業作家である。一年の半分近くを国外で過ごし、二〇一二年には北朝鮮を訪れた経験を綴った“Dentro do Segredo”を発表し、二〇一七年にはタイにおいて自らの来し方を振り返ったノンフィクション“O Caminho Imperfeito”を上梓している。

ところで、本作の設定が一九八四年であるという背景について、簡単な説明があってもよいかもしれない。一九八四年といえば日本ではバブル直前、各家庭にカラーテレビは当たり前、ビデオデッキもだいぶ普及して、若者たちはウォークマンや家庭用ゲーム機などを気軽に楽しんでいたころだ。ポルトガルでは、その十年前の一九七四年、四十年以上に及ぶ独裁政権が「カーネーション革命」と呼ばれる無血革命によって終結を迎え、ようやく民主化が始まった。革命前後からアフリカ植民地が次々に独立を求めて泥沼の戦争となり、ポルトガルの六〇年〜七〇年代は混沌の時代だった。アフリカで築いたすべてを捨てて「本国」ポルトガルへの帰還を余儀なくされた人たち、戦争へと駆り出された男たちとその家族、小さな国のポルトガルでは誰もが、なんらかの形でアフリカ戦争に関わったと言っても過言ではない。当時は、国民の多くにとって、ファシズムもアフリカの戦争もまだ過去のものとはなり切っていなかった。独裁政権時代には国民の教育が手薄だったためそのころの識字率は八割ほど。農村に限っていえば、もっと低かっただろう。だが、一九八六年にポルトガルは欧州経済共同体（ＥＥＣ）に加盟、その後急速な発展を遂げる。その前夜にあたる一九八四年は、貧しく暗かった過去が終わり近代化へと舵を切る過渡期に当たると言える。いわゆるグローバル化が始まる前の、ある意味でポルトガルがもっともポルトガルらしかった最後の時だったと言えよう。

一九八四年にはペイショット自身は十歳、作中に出てくるロドリゴと同じ年ごろだ。周囲への理解力が芽生えるのと同時に、年の離れたふたりの姉が家を出たことで、村の外の世界にも目が行きはじめたころだったろう。当時は子どももまだたくさん村に住んでいて賑やかだったそうだ。田舎といえども、みんながロバに乗って畑仕事をしていたわけではない、テレビドラマも見ていたし、バイク乗りもいたし、そういうあの時代の空気も描きたかったとペイショットは言う。

私は二〇一七年九月、本作訳了の前にポルトガルを訪れてペイショット本人にガルヴェイアスを案内してもらった。物語のように暑い日で、シコ・フランシスコのカフェのモデルというバルの前では、初老の男性がたむろしておしゃべりしていた（なぜかポルトガルでは路上で立ち話をしているのは男性のほうが多い）。若い教師が足をすべらせないようにそろりそろりと降りた急勾配の坂道では、やはり女性がひとり、ゆっくりと歩いていた。白い漆喰塗りの長屋のような建物の玄関のひとつは「カベッサの家だ」と教えられた。パン屋もあった（売っているのはパンだけだったそうだけれど）。そうやって歩いていると、すれちがう人たちが親し気にペイショットに挨拶していく。聖サトゥルニノ教会も訪ねた。小高い丘の上にぽつりと建つ無人の小さなチャペルの周囲には、枯れかけた草が茂っていた。そこから見下ろすガルヴェイアスはどこまでも平穏で、車が一台通る音がかすかに聞こえるだけだった。そして「名のない物」が墜落した原っぱに向かう途中の乾いた道路では、犬が一匹、どこへ急ぐのか一心不乱に歩いていた。

そう、ガルヴェイアスの犬たちを忘れてはならない。人間とはちがい「名のない物」の存在を片時も忘れることなく、言葉にならない言葉で訴えていた犬たちを。彼らの役割については、そのなかの一匹の、カサンドラという名前が表しているだろう。カサンドラとは、ギリシャ神話で祖国の滅亡を予言したのに誰にも信じてもらえなかったトロイの王女の名である。

本書の翻訳にあたり、多くの方々にご協力をいただいた。企画段階から伴走してくださった新潮社の佐々木一彦さん、訳文の丁寧な確認をしてくださった同社校閲部の井上孝夫さん、ペイショット特有の、時に難解なポルトガル語の表現の解釈をお手伝いくださったポルトガル大使館の清水ユミさんには特にお礼申し上げたい。

この素晴らしい物語を私に預けてくれ、多くの質問にも丁寧に答えて現地に案内までしてくれた作者のジョゼ・ルイス・ペイショットと奥さまのパトリシアにも深い感謝を捧げる。日本での翻訳が決まったと報せたときの「彼はいま、歓喜のあまり言葉をうしなっている」というパトリシアの返事は忘れがたい。

日本ではまだまだポルトガル現代文学の紹介が進まないなかで、本書を翻訳し出版できることは望外の喜びである。今後、さらに多くのポルトガルの作品が邦訳されていくことを願う。

最後に、さまざまな形で応援し、励ましつづけてくれた家族と友人たちにも、心からの感謝を。ありがとうございました。

木下眞穂

二〇一八年六月

José Luís Peixoto

Galveias
José Luís Peixoto

ガルヴェイアスの犬(いぬ)

著者
ジョゼ・ルイス・ペイショット
訳者
木下　眞穂
発行
2018年7月30日
3刷
2024年3月15日
発行者　佐藤隆信
発行所　株式会社新潮社
〒162-8711 東京都新宿区矢来町71
電話 編集部 03-3266-5411
読者係 03-3266-5111
http://www.shinchosha.co.jp

印刷所
株式会社精興社
製本所
大口製本印刷株式会社

乱丁・落丁本は、ご面倒ですが小社読者係宛お送り下さい。
送料小社負担にてお取替えいたします。
価格はカバーに表示してあります。

ISBN978-4-10-590149-3 C0397

世界の果てのビートルズ

Populärmusik från Vittula
Mikael Niemi

ミカエル・ニエミ
岩本正恵訳

笑えるほど最果ての村でぼくは育った。きこりの父たち、殴りあう兄たち、そして手作りのぼくのギター！

とめどない笑いと、痛みにも似た郷愁。

世界20カ国以上で翻訳、スウェーデンのベストセラー長篇。